KB111693

달콤한 야누스

달콤한 야누스

초판 1쇄 인쇄일 2015년 01월 23일
초판 1쇄 발행일 2015년 01월 28일

지은이 | 박혜아
펴낸이 | 김기선
편집장 | 김은지

펴낸곳 | 와이엠북스(YMBOOKS)
출판등록 | 2012년 7월 17일 (제382-2012-000021호)
주소 | 서울시 도봉구 노해로 379, 1005호(창동, 대성빌딩)
전화 | 02)906-7768 / **팩스** | 02)906-7769
E-mail | ymbooks@nate.com

ISBN 979-11-322-1102-0 03810

값 7,800원

달콤한 야누스

박혜아 중편소설

YMBOOKS
ROMANCE STORY

목 차

1막.

그 여자의 속사정

오래된 주택들이 빽빽하게 들어선 골목 끝자락. 녹슨 곳 하나 없이 말끔하게 관리된 남색 대문이 요란한 소리를 내며 열렸다.

덜컹!

"다녀오겠습니다!"

문턱을 넘자마자 지나는 부리나케 달렸다. 등 뒤로 '멍멍' 개 짖는 소리와 함께 '잘 다녀와요!'라는 상냥한 목소리가 들렸다.

평소에는 짧게만 느껴졌던 골목길이 오늘따라 멀어 보였다.

게다가 손에 잡히는 대로 가지고 나온다는 게 하필이면 가을에 입던 카디건이다. 쌀쌀한 겨울바람을 피하기 위해 그녀는 달리는 와중에도 그것을 아무렇게나 껴입었다.

12월의 첫 주. 그것도 월요일 아침부터 지각을 할 순 없었다. 그녀는 겨울바람보다도 지독한 직장 상사의 얼굴을 떠올렸다.

안 돼!

절대, 절대로 안 된다. 그 어마어마한 잔소리를 견딜 자신이 없었다. 끔찍하단 생각에 갑자기 다리에 모터가 달린 듯 빨라졌다. 그녀는 초인적인 힘으로 정류장까지 단숨에 뛰어갔다.

숨이 턱까지 차오를 즈음 때마침 도착한 버스에 올랐다. 8시가 넘은 시간이라 그런지 버스 안은 이미 포화 상태였다.

그녀는 앞문과 뒷문을 통해 마구잡이로 올라탄 사람들한테 억지로 떠밀려 들어갔다. 그녀는 버스 앞쪽에 붙어 있는 디지털시계를 보며 안도의 한숨을 내쉬었다.

다행히 지각은 면할 수 있을 것 같았다. 버스 안은 조용했다. 꾸벅꾸벅 조는 사람들도 있었고 대부분은 휴대폰으로 음악을 듣거나 뉴스기사를 보고 있었다.

그렇게 몇 정거장을 갔을 때, 불현듯 왼쪽 엉덩이를 감싸는 낯선 손길이 느껴졌다. 그녀는 직감했다.

만났구나.

이 느낌, 참 오랜만이었다. 사람 많은 대중교통에서 어김없이 만나게 되는 이 비뚤어진 변태 성욕자들!

그녀가 뒤를 힐끗 쳐다봤다. 더벅머리에 생긴 것도 추리해 보이는 남자 한 명이 그녀 뒤에 바짝 붙어 있었다.

그녀가 입술 끝을 실룩이며 조용히 발을 들었다. 그리고 있는 힘껏 남자의 발등을 힐로 찍었다.

"아악!"

지나가 불쾌한 얼굴로 뒤를 돌아봤다.

"어딜 만⋯⋯!"

순간 그녀의 얼굴이 사색이 되었다. 자신이 목표했던 남성은 뒤로 빠져 있고, 흰머리가 희끗희끗한 중년 남성이 고통스런 표정을 짓고 있었기 때문이다. 그사이 더벅머리 변태 총각은 버스에서 내리고 문이 닫혔다.

화가 난 중년 남성을 비롯해 버스 안의 모든 사람들이 그녀를 쳐다봤다. 다시 출발한 버스 안에서 그녀는 난감한 상태로 홀로 남겨져버렸다.

삼화제약 서울영업팀의 아침은 언제부턴지 매우 딱딱하게 변해버렸다. 바로 3개월 전에 새로 부임한 본부장 때문이었다. 아침 회의가 있기 전, 직원들은 모두 정자세로 앉아 있었다. 유니폼을 갈아입고 나온 지나가 넋이 빠진 얼굴로 자리에 앉았다. 파티션 너머로 소영이 빼꼼 고개를 내밀었다.

"무슨 일 있어?"

시커멓게 내려앉은 지나의 눈가를 보며 소영이 눈살을 찌푸렸다. 지나가 고개를 가로저었다.

"말도 마."

아침부터 있었던 소동을 이야기하기도 전에 진이 빠졌다. 하긴, 누구 탓을 하겠는가. 봤던 영화를 돌려 보고 또, 돌려 보다 새벽 두 시에 잠든 자신을 탓해야지.

"어제 또 달렸고만."

소영은 지나 그녀가 지독한 고전영화 마니아라는 것을 잘 알고 있었다. 지나가 본부장실 쪽을 바라보며 속삭였다.

"근데 오늘 분위기 왜 이래?"

사무실 분위기가 다른 때보다 싸늘했다. 이번 달 마감 실적도 좋았는데.

소영이 한껏 목소리를 낮추었다.

"이번 달 수금 실적, 영업 1팀 때문에……."

그때였다. 방에 있던 백승재 본부장이 나왔다. 그의 등장과 함께 사무실 전체는 무거운 침묵에 휩싸였다.

그는 사무실 중앙에 서서 조용히 직원들을 돌아봤다. 그 모습이 카리스마가 있다기보다 조금 우스꽝스러웠다.

사실 그가 고수하는 스타일은 정말이지 최악이었다. 시대를 역행한다고나 할까?

도수가 높은 두꺼운 안경은 영심이에 나오는 경태를 생각나게 했고 이대팔의 가르마는 그 비율이 칼처럼 정확해서 보기 부담스러울 정도였다. 게다가 스프레이로 떡칠을 한 머리스타일은 검정 헬멧을 쓴 것 같았고, 촌스러운 넥타이는 항상 숨이 막힐 정도로 목을 조르고 있었다.

그뿐인가. 발등까지 푹 덮은 바지 길이하며, 툭하면 입는 저 감색 양복. 브랜드는 고급 같았지만 너무 커서 품이 남아돌 지경이었다.

이렇듯 그는 서른넷의 나이답지 않게 사내에서 패션테러리스트를 자처하는 남자였다.

키만 큰 장작개비. 말 그대로 볼품없는 허수아비 같았다.

하지만 그런 허수아비 앞에서 직원들이 꼼짝 못 하는 이유는 오직 한 가지뿐이었다. 그가 바로 제약업계 마케팅의 신이라는 것.

제약 회사의 꽃은 영업부였고, 영업부는 나이와 학벌에 상관없이 능력만으로 인정받는 정글 같은 곳이었다. 그리고 그는 이미 젊은 나이에 내로라하는 제약회사에서 입소문을 탈 만큼 인정받는 영업 수재였다.

보수적인 삼화제약이 그런 그를 스카우트해서 서울영업팀 총괄 자리를 맡긴 것도 굉장히 이례적인 일이었다. 그 결과 이번 달 판매 수금만 해도 엄청난 성과를 거두었다.

하지만 그는 그것에 만족하지 않았다. 그가 중저음에 딱딱한 목소리로 말했다.

"이번 달 모두가 노력한 결과, 놀라울 정도로 도약한 서울영업팀의 면모를 보여주었습니다. 박수."

짝짝짝!

그가 커다랗게 박수를 치자, 나머지 직원들도 얼떨결에 따라서 박수를 쳤다.

"하지만!"

순간 그가 싸늘한 목소리로 그 소리를 끊었다. 그리고 손에 들고 있던 서류를 펄럭였다.

"우리가 목표했던 양백작전에는 실패했군요."

그가 입사하고 생긴 양백작전이란, 판매와 수금 양쪽 다 100%의 목표를 이루자는 유치한 작전명이었다. 물론 노친네 임원들은 칭찬이 자자했다는 후문이 들리지만.

그가 맹꽁이 안경을 추켜올리며 영업 1팀을 노려보았다.

"좀 더 많은 인센티브를 받을 수 있는 기회를 영업 1팀이 시원하게 날렸습니다."

기계적인 억양은 높낮이도 일정했다.

"수금 95%의 실적은 칭찬받아 마땅한 게 아닌, 질타받아 마땅한 수칩니다. 기존의 목표치를 넘겼다고 막판 가서 안일해진 결과가 바로 이겁니다. 남은 5%를 채우지 못한 영업 1팀의 열정이 한심스럽군요."

사실 요즘 같은 불경기에 판매수금 목표치가 90%만 되어도 감지덕지였다. 하지만 그는 채우지 못한 5%가 더 중요한 사람이었다.

그리고 그의 말에 누구도 반박할 수 없는 것은, 실적이 계속 80%대를 맴돌던 것이 그가 입사하고 100% 근사치로 도달했기 때문이었다.

"이번 달에 더 분발하겠습니다."

대답하는 영업 1팀 팀장 장동민의 얼굴은 굳어 있었다.

"앞으로 영업 1팀은 30분씩 일찍 출근해서 그날 있을 출장 보고서 정확하게 기재하고 따로 보고하세요. 일대일로 면담하겠습니다."

그 말에 영업 1팀 전체가 똥 씹은 표정이 되었다. 그가 휙 돌아서며 외쳤다.

"자! 그럼 다들 외근 나갈 준비하십시오!"

그 말에 모두가 바쁘게 움직이기 시작했다. 빨리 사무실을 벗어나 밖으로 나가고 싶어 하는 눈치였다. 본의 아니게 그의 존재는 직원들을 부지런하게 만들었다.

하지만 본부장실로 들어가기 직전까지도 그는 잔소리를 멈추지 않았다.

"책상 위는 깨끗하게 정리하고 나가세요. 정리를 잘하는 사람이 일도 잘하는 법입니다. 거기, 쓰레기통 뚜껑 닫아요. 냄새나니까. 반품된 약은 한쪽에 치워두세요. 사무실 지저분해 보입니다. 팸플릿은 필요한 만큼만 가지고 나가요. 그것도 다 돈입니다."

사람들은 질린 얼굴로 하나둘씩 빠르게 인사를 하고 사무실을 빠져나갔다. 지나는 그런 직원들을 부러운 눈으로 바라봤다.

영업부에 속한 경리팀인 지나와 소영은, 직원들이 외근을 나간 후면 백승재 본부장과 셋이 남을 때가 많았다. 직원들이 썰물처럼 나가자 사무실은 고요해졌다.

"커피 마실래?"

지나가 뻑뻑한 눈을 비비며 소영에게 물었다. 요새 들어 눈이 좀 건조했다.

"응, 난 블랙."

지나가 자리에서 일어났다. 그때 본부장실에서 그녀를 부르는 소리가 들렸다.

"최 주임! 잠깐 들어와요."

"네!"

지나는 들어가기 전 유니폼 블라우스에 달린 리본 모양새를 바로 했다. 남자 직원들의 넥타이가 비뚤어진 것도 눈 뜨고 못 보는 게 백승재라는 것을 알고 있기 때문이었다.

"부르셨습니까?"

불러놓고도 그는 그녀를 쳐다보지도 않았다. 다만 심각한 얼굴로 서류를 들여다보고 있었다. 이어진 침묵 속에 지나는 마른침을 삼켰다. 뭔가 실수를 한 건지 슬금슬금 걱정이 되기 시작했다.

그녀는 눈을 굴려 본부장실 내부를 살폈다. 혀를 내두를 만큼 정리 정돈이 잘되어 있었다. 약에 관련된 팸플릿은 각각 크기에 맞춰 따로 정돈이 되어 있었고, 샘플 또한 크기와 색깔별로 분류되어 있었다.

그뿐이 아니었다. 그는 매일 아침 건물을 청소해주시는 청소 아주머니도 마다하고 직접 본부장실 내부를 쓸고 닦았다. 그 덕에 짙은 갈색의 책장과 원목 책상 위엔 먼지 한 톨도 보이지 않았다.

그녀는 정확하게 책상 모서리에 각을 맞춰서 놓아둔 휴대폰을 보고 기겁을 했다.

정리벽을 떠나서 이건 결벽증 수준이야.

"최지나 주임."

"예, 예?"

갑작스런 부름에 그녀가 퍼뜩 정신을 차렸다. 그가 까딱까딱 손짓을 했다. 지나가 조금 더 가까이 다가갔다. 두꺼운 안경알 너머로 보이는 그의 눈을 마주하니 진정 맹꽁이처럼 보였다.

그가 그녀 앞으로 서류를 내밀었다.

"이 양식 뭡니까?"

"네? 본부장님께서 지시하신 대로 만든……."

"세로 3센티, 가로 2센티로 만들어달라고 하지 않았나요?"

그녀가 커다랗게 두 눈을 깜빡였다. 분명 그렇게 말하긴 했었다. 그리고 그녀는 분명 그에 맞춰서······.

그가 자를 꺼내 들어 그녀가 만든 양식 칸의 길이를 재기 시작했다.

"세로는 맞는데 가로가 0.1밀리 부족하잖아요."

"아······."

"눈대중으로 대충했습니까?"

그녀는 할 말을 잃었다. 자를 대보긴 했으나 정확하게 길이를 재보진 않은 것이다.

"다시 해 와요."

"알겠습니다."

그가 건네는 양식을 지나가 받아 들었다. 꾸벅, 고개를 숙이고 나가려는 그녀의 등 뒤로 그가 외쳤다.

"최지나 주임."

"네?"

"발밑에 히터 꺼요."

"······네."

가까스로 대답한 그녀가 본부장실 문을 닫자마자 참았던 숨을 내쉬었다. 자리로 돌아온 그녀가 발밑에 있는 미니 히터를 껐다. 그 모습을 본 소영이 물었다.

"왜 꺼? 발 시리다면서."

"끄래."

"누가? 백 본부장이?"

"응."

"진짜 별걸 다 간섭한다."

"내 말이. 얼마 전에 부서마다 공문 내려왔잖아. 겨울철 난방비 아끼라고. 그래서 그런가 보지, 뭐."

"하여튼, 다른 거나 아끼지."

지나가 엑셀에 저장해두었던 양식을 꺼내어 가로 길이를 수정했다. 그녀가 자를 꺼내 들며 물었다.

"우리 오늘 점심 어디서 먹을까? 그냥 구내식당 갈까?"

"오늘 회계팀하고 점심 있잖아."

"아, 맞다."

지나가 생각났다는 듯이 눈살을 찌푸렸다. 한 달에 한 번, 마감이 끝난 후 갖는 회계팀 여직원들과의 점심 식사는 그들에게 썩 탐탁지 않은 자리였다.

업무적으로 협력해야 하는 관계였지만 그들이 영업부 경리팀이라는 이유만으로 은근히 아래로 깔보려는 경향이 있기 때문이었다. 게다가 죄다 입들이 싸서 무슨 말인들 함부로 할 수가 없었다.

"입 다물고 조용히 밥만 먹다 오자."

"응."

식어버린 믹스 커피를 마시며 지나는 새로 프린트한 양식에 자를 갖다 댔다.

밖으로 나오자 칼날 같은 바람이 휘몰아쳤다.

"으, 추워!"

지나가 옷깃을 여미며 부르르 몸을 떨었다. 위에는 회사 점퍼로 중무장했지만 치마 아래로 들어오는 바람엔 답이 없었다. 지나와 소영의 뒤로는 삼삼오오 팔짱을 낀 회계과 여직원 5명이 서 있었다.

"최 주임님!"

등 뒤로 상큼한 목소리가 들렸다. 입사한 지 이제 막 세 달을 넘긴 회계과 막내 혜리였다. 혜리가 궁금증이 가득한 눈으로 지나에게 물었다.

"저 전부터 궁금한 게 있었는데요."

"응, 뭔데?"

"주임님, 겨울에도 따로 태닝하시는 거예요?"

태닝.

지나는 실룩이려는 입꼬리를 간신히 내렸다. 그러곤 아무것도 모르는 순진무구한 혜리를 보며 어색한 웃음을 지었다.

"음, 그건 아니고……."

"몰랐어?"

그때, 뒤에 서 있던 회계과 임 주임이 불쑥 튀어나와 지나의 말을 가로챘다.

"최 주임 태닝한 거 아니야. 원래 피부색이 이래."

"와! 정말요? 좋으시겠어요. 그래서 최 주임님이 섹시해 보이나 봐요."

부러움이 가득한 혜리의 말에 지나는 그저 빙긋, 영혼 없는 웃음을 지었다.

하긴, 이게 그녀의 콤플렉스 중 하나라는 걸 그 누가 알겠는가. 그저 건강미 넘치고 섹시해 보인다며 부러워할 뿐. 섹시? 그놈의 섹시. 개나 주라 그래.

제일 싫어하는 단어였다. 속으로 혀를 끌, 차는데 신호등에 초록불이 켜졌다. 그들은 횡단보도를 건너 회사 맞은편에 있는 파스타집으로 향했다.

저렴한 가격에 맛도 괜찮고 분위기까지 아늑해서 점심시간엔 늘 회사원들로 북적이는 곳이었다. 하지만 오늘 떨어진 한파주의보로 가게는 생각보다 한산했다.

그들은 8명이 앉을 수 있는 넓은 테이블에 착석했다. 각자가 먹고 싶었던 파스타를 주문하고 케이준 샐러드 두 접시도 추가했다.

음식이 나오기 전, 언제나 그렇듯 소소한 수다가 이어졌다. 드라마 이야기, 인터넷 뉴스 이야기, 연예인 이야기, 그리고 백승재 본부장 뒷담화 까지.

"이번 주 데일리 팜 보셨어요?"

데일리 팜은 전국 제약회사에 관련된 뉴스와 정보가 담긴 주간 소식지였다.

"거기에 백승재 본부장 인터뷰 실렸는데."

"나 봤어. 사진 완전 뷁이더라."

"그러니까요. 스타일 구리더라고요."

"그 안경이라도 어떻게 좀 하지."

"제 말이요. 완전 안습이에요."

회계과 여직원들은 하나같이 고개를 저었다.

"저번에 보니까 그 인간, 회장님 지나가니까 90도로 인사하던데?"

"회장님뿐이에요? 자기보다 높은 임원들한텐 무조건 폴더인사예요."

"생긴 건 그래도 손바닥 좀 비비나 봐?"

"솔직히 아부 없이 살아남기 힘들죠."

"그게 아니고 어디 중소기업 사장 아들이란 소문이 있던데?"

"진짜요? 그럼 집 좀 산다는 소리잖아요."

"그렇지. 뭐, 능력이야 확실히 있는 것 같긴 한데, 어쨌든 빽도 있는 거 아닐까?"

"하긴, 입사할 때 회장님이 비싼 양복까지 개인적으로 선물하셨다고 하더라고요."

"헐, 정말?"

"비서실 오 주임한테 들었어요."

"아무리 집에 재산이 많아도 그런 남자는 질색이야. 남자가 그렇게 세심하고 꼼꼼하면 여자가 피곤해. 성격만 보면 아마 섹스할 때도 FM만 고집할 거야."

"매뉴얼 뽑았다가 그거에 맞춰서 하는 거 아닐까요? 정자세로만."

"어우. 진짜 싫다."

"아무튼 결혼할 여자가 누군지 몰라도 불쌍해. 살림하는 것도 사사건건 트집일 텐데. 그치, 최 주임, 김 주임?"

회계과 최고 고참 서 과장의 물음에 모두의 시선이 그들에게로 돌아왔다. 눈을 마주친 지나와 소영은 그저 예의적인 미소를 지었다.

　"깐깐하시긴 하죠."

　"으휴, 깐깐이 뭐야. 사무실 구석구석 돌아다니면서 잔소리한다던데. 사내에 소문 다 났어. 영업부 사람들 시집살이한다고. 그 인간 본부장실 청소도 직접 한다며?"

　부추기는 서 과장의 말에도 지나와 소영은 그저 웃었다. 자칫 상사 욕을 함부로 했다가 입 싼 이 여자들이 동네방네 누구에게 들었다며 소문을 낼 게 뻔할 뻔 자였기 때문이었다.

　끝끝내 별다른 말을 하지 않는 지나와 소영을 탐탁지 않게 보던 서 과장이 다른 말로 화제를 돌렸다.

　"그래도 뭐, 영업부엔 꽃돌이 장동민 팀장이 있으니까 눈요기는 좀 되겠어. 회계과는 케케묵은 아저씨들밖에 없어서 일할 맛이 뚝 떨어지거든."

　그녀들의 수다는 아까 백 본부장에게 한소리를 들었던 장동민 팀장으로 바뀌었다. 그는 준수한 얼굴과 매끈한 스타일을 가지고 있어 늘 사내 여직원들의 입에 오르내리는 인기남이었다.

　아니나 다를까. 여직원들의 눈이 반짝이기 시작했다.

　"저번에 얘기 몇 마디 나눠봤는데 말투도 친절하고 사람이 서글서글한 게."

　"피부도 되게 좋아요. 꿀피부야."

　"여친 있겠지?"

"없는 게 이상하죠. 그 인물에 그 몸매에."

"슈트빨이 죽이긴 하더라. 키가 커서 그런가?"

"키 크다고 다 그런가요? 그럼 백승재 본부장은요? 완전 극과 극이야."

"하긴, 백승재 본부장은 키만 크지. 비주얼은 길에 세워놓은 풍선인형 같아."

그 말에 지나와 소영을 빼놓고 모두가 깔깔깔 웃음을 터트렸다.

"그나저나 누군지 몰라도 장 팀장 애인은 참 좋겠다."

"내가 유부녀만 아니었어도 사고 한번 쳐볼 텐데."

"어머! 이 언니 미쳤어!"

장동민 팀장 얘기에 여직원들의 표정은 눈에 띄게 화사해졌다. 그 말을 잠자코 듣고 있던 지나가 저도 모르게 중얼거렸다.

"더러운 놈."

흘러나온 목소리가 컸는지 여직원들이 지나를 돌아봤다.

"응? 최 주임, 뭐라고?"

여자들의 눈이 무언가 꼬투리를 잡으려는 것처럼 번득였다. 자칫하다간 삼화제약 꽃돌이를 깐 죄로 돌팔매를 맞을 분위기였다.

"아니, 여기 스푼에 뭐가 묻어서. 저기요! 여기 스푼 좀 바꿔주세요!"

지나가 벨을 눌렀다. 멀쩡한 스푼을 바꾸는 사이, 수다는 계속됐다. 이번 화제는 회계과의 귀여운 막내 혜리였다.

그녀는 청순하고 순진한 눈망울로 인상까지 귀염상이라 텃세가 심하기로 소문난 회계과에서 제법 잘 버티고 있었다.

"혜리 씨 요새 연애하지?"

누군가의 질문에 혜리의 눈이 커다래졌다.

"제가요? 아, 아니에요! 안 하는데…….."

펄쩍 뛰던 혜리가 말끝을 흐렸다. 남의 연애사를 씹어대기 좋아하는 언니들의 하이에나 같은 눈빛이 느껴졌기 때문이었다.

새로운 뉴스거리가 백승재 본부장이나 장동민 팀장 말고는 없던 터라, 신입사원 혜리에 대한 관심은 상상 그 이상이었다. 우물쭈물하는 혜리에게 곧 폭풍 같은 질문이 쏟아지기 시작했다.

"몇 살인데?"

"얼마나 됐어?"

"인물은?"

"얘기 좀 해봐!"

난감한 표정을 짓던 혜리가 어색하게 웃었다.

"저, 티 나요?"

"당근이지. 척하면 척이야. 휴대폰 끼고 살지, 이유 없이 실실거리지, 화장하고 옷 입는 것도 전보다 훨씬 더 신경 쓰지."

"와."

자신에 대한 관심에 놀랐는지 혜리의 입이 벌어졌다. 사실은 관심이 아니라 견제였다. 어리고 예쁜 여직원을 향한 여자들의 질투.

곧 주문한 음식이 나왔다. 먹으면서도 그들은 혜리에 대한 추궁을 멈추지 않았다.

"말해봐. 말하기 곤란한 사람이야? 나이 차이가 좀 나나 보지?"

넘겨짚는 고단수에 혜리가 슬슬 입을 열기 시작했다.

"그렇게 많이 나는 건 아니고…… 여덟 살이요."

"여덟 살? 뭐, 그 정도면 나쁘지 않네. 요즘엔 띠동갑 커플들도 많으니까."

쯧쯧쯧. 저렇게 또 하나의 희생양이 나오나?

지나는 속으로 절레절레 고개를 저었다. 회사에선 자나 깨나 입 조심을 해야 한다는 걸 저 스물네 살 꽃띠는 아직 잘 모르는 듯했다. 하긴 여기가 첫 직장이랬지, 참.

"잘생겼어?"

누군가가 묻자 쑥스러운 듯 혜리의 얼굴이 붉어졌다.

"네, 키도 크고요."

"사귄 지 얼마나 됐는데?"

"이제 백 일 좀 넘었어요."

"어머, 그럼 혜리 씨 우리 회사 입사한 지 얼마 안 돼서 사귀기 시작한 거네?"

백 일 따지는 혜리가 귀여운지 다들 함박웃음을 터트렸다. 서 과장이 샐러드를 우적거리며 물었다.

"직업은 뭐야? 남자는 직업이 번듯해야 하는데."

옳거니, 정말 중요한 질문이 나왔다. 얼굴은 둘째 치고, 남자는 능력이라고 믿는 그들에겐 제일 구미 당기는 질문이 바로 그것이었다.

게다가 남자의 직업이 형편없다 싶으면 언제라도 그녀를 위한 조언이랍시고 신랄하게 까댈 준비가 되어 있었다.

"회사 다녀요."

"무슨 회사?"

혜리가 난감한 얼굴로 웃었다. 하지만 그들이 입에 문 먹잇감을 뱉을 리가 없었다.

"그냥 편하게 얘기해봐. 친한 언니들이다, 생각하고. 우리 가족 같은 분위기잖아."

가족은 무슨, 그냥 족 같은 거겠지.

눈에 훤히 보이는 가식들을 보고 있자니 속이 울렁거렸지만, 일이 년 본 게 아니라 이제는 아무렇지 않게 보고 넘길 수 있는 여유가 있었다.

기대감 어린 눈빛에 못 이긴 혜리가 끝끝내 망설이다 대답했다.

"제약…… 회사 다녀요."

"뭐어? 제약 회사?"

다들 놀란 토끼 눈으로 혜리를 바라봤다. 무심히 듣고 있던 지나도 이번엔 먹던 걸 멈추고 혜리를 바라봤다.

"어디 제약? 설마 우리 경쟁사 아니야?"

"아, 아니요! 그건 절대로 아니에요!"

혜리가 손사래를 쳤다. 그러곤 머뭇거리며 말했다.

"말씀드리기 너무 조심스러워서……. 비밀 지켜주셔야 하는데……."

누군데 비밀이란 단어를 운운하는 걸까. 다들 새로운 가십거리에 무작정 '당연하지'를 연발하며 고개를 끄덕였다. 그중 유일하게 대답을 안 하는 지나를 회계과 여직원들이 쳐다봤다.

"아, 그럼. 응, 물론이지."

기계적인 대답을 마치자, 드디어 그 청순한 입술이 열리기 시작했다.

"우리 회사 영업 1팀…… 장동민 팀장이요."

그 말에 다들 얼음이 되었다. 무거운 침묵 속에 혜리가 쩔쩔매기 시작했다.

"만난 지도 얼마 안 됐고…… 아직 소문나면 좀 그럴 것 같아서……. 업무에는 절대로 지장 없게 할게요. 네? 당분간 비밀 좀 지켜주세요! 언니들 부탁드려요! 대신 오늘 점심값은 제가 쏠게요."

혜리가 울먹울먹한 눈동자를 하자, 이내 모두들 어색한 웃음을 터트렸다.

"……하하! 걱정하지 마! 입들이 얼마나 무거운데. 그렇지?"

서 과장이 묻자 다들 고개를 끄덕였다.

속으로는 '어머, 웬일이니.'를 연발하고 있을 게 뻔하면서도 여직원들은 얼굴색 하나 안 변하고 걱정 말라며 의식적으로 다른 이야기로 화제를 돌렸다.

그런 속을 알 리 없는 혜리는 부질없는 믿음만을 쥐어버린 채 해맑게 웃고 있었다.

그리고 굳어버린 지나는 애꿎은 파스타 접시를 노려보고 있었다. 삼켰던 파스타가 갑자기 역류하는 기분이었다.

"헤어진 지 3개월 넘었지?"

옥상 야외 휴게실. 추운 날씨에 옥상 야외 휴게실을 찾는 사람은 아무도 없었다. 찬바람이 부는 그곳에서 소영은 연신 꺼지는 라이터 불을 살리려고 안간힘을 쓰고 있었다.

이내 불이 붙은 담배를 길게 빨아들이며, 소영이 건물 아래를 내려다보고 있는 지나를 곁눈질했다.

"그럼 헤어지자마자 갈아탄 거네. 아니면 그전부터 물밑 작업 하고 있었던지."

소영의 말에 지나가 한쪽 눈썹을 삐죽 세웠다.

장동민.

생각할수록 불쾌한 자식이었다. 그는 입사와 동시에 모든 여직원들에게 호감 순위 1위였다. 그만큼 그는 얼굴도 잘생겼고 젠틀한 매너를 가지고 있었다.

그리고 그녀 또한 그 모습에 넘어간 1인이었다. 하지만 처음부터 그게 목적인 걸 알았다면 눈길조차 주지 않았을 그런 놈이었다.

"가증스러운 놈."

지나가 이를 뿌득 갈았다.

"발정 난 개 같은 놈."

"남자라면 발정 나는 게 당연한 거지."

"그래도 그놈은 아니야! 애초부터 그게 하고 싶었던 놈이라고. 날 좋아해서 만난 게 아니라 나랑 해보고 싶어서 접근했던 그런 거지 같은 놈!"

"그래. 근데 장 팀장 입장에선 열 받을 만하지 않아? 어쨌든 그걸 위해 반년을 넘게 공들인 건데."

"야! 김소영!"

"얼마나 속이 탔겠어. 멀쩡한 여친을 놔두고 집에서 딸딸이나 쳤을 거 아냐. 그것도 이렇게 섹시한 여친을 놔두고 말이야."

그 말에 지나가 눈살을 찌푸렸다. 스물아홉 살 인생에서 그녀가 제일 많이 들었던 말이 바로 그 '섹시'였던 것이다.

말 그대로 그녀는 누가 봐도 섹시했다. 초콜릿 빛깔의 까무잡잡한 피부와 갸름한 얼굴 라인. 살짝 치켜 올라간 고양이 같은 눈매와 반듯한 콧날. 게다가 입술은 보톡스라도 맞은 듯 탱글탱글했고, 눈 밑에 있는 점 하나가 그녀의 섹시에 화룡점정을 찍고 있었다.

그뿐만이 아니었다. 탄력적인 엉덩이와 빵빵한 가슴으로 중무장을 한 몸매는 어디 하나 버릴 곳 없이 완벽했다. 외갓집 대대로 내려오는 우월한 유전자의 힘이었다.

하지만 지나는 그런 것들이 조금도 감사하지 않았다.

얻는 게 있으면 잃는 것도 있는 법. 사춘기가 지나고 성인에 가까워질 무렵, 그녀에겐 유독 변태들이 자주 붙었다.

특히 지하철을 이용할 때 그 정도가 심했는데, 그 때문에 그녀는 지금까지도 사람 많은 지하철을 피했다. 물론 버스라고 안전한 건 아니었지만 적어도 지하철보단 나았다. 평소 출근길을 새벽같이 서두르는 이유도 바로 오늘 같은 일을 피하기 위해서였다.

상황이 이렇다 보니 그녀는 지금껏 제대로 된 연애 경험이 없었다. 어딜 가나 주목을 받고 눈에 띄었지만 정작 그 관심들은, 남자들에겐 성적 호기심을, 여자들에겐 질투와 시기심을 불러일으켰기 때문이었다.

물론 대학생활 때 잠깐씩 사귀었던 남자들은 있었다. 하지만 그 관계는 알맹이 없는 빈껍데기에 불과했다. 남자들은 하나같이 얼마 안 가 그녀에게 흥미를 잃기 일쑤였다.

그녀가 생긴 것처럼 화끈하지도 잘 노는 스타일도 아니었고, 의외로 고리타분하고 보수적이었기 때문이다.

게다가 바라는 잠자리까지도 해주질 않으니 금세 지쳐서 나가 떨어질 수밖에.

그런 일들이 반복될수록 남자에 대한 그녀의 불신은 팽배해갔다. 하지만 동민은 달랐다. 아니, 다르다고 믿었다. 그는 사내연애를 탐탁지 않아 하는 그녀를 최대한 배려해주며 천천히 다가와주었다.

진지하고 신사적인 그 모습이 진실일 거라 생각했다. 하지만 철저한 착각이었다. 그가 보여준 모습은 모두 거짓이었다.

'맞춰주고 봉사해줬으면 너도 뭔가 있어야 되는 거 아니야? 그럼 내가 널 왜 만났을까? 그만하자. 더 이상은 시간 아까우니까.'

적지 않은 충격이었다. 아직도 그가 했던 말들이 한 번씩 생각날 때마다 이가 갈렸다. 그가 보여줬던 모습 모두가 사랑해서가 아니었다니. 대가를 바라는 봉사였다니. 그녀가 보았던 남자들 중, 그는 단연 최악의 남자였다.

쓴 물이 올라오는 걸 삼키며 지나가 조용히 중얼거렸다.

"나는 이미 헤어졌으니까 그렇다 쳐도, 회계과 혜리가 걱정이다. 그 늑대 같은 놈하고 사귀고 있다니."

불쌍했지만 그놈의 실체에 대해서 말해줄 수도 없는 노릇이었다. 자칫했다간 그녀만 난감한 소문에 휩쓸릴지도 몰랐기 때문이다. 하지만 소영의 생각은 달랐다.

"혜리는 다를지도 모르지."

그 말에 지나가 소영을 돌아봤다.

"다를지도 모른다니?"

"걔 청순 돋고 조신해 보이잖아."

"그래, 그러니까 큰일이지. 그 자식 꼬임에 쉽게 넘어갈 거 아냐. 나중에 상처받으면 어떡해."

소영이 혀를 끌끌 찼다.

"이거 또 모르는 소리 한다. 이봐요, 최지나 씨. 연애도 다 상대성인 거야. 대상에 따라 요구하는 게 다른 거라고."

그 말을 곰곰이 생각해보던 지나가 미간을 구겼다.

"그러니까 그 말은 뭐야. 그 자식이 혜리한테 바라는 건 그게 다가 아니란 거야?"

"그럴지도. 솔직히 까놓고, 나이트 가서 원나잇 하려고 만난 여자랑 절친한테 소개팅 받아서 만난 여자랑, 대하는 마음이 같겠어? 목적 자체가 다른데. 장 팀장이 너한테 그랬다며. 처음부터 섹스가 목적이었다고. 하지만 강혜리는 결혼상대자로 만나는 걸수도 있잖아."

지나가 머리를 감싸 쥐었다. 생각할수록 열불이 올라왔다.

"김소영, 잘 봐봐. 내가 그렇게 놀게 생겼니? 기가 막 세 보여?"

지나가 최대한 순진무구한 눈동자를 하고 소영을 바라봤다. 담배를 입에 문 채 소영이 그녀를 머리끝부터 발끝까지 훑었다.

"음, 솔직히 말해?"

"객관적인 진실만을 말해."

소영이 난감한 얼굴로 정면을 바라봤다.

"참…… 해 보이진 않지."

친구랍시고 최대한 순화해서 해준 말이었다. 그걸 알기에 지나는 금세 축 처지고 말았다. 뭐, 한두 번인가. 보이는 이미지만으로 오해를 받는 것이. 이제는 정말이지 지쳤다. 그냥 보이는 대로 보고, 믿고 싶은 대로 믿게끔 내버려두는 게 상책인가 싶기도 했다.

"소영아, 나 진짜 청순하고 싶어. 첫눈하고 어울리는 그런 여자 있잖아."

그래, 내리는 첫눈과 어울리는 그런 여자. 남자들의 마음속에 아련히 남아서 떠올리면 엄마 미소 짓게 되는 그런 수수하고도 가련한 첫사랑 같은 여자.

기운 빠진 그녀의 얼굴을 소영이 턱을 괸 채 바라봤다.

"너 기억나?"

"뭐가?"

"우리 연초에 철학관 갔었잖아. 사주 보러."

소영의 말에 지나는 잠시 잊었던 기억을 되살렸다. 새해가 시작되고 시내로 쇼핑을 나갔다가 재미 삼아 사주를 보러 철학관에 들른 적이 있었다.

그때 그 수염 덥수룩한 할배가 뭐라고 했더라?

'아가씨, 아가씨한테는…….'

"너보고 도화살이 있다고 그랬잖아."

맞다! 그런 말을 했었다. 도화살!

"그래서 색기를 눌러줄 짝을 만나야 한다고. 그걸 풀어줄 남자가 없으면 사방팔방에서 쓸데없는 파리들이 많이 꼬인다고 말이야."

"응, 그랬어."

"한마디로 넌, 빨리 시집가는 게 상책이랬어."

솔직히 재미로 본 거라 크게 신경 쓰지도 않았지만 역술가 할배의 그 말은 너무나 막연했다. 지나가 심드렁한 얼굴로 중얼거렸다.

"시집은 아무나 가니? 남자가 있어야 가지."

그것도 진심을 나눌 수 있는 그런 남자가.

소영의 얼굴이 진지해졌다.

"그게 꼭 시집을 가야만 가능할까?"

"무슨 소리야?"

"이참에 한번 해보는 것도 나쁘지 않다고."

"뭘?"

"섹스."

"큽."

갑자기 넘어간 마른침에 사레가 걸렸다. 얼굴이 새빨개진 지나를 보며 소영이 태연하게 말을 이었다.

"막말로 경험 없는 게 흠도 아니지만, 그렇다고 자랑도 아니잖아? 요즘 남자들, 숫처녀는 오히려 부담스러워한다던데."

숫처녀란 말에 지나는 멋쩍은 표정이 되었다. 물론 아끼려고 아껴둔 건 아니었다. 다만, 주고 싶은 남자를 못 찾았던 것뿐.

"생각해보면 네가 경험이 없어서 불필요한 색기를 너도 모르게 방출하고 다니는 건지도 몰라. 인간의 대표적인 기본 욕구 중에 하나가 바로 성욕이잖아."

한 번씩 터지는 소영의 궤변이 시작되었다.

"근데 넌 아직까지도 그걸 해소 못 한 거지. 그래서 쓸데없는 인간들이 꼬이는 거 아닐까? 역술가가 누르라는 색기가 뭐겠어. 성적으로 풍기는 페르몬 아니겠어? 짝을 만나라는 건 뭘까? 섹스로 그걸 누르라는 거지. 그러니까 이참에 쿨하게 한번 해보자."

지나의 입술이 실룩였다.

"그게 말이니, 밥이니. 기승전섹스야?"

"아무튼! 어쨌든 처녀성 갖고 있다고 국보로 지정되는 것도 아니잖아. 가끔 너 보면 뭔 재미로 사나 싶다니까? 사람이 즐기면서도 살아야지."

"나도 충분히 즐기면서 살아! 꽃꽂이도 배우고, 뜨개질에 자수도 하고, 고전 영화도……."

"그런 거 말고!"

소영이 담배를 뻐끔거렸다. 골초도 아닌 것이 저렇게 피워대는 걸 보니 어지간히 답답한 모양이었다.

"내 말은, 그냥 괜찮은 놈 있으면 한번 해보라고. 그게 꼭 사랑이 있어야 할 수 있다는 고정관념을 버리란 말이야. 막말로 해본 거랑 안 해본 거랑 같겠어? 말로 백 번 듣느니, 한 번 해보는 게 낫지. 또 막상 해보면 네 생각이 바뀔 수도 있어. 아! 이렇게 좋은 걸 내가 왜! 이럴지도 모른다고."

"그런…… 가?"

잠자코 듣고 있던 지나의 미간이 좁아졌다. 희한한 일이었다. 오늘따라 소영의 저 궤변과도 같은 열변이 왜 이리도 귀에 쏙쏙 들어온단 말인가.

지나의 표정에 미세한 변화가 감지되자 소영이 쐐기를 박았다.

"솔직히 남자들치고 그거 안 밝히는 남자가 어디 있어? 그게 정상이야? 고자지. 사랑이란 건 플라토닉과 에로스의 완벽한 조화야."

플라토닉과 에로스의 완벽한 조화.

그럼 난 뭐지? 동민을 사랑하긴 했던 걸까?

그가 좋았다. 그는 다정하고 따뜻하고 다른 남자들처럼 서두르지 않았기 때문이다. 하지만 이상하게도 육체적인 쪽으론 그다지 끌리지가 않았다.

키스를 할 때조차도 별 감흥이 없었다. 그냥 이 남자가 키스를 참 잘하는구나, 정도.

그게 아니라면 여자로서의 육감이 그가 자신의 짝이 아니란 걸 알고 있었던 걸까?

지나의 표정이 갈수록 오묘해졌다. 소영의 말은 틀린 것이 없었다. 뭐라고 반박할 말이 없었다.

어쩌면 문제는 자신이 가지고 있는 고정관념일지도 몰랐다. 무조건적으로 잠자리를 기다려주느냐 안 기다려주느냐로 상대의 마음이 진심인지 아닌지를 판단하려 드는.

마음이 통하면 몸도 열리는 게 인지상정인데.

그것은 어떤 남자도 그녀를 순수하게 보지 않는다는 데서 오는 트라우마였다. 의심과 불안. 그리고 실제로 지금까지도 그녀가 만난 남자들 중, 순수한 의도로 그녀에게 접근한 남자는 단 한 명도 없었다.

말술 먹게 생긴 여자, 나이트 죽순이일 것 같은 여자, 남자 엄청 후리고 다닐 것만 같은 그런 여자.

외모에서 풍기는 분위기만 보고 남자들은 쉽게 그녀를 판단하고 접근했다. 그저 즐기기 좋은 연애 상대, 그 이상도 그 이하로도 보지 않았다.

그러한 기억들이 그녀의 마음속에 강한 틀을 만들고 고정관념을 심어버렸다.

지나의 마음이 일렁이기 시작했다. 한 번씩 소영에게 이런 말을 들을 때면 들은 척 만 척 무시하고 말았었는데. 하지만 서른을 코앞에 둔 지금. 그녀 자신에게도 무언가 변화가 필요하다는 생각이 들었다.

"소영아, 오늘 약속 있어?"

"아니, 왜?"

"나이트 가자고."

소영의 눈이 휘둥그레졌다.

"나이트?"

고개를 끄덕이는 지나의 두 눈이 알 수 없는 결심으로 반짝였다. 소영이 의아한 얼굴로 물었다.

"너 나이트 질색이잖아, 시끄럽다고."

"그냥 가보려고."

"어차피 춤도 안 출 거면서."

"춤은 됐고."

"그럼 뭐? 원나잇이라도 하게?"

"응. 까짓것, 한번 해보지, 뭐."

예기치 못한 대답에 소영이 담배연기를 잘못 삼키고 말았다. 짧게 쿨럭거린 그녀가 지나를 바라봤다.

"진심?"

"진심."

소영이 믿을 수 없다는 듯 헛웃음을 터트렸다. 지나의 눈빛이 어둡게 빛났다.

"웃지 마라. 나 진지하거든."

"아, 알았어."

하지만 소영은 여전히 못 믿는 눈치였다. 그럴수록 지나는 다짐을 굳혔다.

그래, 이깟 처녀딱지 갖고 있으면 뭐 하는데. 이번 기회에 나도 변할 거야. 좀 더 쿨하고, 화끈한 여자로!

속으로 결심을 거듭하며 지나가 소영의 담배 케이스를 가리켰다.

"하나 줄래?"

소영의 눈이 둥그레졌다.

"안 피우잖아."

"그러니까. 피워보자고."

"얼씨구."

소영이 케이스를 내밀자 지나가 냉큼 하나를 꺼내 물었다. 입안으로 담배 향이 퍼지자, 살짝 긴장이 되었다.

"진짜 불 붙인다?"

소영의 물음에 지나가 고개를 끄덕였다.

인생 뭐, 있어? 안 해본 건 다 해보자!

그런 생각이 들자 이상하게도 마음이 들뜨고 흥분되었다. 지나가 용기를 내어 담배 한 모금을 깊게 빨아들였다. 순간, 매운 연기가 목구멍으로 넘어가며 숨이 턱 막혔다.

"컥! 헤엑!"

"괜찮아?"

"억! 쿨럭쿨럭!"

괴로운 기침이 이어졌다. 그녀의 얼굴이 벌겋게 달아올랐다.

"이런 걸…… 컥! 왜 피우는 거야! 크학!"

지나가 들고 있던 담배를 뒤로 휙 집어 던졌다. 그때, 뒤에서 인기척이 들렸다. 돌아본 지나가 경악했다. 백승재 본부장이 서 있었다.

"본, 본부장님……."

그녀가 하얗게 질린 얼굴로 그를 바라보았다.

치이익.

그의 가슴 부근에서 하얀 연기가 올라오고 있었다. 그녀의 입이 쩌억 벌어졌다.

설마…… 설마 저거 내가 던진 담배야?

바람에 날린 담배는 운이 나쁘게도 정확하게 그의 양복 앞섶으로 떨어져 넥타이에 걸쳐진 상태였다.

맙소사!

놀란 지나가 돌처럼 굳어 있는 사이, 그는 표정 하나 바뀌지 않고 조용히 담배를 집었다. 바닥에 담배를 떨어뜨린 그가 깨끗한 구둣발로 그것을 뭉근히 밟아 껐다.

"어, 어떡해! 괜찮으세요?"

정신을 차린 지나가 얼른 그에게 다가갔다. 그러자 고급스러운 그의 감색 양복에 남은 담배 자국이 보였다. 맹꽁이 안경 너머로 보이는 작은 그의 눈이 감정 없이 번득였다.

"150만 원입니다."

"예……?"

"이 양복 상의."

그가 흔적이 남은 부분을 가리키며 말했다.

"이번 달 월급 나오면 변상하세요."

개망.

지나는 아찔해지는 정신을 바로잡았다. 월세부터 생활비, 매달 들어가는 적금까지 빼고 나면 손가락을 빨아야 할 상황이었다. 아니면 카드 12개월 할부를……

휘청이는 다리에 힘을 주며 지나가 고개를 꾸벅였다.

"죄송합니다. 정말 죄송합니다."

"됐어요. 그만 내려가 봐요. 점심시간 끝나기 3분 전입니다."

"아, 예!"

가볍게 목례한 그들은 후다닥 그 자리를 벗어났다. 소영이 식겁한 표정을 지었다.

"와! 깜짝이야!"

갑작스런 그의 등장에 소영도 꽤나 놀란 모양이었다. 지나가 초조한 얼굴로 소영을 돌아봤다.

"언제부터 있었던 거지? 설마 우리 얘기 들은 건 아니겠지?"

"쓰읍. 글쎄?"

"어떡해! 어떡하냐고!"

펄쩍 뛰는 지나의 등을 소영이 가볍게 쳤다.

"에이, 들었으면 좀 어때."

"야! 김소영!"

"아니, 뭐. 못 들었으면 다행이긴 한데, 들었다 해도 문제 될 건 없잖아. 다 큰 성인들이 그런 얘기할 수도……."

"쪽팔리잖아! 쪽팔리니까 그렇지!"

지나가 어깨를 감싸며 치를 떨었다.

"어떻게 인간이 불 붙은 담배를 품었는데도 무덤덤할 수가 있어? 어후!"

무미건조한 그의 얼굴이 떠오르자 괜스레 오금이 저렸다. 지나가 바르르거리는데 옆에서 웃음소리가 들렸다. 소영이었다. 지나가 세모꼴로 눈을 치떴다.

"남 일이다, 이거지?"

"아, 미안!"

소영이 억지로 웃음을 삼키며 말했다.

"자꾸 생각나서. 담배빵…… 크흐흐."

"뭐? 담배……! 으으. 말을 말자!"

눈물까지 달고 큭큭거리는 소영을 두고, 지나는 먼저 계단을 내려가버렸다. 비상구 문을 열어젖힌 그녀가 울상을 지었다.

악! 일진 사나워!

퇴근 후 지나는 소영을 따라 강남에 갔다. 저녁으로 쌀국수를 먹고 카페에 들러 커피 한 잔을 하며 이런저런 이야기를 하다 보니 어느덧 늦은 밤이었다.

그들이 나이트에 입성한 시간은 11시가 조금 안 된 시각. 연말이라 그런지 평일인데도 사람들이 북적이고 있었다.

정신없이 움직이는 사이키 조명과 현란하게 돌아가는 미러볼. 그 아래에서 사람들은 미친 듯이 춤을 추고 있었다.

소영의 말로는 강남에서 제일 물 좋고 잘나가는 나이트란다. 원나잇의 정석은 클럽이지만 클럽은 앉을 자리가 마땅치 않고 저마다 맥주병을 들고 서 있기가 일쑤라서 체력이 달리는 사람은 오래 못 논다고 했다.

그나저나 저건 무슨 광경인가. 알 수 없는 음악에 맞춰 사람들이 죄다 똑같이 움직이고 있었다. 난해한 음악만큼 난해한 동작들이었다. 그녀는 눈살을 찌푸렸다.

역시, 안 맞아.

머리를 울리는 소음 속에 그녀는 우두커니 혼자 방치되어 있었다. 하품이 나왔다. 평소 같으면 벌써 잘 시간인데.

그녀가 졸린 눈으로 주변을 둘러보았다.

'오늘은 따로 놀기다? 잘해봐. 이왕이면 멋지고 잘생긴 놈으로.'

잘해보긴 뭘 잘해봐. 아무것도 안 보이는고만.

어지러운 조명 아래, 사람들 얼굴이 죄다 얼룩덜룩해 보였다. 누가 잘생기고 멋진지 분간이 되지 않았다.

그나저나 결심을 하고 오긴 했는데 지금 이게 잘하는 짓인지 모르겠다.

"후우……."

한숨과 함께 후회가 살짝 밀려들었다. 남자들이 자신을 힐끔거리고 있었다. 들어온 지 한 시간도 채 되지 않았는데 부킹만 십여 차례 한 것 같았다. 그사이에 소영은 어디론가 가버렸고.

지나는 실망스런 얼굴로 맥주잔을 들어 입술만 적셨다. 막상 오긴 왔는데 끌리는 사람도 없을뿐더러, 마음 한구석에 남아 있던 원나잇이라는 단어가 주는 거부감이 슬금슬금 기어 올라오고 있었다.

게다가 남자들은 오늘따라 왜 이렇게 음흉하게만 보이는지. 오늘 지나의 옷차림은 굉장히 수수했다. 노출이 있는 것도 아니었고, 골지로 된 폴라 티셔츠에 스키니진이 전부였다.

그럼에도 불구하고 그녀는 등장과 동시에 모든 남자들의 눈을 사로잡았다. 그녀는 어둠 속이라고 대놓고 몸매를 훑는 남자들의 시선이 불쾌하기 짝이 없었다.

아, 몰라. 그냥 갈까?

순간 갈등이 생겼다.

국보로 지정해주지 않는다고 한들, 숫처녀는 부담스럽다는 소리를 듣는다고 한들, 어쨌든 처음 본 남자와 하룻밤을 보낸다는 게 영 껄끄러웠다.

게다가 그런 남자들이 어디 한두 번 해봤을까? 수도 없이 해봤겠지. 원산지가 불명인 남자는 아무리 생각해도 꺼림칙했다.

잘못 했다가 병이라도 옮는 거 아니야?

"으! 싫어."

지나가 질색을 하며 가방과 코트를 챙겨 들었다. 건강과 직결된 생각이 그녀의 결심을 송두리째 흔들어버린 것이다. 그때, 웨이터 한 명이 그녀의 손목을 잡았다.

"누나!"

언제 봤다고 누나인가. 아닌 게 아니라 웨이터는 그녀보다 한참 어려 보였다.

"누나한테 진짜 어울릴 만한 남자분이 있어요!"

"됐어요."

"에이! 후회 안 하신다니까!"

"어머, 어머머!"

깡마른 게 힘이 장사였다. 지나는 반강제로 웨이터에게 끌려갔다. 테이블 몇 개를 지나자 룸이 나오기 시작했다. 시끄러운 스테이지와 달리 룸이 있는 곳은 비교적 조용한 편이었다.

"저기요! 안 한다니까요!"

"한 번만요, 누나! 딱 한 번!"

눈 깜짝할 새에 웨이터는 문을 열고 그 안으로 지나를 밀어 넣었다.

"좋은 시간 되십시오!"

쾅!

90도로 인사한 웨이터가 다급히 문을 닫고 나가버렸다. 긴 소파 위로 떠밀린 지나가 기분 나쁜 얼굴로 재빨리 자리를 털고 일어났다.

그녀가 소파 정중앙에 앉아 있는 남자를 보고 말했다.

"죄송합니다. 다른 분하고……."

어?

순간 그녀가 멈칫했다.

백승재 본부장?

아니다. 백승재 본부장은 저런 인상이 아니다. 자신이 알고 있는 백승재 본부장은 분명 맹꽁이 안경에다가 로봇인증 포커페이스……. 그런데……!

그녀의 눈이 점점 더 커다래졌다. 믿을 수가 없었다. 그녀는 바보처럼 눈까지 비비고 말았다. 하지만 아무리 봐도 이건…….

……백승재 본부장!

그녀는 뜨악했다. 소파에 기대어 다리를 꼬고 앉아 있는 남자는 분명 자신이 아는 그 백승재였다. 그녀의 시선이 그가 입고 있는 감색 양복 상의로 향했다.

맙소사!

상의 앞섶엔 그녀가 점심때 남긴 담배빵이 남아 있었다. 그것도 아주 선명하게.

1장. 처음인 듯, 처음 아닌, 처음 같은 너

　순간 진공상태에 있는 것처럼 양쪽 귀가 먹먹했다. 지나는 반사적으로 그를 향해 인사했다.

　"안녕하세요, 본부장님!"

　회사에서 보고 여기에서 또 보다니! 오늘 일진 정말…….

　그녀는 애써 비틀어지는 입술을 바로 했다.

　그런데 저 인간이 나이트라니? 뜻밖이었다. 집에서 청소 덕후나 할 것 같은 인간이.

　지나는 얼른 이 상황을 벗어나고자 급히 만남을 마무리했다.

　"즐거운 시간 되세요. 내일 회사에서 뵙겠습니다."

　"최지나 주임."

　돌아서는 그녀를 그가 붙잡았다. 그녀가 최대한 웃는 낯으로 뒤를 돌아봤다.

"예, 본부장님."

"앉지 그래요."

"예?"

"잠깐 앉았다 가요."

예기치 못한 말이었다. 하지만 그보다 더 놀라운 건 그의 말투였다. 평소 딱딱하고 까칠한 말투가 아닌, 뭔가 말랑말랑하고 부드러운 말투였다. 순간 빠지려는 넋을 간신히 붙들었다.

"아닙니다. 전 이제 막 나가려던 참이었거든요."

"밖에 남자라도 기다립니까?"

"네에?"

놀란 그녀가 손을 저었다.

"아니요! 그게 아니라……."

"그럼 앉아요."

그가 덤덤한 얼굴로 말했다.

"서로 모르는 사이도 아닌데 어색할 거 없잖아요."

난 네가 상당히 어색하거든?

차마 뱉을 수 없는 말을 삼키며 지나가 쭈뼛쭈뼛 소파에 앉았다. 더 이상 거절하는 건 예의가 아닌 것 같았다.

잠깐 앉아 있다 가지, 뭐.

조금 떨어져 앉은 그녀를 보고 승재가 물었다.

"술 잘해요? 주당으로 소문나 있던데."

그 말에 지나의 입꼬리가 실룩였다.

도대체 이 근거 없는 소문은 어디에서 시작돼서 어디까지 퍼져

나가는 거야!

바로 이런 걸 보고 아니 뗀 굴뚝에서 연기가 난다고 하는 거다. 하지만 백날 아니라고 우겨봤자 소용없었다. 사람들은 그녀가 내숭을 떤다고 생각했다.

아마도 그런 근거 없는 소문에 한몫하는 건 사내 여직원들의 입방정일 것이다. 어떤 이유에서건 남직원들의 호감을 산다는 건 같은 여자들에게 시기와 질투를 불러일으키기에 충분했으니까.

에라, 모르겠다. 보고 싶은 대로 보고, 믿고 싶은 대로 믿으라지.

지나가 새침한 어조로 대답했다.

"그냥 조금 하는 편이죠."

"그래요?"

승재가 술을 권하려 하자 지나가 고개를 저었다.

"아니요, 전 됐어요!"

"받아요, 처음 따라주는 술이잖아요."

지나가 억지 미소를 지었다. 사실 그가 입사한 후 환영회를 열어야 했지만 당사자인 그가 마다하는 바람에 함께 회식 자리를 가진 적이 단 한 번도 없었다.

그는 말 그대로 출근 첫날부터 미친 듯이 일만 했다. 그리고 일에 관련된 얘기가 아니고서는 그 흔한 날씨 얘기조차도 입에 올리는 법이 없었다.

그런 그가 자신을 보고 술을 권하고 있으니, 지나에겐 당최 이

상황이 적응 불가였다. 게다가 안경을 벗은 그는 상당히 낯선 인상이었다. 맹꽁이같이 작아 보였던 눈은 온데간데없고, 길고 선명한 눈초리만이 남아 있었다.

안경 하나로도 사람이 저렇게 달라 보이나?

"팔 떨어뜨릴 생각 아니면 어서 받아요."

"아."

그녀는 저도 모르게 냉큼 잔을 내밀었다.

에라, 모르겠다. 이거 한 잔 마신다고 어떻게 되겠는가.

가볍게 잔을 부딪쳤다. 지나가 두 눈 질끈 감고 호박 빛깔의 액체를 한 번에 꿀꺽 삼켰다.

화르륵.

불길이 올라왔다. 목구멍을 타고 넘어간 싸한 액체는 가슴 부근에서 화한 불길을 남기고 사그라졌다.

"크."

처음 마셔보는 독한 술이었다. 하긴, 맥주도 입에 잘 안 대는 그녀에게 양주에 대한 면역이 있을 리 만무했다.

헛기침이 터져 나오려는 걸 간신히 눌러 참았다. 지금 기침을 하면 왠지 지는 것만 같았다. 이상한 오기였다.

"괜찮아요?"

"그, 그럼요."

저도 모르게 코 막힌 소리가 흘러나와 얼른 입가를 훔쳤다.

아으, 독해.

머뭇거리던 지나가 곧 태연한 척, 사과 한 조각을 집어서 단 두

입만에 먹어치웠다. 순간 그의 입술이 픽, 올라갔다. 하지만 지나가 눈을 깜빡이는 사이 그 미소는 사라지고 없었다.

그럼 그렇지. 저 인간이 웃을 리가 없지.

입사한 지 세 달 동안 웃는 얼굴을 단 한 번도 본 적이 없었다. 감정 결핍자인가 싶을 정도로 지나가 본 그는 통나무 같은 인간이었다.

그나저나 실내 공기가 조금 더운 것 같다. 주위를 두리번거리는데 그와 정통으로 눈이 마주치고 말았다.

지금 나 보고 있었던 거야? ……설마.

어처구니없는 생각에 지나가 얼른 눈을 돌리며 딴청을 부렸다.

"호, 혼자 오신 거예요?"

그가 고개를 끄덕였다.

"그런 최 주임은?"

"저는 소…… 친구랑 둘이 왔어요."

소영은 거론하지 말자는 생각이 들어 얼른 얼버무리고 말았다. 오늘 여기에서 상사와 부딪친 건 자신 하나로 족하니까.

"한 잔 더 해요."

"됐습니다. 저는 이제…….

"막잔."

그녀의 말을 부드럽게 자르며 그가 잔을 채웠다. 지나는 난감했다. 평소 대나무 같던 인간이 이렇게 버들가지처럼 유하게 구니까 차마 거절하기가 쉽지 않았다.

사실 강요는 아니었으니 마시든 안 마시든 자유였지만, 그녀는 채워진 잔을 보며 갈등했다. 이 지독한 술에 묘한 끌림이 있었던 것이다. 꽉 막힌 무언가가 해소되는 것만 같았다.

그래, 막잔!

그녀가 과감하게 술을 받아 입안으로 털어 넣었다.

"후아."

조금 전보다 더 자유분방하게 이 과일, 저 과일 마구 집어 먹었다. 진짜 주당이 된 기분이었다.

아니면 사실은 나…… 정말 주당 아닐까?

어쩌면 그럴지도 모른다는 생각이 들었다. 사실은 본인도 모르는 어떤 모습이 숨겨져 있는데, 그걸 스스로가 꼭꼭 옭아매서 몰랐던 것은 아닐까 하는.

얼토당토않은 생각 끝에 실내는 조금 더 더워졌다. 그녀가 벌건 얼굴로 주위를 둘러봤다. 갑자기 목을 감싼 폴라티가 갑갑하게 느껴졌다.

"더워요?"

"네, 조금 덥네요."

지나가 티셔츠 목 부분을 살짝 잡아당겼다.

"최 주임, 취한 것 같은데."

"제가요? 전혀요."

지나가 손사래를 쳤다. 그 말을 듣다 보니 정말 그런 것도 같았지만 이왕 허세를 떨었으니 끝까지 가기로 작정했다.

하지만 조금씩 더해가는 열기에 그녀는 뒤늦게 취기가 올라온다는 사실을 인정했다. 그걸 들킬세라 그녀가 가방과 코트를 슬그머니 챙겼다.

"전 이만 가봐야 할 것 같아요. 내일 회사에서 뵙겠습니다."

그런데 순간 일어난 자리에서 다리가 꺾였다.

"……어!"

빙그르르. 머리가 돌았다. 그렇게 눈앞이 360도로 회전을 한 후에야 제자리로 돌아왔다.

"괜찮아요?"

나직한 그의 물음이 상냥하게 들렸다. 몇 번 눈을 깜빡이자 둘로 보이던 그가 하나로 보였다. 그제야 그녀는 자신이 그의 품에 안겨 있다는 것을 깨달았다.

"괘, 괜찮아요. 고맙습니다."

지나가 몸을 바로 하려는데, 자신을 감싸고 있던 그의 팔에 은근히 힘이 들어가는 것이 느껴졌다. 그녀가 커다란 눈을 치떴다. 얼굴이 너무 가까웠다. 알싸한 알코올 향이 코끝을 건드렸다. 그 냄새가 그에게서 나는 건지 자기한테서 나는 건지 분간이 되지 않았다.

그만큼 너무…… 가까웠다. 불현듯 심장이 뛰기 시작했다.

쿵쾅쿵쾅.

그녀가 흔들리는 눈으로 그를 응시했다. 안경을 쓰지 않은 그의 맨얼굴을 이렇게 코앞에서 보는 건 처음이었다.

진갈색의 눈동자는 끝을 알 수 없을 만큼 깊고 강렬했다. 가늘게 뜬 그의 두 눈은 상당히 섹시했다.

미쳤어. 섹시하다니.

뇌리를 스친 생각에 그녀는 당황했다.

섹시하다니. 백승재가 섹시하다니!

하지만 그녀의 두 눈엔 지금 허수아비 같은 그의 감색 양복도, 촌스러운 이대팔 가르마도 보이지 않았다. 오직 빠져들듯 깊은 눈동자만이…….

순간 어깨를 감싸고 있던 그의 손이 스륵, 아래로 내려왔다. 그녀의 팔을 지그시 움켜쥔 그가 낮은 목소리로 속삭였다.

"최지나 씨."

그에게서 처음 듣는 제 이름이 낯설게만 느껴졌다. 중저음의 목소리는 꿀을 묻힌 것처럼 달콤했다.

어떡해. 나 진짜 취했나 봐.

지나는 두근대는 심장 소리가 들릴까 봐 긴장했다. 그가 느린 눈빛으로 그녀의 입술을 훑었다.

"오늘 밤 나랑 있는 거 어때요."

"예?"

전혀 예기치 못한 말이었다. 심장이 쿵, 바닥으로 떨어졌다. 지나는 그만 얼빠진 얼굴이 되고 말았다.

뭐라고? 지금 뭐라고 말한 거야? 잘못 들었나?

제 귀를 믿을 수가 없었다. 그런 지나에게 쐐기를 박듯 그가 다시 한 번 말했다.

"계급장 다 떼고 남자 대 여자로 제안하는 겁니다. 오늘 밤, 나랑 어때요?"

그의 표정이나 말투는 의심할 여지조차 없이 진지했다. 바닥으로 곤두박질쳤던 심장이 다시 튀어 올라와 쿵쿵대기 시작했다. 떨어지기 전보다도 훨씬 더 강력하게.

도대체 이게 무슨 일이란 말인가. 백승재 본부장이 자신에게 원나잇을 제안하다니.

지나가 애써 침착한 얼굴로 물었다.

"혹시…… 취하셨어요?"

"전혀."

"그럼 왜……."

"오늘 최지나 씨가 무척 매력적이니까."

아, 이 뻔한 작업멘트. 하지만 그녀는 딱히 거절하지 못했다. 그녀의 머릿속에선 이미 악마의 유혹이 시작되고 있었다.

자, 오늘 네가 나이트에 온 이유를 생각해봐. 정말 화끈하고 쿨한 여자로 변하겠다고 결심했잖아? 네가 가지고 있던 구닥다리 편견 따윈 날려버려! 이건 좋은 기회야. 안 그래도 상대가 마땅치 않았는데 잘됐잖아. 네가 걱정하던 어중이떠중이가 아니라 신원이 확실한 남자라고! 게다가 이 일은 절대로 새어 나가지 않을 거야. 회사 안에서 쓸데없는 소문이 나길 그도 원치 않을 테니까.

경험하지 못한 신세계에 대한 호기심. 자신 안에 내재되어 있는 틀을 깨고 싶은 욕구. 내면이 요구하는 끝없는 유혹과 후끈 오르는 술기운까지.

그녀의 가슴으로 전에 없던 용기가 뭉글뭉글 피어오르기 시작했다. 그녀의 붉은 입술이 단호하게 대답했다.

"좋아요. 나가요."

달리는 택시 안에서 그녀는 멍한 눈으로 창밖을 바라봤다. 살짝 열어둔 창 너머로 시린 바람이 들어왔다. 덕분에 술기운이 조금씩 날아가고 있었다. 그러자 자신이 무슨 짓을 저질렀는지 뒤늦게 자각이 왔다.

하지만 이제 와서 했던 말을 번복하고 싶은 생각은 없었다. 이건 분명 미친 짓이라는 마음 이면엔 그냥 이대로 가보자는 객기 어린 생각도 여전했기 때문이다.

그녀는 승재에게 잡힌 손을 꼼질거렸다. 아릴 정도로 꽉 잡혀 있었다. 그는 나이트 주변으로 널려 있는 모텔을 가지 않고 택시를 탔다. 그가 말한 목적지는 근처에 있는 호텔이었다. 그것도 호텔치고도 꽤 이름 있는 곳이었다.

있는 사람은 역시 클래스가 다르구나.

모르긴 몰라도 연봉이 어마어마할 것이었다. 들리는 소문에 의하면 스카우트 제의를 한 곳이 한두 군데가 아니라고 했으니까. 아니면 정말로 집이 좀 살아서 빽이 든든한 걸까?

문득 지나는 제 손을 잡고 있는 그의 손이 무척이나 뜨겁다는 것을 깨달았다. 돌아본 순간 그와 눈이 마주쳤다.

당황한 그녀가 얼른 눈을 돌렸다. 취기가 가셨는데도 심장이 미친 듯이 뛰고 있었다.

도착한 호텔에서 그녀는 멀찍이 떨어져 그가 체크인 하는 것을

지켜보았다. 엘리베이터를 타자 그가 다시 손을 잡았다. 그 손아
귀가 아까보다 더 아프다.

"저기, 저 도망 안 가거든요."

"아, 미안."

잡은 손이 그제야 조금 느슨해졌다. 지나는 엘리베이터 벽면에
붙어 있는 거울로 나란히 서 있는 자신들을 보았다. 마치 커플 같
았다. 사랑을 나누기 위해 호텔을 찾은 평범한 커플. 그 모습에 괜
스레 기분이 묘해졌다.

룸에 도착한 그녀는 문이 열리자마자 욕실부터 찾았다.

"저 먼저 씻을게요!"

욕실을 발견한 그녀가 부리나케 뛰어 들어갔다.

쿵!

"휴우."

심장이 벌렁벌렁. 진정될 기미가 보이지 않았다. 따뜻한 물에
샤워를 하면 좀 나아질지도 몰랐다. 그녀가 차례차례 옷을 벗어
선반 위에 올려두었다. 그러다 흠칫, 거울 속 자신을 보고 눈살을
찌푸렸다.

"아! 짝짝이야."

위아래 속옷이 짝짝이였다. 스타킹이 하도 답답해서 통풍이나
잘되라고 입은 면 팬티가 에러였다. 하필이면 그중에서도 아무 모
양도 없는 민무늬를 골라 입고 나올 게 뭐람. 가는 날이 장날이라
더니.

한숨을 내쉰 그녀가 몸 여기저기를 훑어봤다. 딱히 흠잡을 만한

곳이 없었다. 문득 여름에 레이저로 겨드랑이 제모를 해놨던 게 다행이라는 생각이 들었다.

이래저래 뒤늦은 샤워를 시작한 그녀는 머리부터 발끝까지 꼼꼼하게 닦고 또 닦았다. 약 한 시간가량의 샤워를 마친 그녀가 벗어났던 옷을 다시 껴입었다.

그리고 조용히 문을 열고 얼굴을 빼꼼 내밀었다. 그는 여유로운 모습으로 야경을 감상하고 있었다. 인기척을 느꼈는지 그가 주머니에서 손을 빼며 뒤를 돌아봤다.

"다, 씻었는데……."

그녀가 어색하게 말했다. 왠지 모를 긴장감에 마른침이 넘어갔다. 그가 스치듯이 그녀를 지나치며 말했다.

"금방 나올게요."

등 뒤로 욕실 문이 닫히자 그녀는 참았던 숨을 토했다. 그리고 천천히 걸음을 옮겨 넓은 룸 안을 둘러보았다. 말로만 듣던 스위트룸이었다.

그녀는 서둘러 옷장을 열어봤다. 깨끗한 가운이 정갈하게 걸려 있었다.

갖고 들어갔어야 하는데. 이제 와서 갈아입기도 뭐하고.

그녀는 제 티셔츠를 당겨 킁킁 냄새를 맡아봤다.

아, 역시. 나이트에서 밴 담배 냄새가 남아 있었다.

아무튼 이것도 해본 사람이 해야지, 원.

고개를 도리질 치던 그녀가 방금 전 그가 서 있던 자리에 섰다. 반짝이는 도심의 야경이 한눈에 들어오는 명당자리였다.

많이 와봤을까?

하긴, 남자 나이 서른넷에 미혼이다. 애인이 있다는 말은 못 들었지만 여자를 모르는 남자도 아닐 것이었다.

이미 업계에서 두루 인정받은 남자. 업무적으론 유별나고 깐깐했지만 그만큼 일 처리 능력만큼은 철두철미한 그런 남자. 물론 외모와 스타일이 후지다고도 생각했지만 지금 보니 그건 완벽한 눈속임이라는 생각이 들었다.

안경 하나 벗은 것만으로도 저렇게 인상이 달라지다니. 회사가 아닌 사적인 자리에선 여자들이 꼬일 게 분명했다.

게다가 눈빛이 참 관능적인 남자였다.

야경을 바라보던 그녀의 눈빛이 몽롱해졌다. 그러다 번쩍 정신이 들었다.

그런데 정말 애인이라도 있는 거 아닐까?

사실 결혼한 사람이 아니니 문제 될 건 없다 싶지만, 임자가 있는 사람하고의 원나잇이라니. 영 꺼림칙한 기분이었다.

물어볼까 말까를 고민하던 찰나, 욕실 문이 열렸다.

"저기……."

순간 뒤를 돌아보던 그녀가 멈칫했다. 그가 반나체의 모습으로 서 있었던 것이다. 하지만 그보다 더 놀라운 건 그의 몸매였다.

그녀는 반사적으로 곧게 뻗은 그의 쇄골부터 단단한 가슴 근육, 그리고 복부에 새겨진 식스팩까지 차례대로 훑고 말았다.

정말 회사에서 봤던 그 백승재와 동일인물이란 말인가? 마치

중간에 동명이인으로 바꿔치기라도 당한 것만 같았다. 허수아비처럼 걸쳐진 양복 속에 저런 몸이 숨어 있었다니. 그야말로 반전이었다.

"어, 저기……."

그녀가 애써 태연한 얼굴로 입을 여는데, 그가 성큼성큼 다가왔다. 향긋한 바디클렌저 냄새가 코끝에 훅 끼쳤다. 그녀가 코앞까지 다가온 그의 얼굴을 용기 있게 쳐다봤다.

"호, 혹시 애인 있는 건 아니시죠? 아무리 그래도 애인 있는 남자는 좀 걸려서요."

원나잇을 즐길 사람치고 따지는 게 너무 많다고 생각할 만도 했지만, 그는 아주 진지하게 대답해주었다.

"없어요."

단호한 그의 말에 지나가 한숨을 내쉬었다.

"휴, 다행이네요. 저도 없거든요. 만에 하나라도……."

그녀가 말을 멈췄다. 기다란 그의 손가락이 뺨을 만졌기 때문이었다. 잠자코 있던 심장이 다시 또 두근대기 시작했다. 그의 눈빛이 부드럽게 그녀를 응시했다.

"술은 좀 깼어요?"

마치 연인을 챙겨주듯 다정한 물음이었다.

"아, 안 취했다니까요?"

그가 낮은 웃음을 흘렸다. 그 모습에 지나의 눈이 커다래졌다. 몇 번이나 눈을 깜빡였지만 호를 그린 그의 입술은 그대로였다.

이 남자, 웃을 줄도 아네?

무언가 몰랑몰랑. 속이 간지럽다.

"보, 본부장님 웃는 거 처음 봤어요."

그 말에 그의 미소가 조금 더 짙어졌다.

"오늘 밤은 계급장 떼기로 한 것 같은데."

말과 함께 입술이 닿았다. 갑작스런 키스에 뒷걸음질을 쳤다. 그러자 바짝 다가온 그가 힘껏 그녀를 끌어당겼다. 커다란 손이 그녀의 목덜미와 허리를 감쌌다.

"음……."

뜨거운 혀가 입술을 가르고 들어왔다. 순간 딱! 앞니가 부딪쳤다.

"아야!"

"괜찮아요?"

그가 입술을 떼고 물었다. 그녀가 고개를 끄덕이자 그가 다시 입을 맞춰왔다. 조금 전보단 조심스러웠지만 여전히 성급한 키스였다.

촉촉하고 말캉한 살덩이는 입술이 닿자마자 그녀의 입안 깊숙이 들어왔다. 마구잡이로 휘젓는 키스에 그녀는 살짝 당황했다.

하지만 밀착된 몸에서 느껴지는 열기에 그만 녹아들 듯 느슨해지고 말았다. 지나가 살며시 목을 끌어안자, 그가 가쁜 숨을 내쉬었다. 허리를 강하게 옥죄는 그의 두 팔에 숨이 막혔다.

"하아."

잠시 떨어지는가 싶더니 그가 반대로 고개를 틀어 입술을 삼켰다. 더 맹렬하고 공격적인 키스였다. 마치 참았던 것을 분출하듯 그는 정신없이 그녀의 입안을 탐닉했다.

방법도 없고 기술도 없었다. 그의 키스는 그저 투박하고 거칠었다. 하지만 그런 키스가 더 자극적이고 솔직하게 느껴졌다.

"으응……."

아릿할 만큼 세차게 빨리는 혓망울에 지나가 가늘게 신음했다. 취한 것처럼 정신이 혼미해졌다. 머리가 뱅글뱅글 도는 것만 같아 그에게 더욱 매달리고 말았다.

그녀를 번쩍 안은 그가 침대 위에 그녀를 눕혔다. 그가 다급하게 몸을 겹치며 그녀의 티셔츠를 위로 올렸다.

"자, 잠깐만요. 목걸이!"

목 부분에 목걸이가 걸렸다.

"이런."

그가 거칠게 속삭이며 조심스럽게 티셔츠를 벗겨냈다. 그녀가 가슴을 가리며 천장을 가리켰다.

"불, 안 꺼요?"

"아."

그가 침대 옆에 있는 협탁을 더듬거려 리모컨을 찾았다. 제대로 보지도 않고 마구잡이로 버튼을 누르자, 욕실이며 현관이며 불이 나갔다 들어오길 반복했다.

드디어 여러 번의 시행착오 끝에 작은 조명 등 하나를 남겨놓고 모든 불이 꺼졌다. 리모컨을 집어 던진 승재가 다시 입술을 겹쳤다.

그의 손이 그녀의 브래지어 후크를 찾아 헤맸다. 이것 역시 헛손질이 반복됐다. 결국 그녀가 직접 후크를 풀었다. 맞닿은 가슴으로 열기가 전해졌다.

가슴을 움켜쥔 그의 손아귀가 너무 세서 알싸한 통증이 느껴졌다. 하지만 묘한 쾌감이 동반됐다.

손안 가득 가슴을 쥐고 주물거리던 그가 입술을 미끄러트려 목덜미를 지분거렸다. 촉촉한 입술은 그녀의 쇄골과 어깨를 훑고 단숨에 가슴으로 내려갔다.

"……아!"

가슴 전체가 그의 입속으로 빨려 들어갔다. 욕심 많은 아이처럼 그는 커다랗게 입을 벌려 그녀의 가슴을 한 입 베어 물었다.

"……본부장님!"

그녀의 부름에도 아랑곳하지 않고 그는 더욱 세차게 그녀의 가슴을 집어삼켰다. 못살게 구는 입술에 못 이긴 유두가 빳빳해졌다.

가실한 그의 혀가 그것을 입안에 넣고 부드럽게 굴렸다. 아찔한 감각에 그녀는 두 눈을 질끈 감았다. 그가 이를 세워 그것을 깨물자, 숨이 헐떡일 만큼 거칠어졌다.

한참을 가슴에서 배회하던 그의 입술이 더 아래로 내려갔다. 뜨거운 혀가 그녀의 납작한 복부를 간질이더니 군살이 없는 옆구리를 달콤하게 핥았다. 그러다 뾰족이 날을 세워 그녀의 움푹 파인 배꼽을 찔렀다.

"하응."

그녀의 몸이 크게 움찔했다. 믿지 못할 정도로 간드러진 신음

소리가 튀어나왔지만 의식하지 못했다. 그저 이 은밀한 행위 하나로 하복부 전체가 뜨거워진 기분이었다.

"하아, 하."

그녀가 숨을 몰아쉬는 사이, 그가 그녀의 바지와 속옷을 한 번에 벗겨냈다. 그리고 제 허리에 걸치고 있던 타월을 풀어 던졌다.

드러난 그의 하체에 그녀의 눈이 커다래졌다. 사실 남자의 페니스는 프랑스 영화에서 가끔 본 게 전부였다. 이렇게 눈앞에서 생생하게 보는 건 처음이었다. 그것은 그녀가 생각했던 것보다 상상 이상으로 크고 위협적인 모습을 하고 있었다.

아니, 그의 것이 유독 큰 것 같기도 하다.

더럭 두려움이 올라온 탓에 느꼈던 흥분이 가시려던 찰나였다. 그가 몸을 겹치자, 단단하게 일어선 남성이 그녀의 중심을 압박했다.

"저, 저기요. 본부장님……."

"쉿."

그가 부드럽게 입을 맞추며 그녀의 말을 막았다. 커다란 그의 손이 그녀의 다리를 어루만졌다. 뜨거운 손이었다. 아니, 겹쳐진 그의 몸 전체가 커다란 불덩이처럼 뜨거웠다.

자신을 누르는 묵직한 그의 무게는 다소 안정감을 주었다. 그 때문인지 긴장됐던 몸이 다시금 느른해지기 시작했다.

이어지는 그의 손길이, 입술이, 문득 제 욕심만 채우려는 것이 아닌 것처럼 느껴졌다. 금방이라도 찌를 듯 솟아 있는 불기둥을 그는 인내하고 또 인내하는 것 같았다. 그런 생각이 들자, 지나는 문득 자신의 첫 경험이 이 남자라서 다행이라는 생각마저 들었다.

그녀의 풍만한 엉덩이와 허벅지를 쓰다듬던 그의 손이 그녀의 다리 사이로 들어갔다.

"아……!"

수풀을 헤치고 들어간 손가락은 그 안에 있는 얄팍한 살점을 찾았다. 가운데 손가락이 다물린 그 사이를 부드럽게 쓸어 올렸다.

"으응."

그녀가 반응하자, 손가락은 더욱 대담하게 움직였다. 단단하게 솟은 위쪽 돌기 부분을 지그시 누른 채 원까지 그렸다.

"아!"

발가락이 오그라들 만큼 강한 희열이 느껴졌다. 신음이 쏟아질 것만 같아 입을 막았는데, 그가 입술을 겹치며 혀를 밀어 넣었다.

"우응."

삼켜진 신음 소리가 그의 입안에서 흩어졌다. 순간 돌기를 누르고 있던 그의 손이 마치 진동을 하듯 빠르게 움직였다.

"……으으으음!"

격렬한 손짓에 신음 소리마저 떨렸다. 기다란 그의 중지가 그녀의 입구로 내려갔다. 젖은 곳이 손가락과 마찰하자 야릇한 소음이 발생했다.

그것이 몸서리쳐지게 부끄러우면서도 엄청난 흥분을 일으켰다. 붙잡은 그의 팔뚝이 돌처럼 단단했다.

"……본부장님!"

무엇을 원하는지도 모른 채, 그녀는 그를 끌어안았다. 무작정 그와 꼭 붙어 있고 싶다는 본능에 사로잡혔다. 뜨거운 몸짓에 아랫배가 점점 달아오르고 팽창되는 기분이었다.

그가 협탁 쪽으로 손을 뻗어 콘돔을 잡았다. 상체를 일으킨 그가 포장지를 까고 내용물을 꺼냈다.

지나가 가늘게 뜬 눈으로 그를 바라보았다. 욕망에 흐트러진 남자의 모습이 보였다. 콘돔을 착용하는 손길이 거칠기 짝이 없었다.

"젠장."

그가 낮게 욕지거리를 뱉으며 망가진 것을 던지고 새것을 꺼냈다. 이번엔 방금 전보다 차분한 손놀림이었다.

착용을 끝낸 그가 그녀의 다리 사이에 자리를 잡았다. 그의 손이 그녀의 다리를 훑고 올라오더니 곧장 중심부로 향했다.

지나의 얼굴 위로 살짝 긴장의 빛이 어렸다. 곧 닥칠 일에 대한 두려움과 알 수 없는 기대감에 머리가 어지러웠다.

그는 자신이 들어갈 곳을 정확하게 한 번 더 확인했다. 그리고 하체를 강하게 그녀 쪽으로 밀어붙였다.

"음! 흐읍!"

그동안의 전위가 무색할 만큼 그는 숨 쉴 틈조차 주지 않고 그녀의 속살을 단번에 꿰뚫어버렸다. 뒷골이 쭈뼛한 통증에 놀란 지나가 그의 등에 손톱을 세웠다.

"으읍!"

신음 소리가 그의 입속으로 빨려 들어갔다. 동시에 그가 더욱 깊숙이 파고들었다. 지나가 두 눈을 질끈 감았다.

"흣!"

그의 입에서도 억눌린 신음이 터져 나왔다. 그가 입술을 뗀 동시에 허리를 움직이기 시작했다. 어떠한 스킬도 없는 그저 밀어붙이기에 급급한 움직임이었다. 하지만 탄력적인 허리짓은 강력한 힘으로 그녀를 일정하게 압박했다.

싸한 통증이 있었던 곳으로 생경한 느낌이 전해졌다. 그의 남성이 쑤욱 빠져나갔다가 빨려 들어가는 게 너무도 생생했다. 반복된 행위에, 그녀의 아랫배로 뭉근한 감각이 피어올랐다.

그녀는 저도 모르게 그의 목을 더욱 세차게 끌어안았다. 본능적으로 그에게 매달렸다.

"……본부장님!"

그녀가 속삭이자 자극을 받은 그가 좀 더 빠르게 치받았다.

"아, 흐읔!"

그녀의 몸이 커다랗게 흔들렸다. 마치 물침대에 있는 것처럼 침대 전체가 요동치는 것만 같았다.

"……지나야!"

그가 낮게 잠긴 목소리로 그녀의 이름을 불렀다. 그 목소리에 정신이 아찔해졌다. 그의 몸짓이 더 강하고 더 거칠어질수록 살이 부딪치는 마찰음 또한 간결하고 빨라졌다.

"아, 아, 아, 흣!"

격렬하게 질주하던 그가 끝을 향해 치달았다.

"하으읔!"

절정을 맞이한 그들이 탄성 같은 신음을 간발의 차로 내뱉었다. 동시에 그가 가늘게 경련하는 것이 느껴졌다. 지나가 입술을 깨물며 그의 어깨를 세게 움켜쥐었다.

"허억, 헉. 헉."

무너진 그가 지나의 목덜미에 얼굴을 묻었다. 거친 그의 숨소리가 귓가를 울렸다. 땀에 젖은 그의 가슴이 극심하게 요동치고 있었다.

그의 등을 끌어안으며 지나는 숨을 골랐다. 까만 천장 위로 우수수 별이 쏟아지는 것만 같았다. 팔다리가 흐느적거리는 나른함 속에 그녀는 조용히 눈을 감았다.

디지털시계가 새벽 3시 반을 알렸다. 승재는 잠이 들어 있었다. 그의 숨소리는 무척이나 곤했다. 그럴 만도 했다. 연일 이어진 야근에 자신과의 육체적 노동까지 감행했으니.

지나는 조심스럽게 그의 품에서 빠져나왔다. 그리고 물끄러미 그를 바라보았다. 그녀는 꼼꼼한 눈으로 그의 얼굴 구석구석을 살펴보았다.

촌스러움의 정석을 지키고 있던 가르마까지 헝클어지자, 그는 완전 다른 인물이 되어 있었다. 이제 보니 투박한 뿔테에 도수가 높은 안경알이 그의 짙은 속눈썹과 눈매를 가리고 있었고, 남자다운 콧날과 입술은 어처구니없는 머리발 때문에 눈에 들어오지도 않았던 것이 분명했다.

게다가 헐렁한 양복 속에 이 근육질에 몸매가 숨어 있었다니.

어디 상상이나 했겠는가. 아마 이 모습을 다른 여직원들이 본다면 경이로운 표정과 함께 사내 호감도 순위가 바뀔지도 모를 일이었다.

그나저나 뒷일이 걱정이었다. 막상 일을 치르고 나니 후회는 쓰나미처럼 몰려왔다. 직장 상사와의 원나잇이라니. 눈에 뭔가 씌었던 것이 틀림없었다.

응. 완전 홀린 거지.

그녀는 다정한 그의 말투와 부드럽게 올라가는 입꼬리를 떠올렸다. 회사 밖에서의 그는 완벽한 반전이었다. 거기에 자신은 얼이 빠져버렸고.

아무리 그래도 돌았어.

그녀가 머리를 쥐어뜯으며 소리 없는 아우성을 질렀다.

한참을 꼼짝 않던 그녀가 살며시 침대 아래로 발을 내렸다. 일단은 이곳을 나가야 한다는 생각이 들었다.

어쨌거나 서로가 합의한 하룻밤이었고, 이 방을 나서는 순간 없는 일로 덮어야 했다. 그러지 않으면 서로 얼굴 보기가 껄끄러워질 테니까.

게다가 벗은 몸으로 아침을 마주하는 어색함을 견딜 자신이 없었다. 해서 지나는 조용히 자리를 뜨기로 결심했다.

그녀는 씻을 생각도 없이 재빨리 옷을 입었다. 아래쪽이 묵직하니 아렸지만, 통증이라고 하기엔 미미할 정도였다.

그녀는 서둘러 산발이 된 머리를 대충 정리하고 코트와 가방을 챙겨 들었다. 나가기 직전 잠든 그를 돌아보았다.

말없이 간다는 게 마음에 걸렸지만 어쨌든 하는 수 없었다. 이곳에서의 그들은 말 그대로 하룻밤을 즐긴 원나잇 상대일 뿐이니까. 잠시 주저하던 그녀가 이내 발길을 돌렸다.

어둠 속, 덩그러니 남겨진 승재의 깊은 숨소리만이 적막한 방 안을 울렸다.

택시를 타고 집에 도착한 시간은 새벽 4시 반이었다. 그녀는 욕실로 들어가서 대충 샤워를 마치고 이불 속으로 들어갔다.

갑자기 피로가 물밀듯이 밀려들었다. 그녀가 휴대폰에 배터리 용량을 확인했다. 그러곤 이불을 끌어안은 채 졸린 눈을 끔뻑였다. 문득 환청처럼 그의 목소리가 귓가에 맴돌았다.

'지나야.'

뜨거운 음성이었다. 잔뜩 흥분한, 열에 들뜬 목소리.

나…… 괜찮았을까?

순간 그녀가 이불킥을 날렸다. 부끄럽고 창피했다.

뭐래, 그런 건 왜 신경 쓰는데. 빨리 자자!

하지만 그녀는 금세 자신을 끌어안았던 강인한 두 팔과 적나라한 그의 몸짓을 떠올렸다.

"하아."

그녀가 긴 한숨을 내쉬며 베개에 얼굴을 묻었다. 어쨌든 오늘 밤은 그녀에게 역사적인 날이었다. 동시에 낯 뜨겁고 부끄러웠던, 또 용기가 가상했던 밤이었다.

그리고 왠지 설레기도 했던 그런 밤…….

가물거리는 눈앞으로 부드럽게 휘던 그의 입술이 아른거렸다. 느리게 끔뻑이던 그녀의 눈이 스르륵 감겼다. 그 상태로 까무룩 잠이 들고 말았다.

2장. 찰떡(속)궁합

멍멍멍!

개 짖는 소리가 들렸다. 만복이 소리였다. 뒤척이던 지나가 창으로 쏟아지는 햇살에 가는 눈을 치떴다.

뭐지? 왜 이렇게 밝아.

겨울이라 해가 늦게 뜰 텐데, 밖이 환했다. 휴대폰을 확인한 그녀가 깜짝 놀랐다.

미쳐!

8시가 넘어 있었다. 알람 소리도 듣지 못한 채 완전 뻗어버리고만 것이다. 그녀는 부리나케 행거에 걸려 있는 옷을 잡히는 대로 걸쳤다. 급히 세수를 마친 그녀가 뻗은 머리를 재빨리 하나로 질끈 묶었다.

기초화장품만 바른 그녀는 서둘러 신발을 꿰신었다. 아무래도 남은 화장은 택시 안에서 해야 할 듯싶었다.

문을 열고 밖으로 나가자 싸늘한 겨울바람에 몸서리가 쳐졌다. 옥탑방의 비애였다. 겨울엔 더욱 춥고, 여름엔 더욱 더운. 하지만 그녀는 자신의 옥탑방에 만족했다.

본가가 지방인 그녀는 서울로 취업이 되면서 자연스레 부모님과 떨어져 살아야만 했다. 좋은 말로 독립이었지만, 춥고 배고픈 자취생에 불과했다.

고만고만한 원룸에서 지내던 그녀는 작년 가을에 이곳으로 이사를 왔다. 옥탑이긴 했지만 일반 원룸보다 평수도 넓었고 보수공사를 한 탓에 내부도 깔끔했다.

게다가 무엇보다도 좋은 건 주인아주머니의 인자한 성품과 소녀 같은 마음씨였다.

"안녕하세요, 아주머니!"

"응, 지나 씨. 지금 출근?"

아주머니는 50대 중반의 나이치고 굉장히 동안이었다. 피부도 곱고 웃는 얼굴도 화사했다.

"항상 새벽같이 나가더니 어제하고 오늘은 좀 늦었네?"

"네, 계속 늦잠 잤거든요."

지나가 남은 계단을 훌쩍 뛰어내렸다.

"저녁에 뵐게요! 다녀오겠습니다!"

"그래, 다녀와요."

"만복이도 이따 보자!"

지나가 꼬리를 흔드는 만복이에게도 잊지 않고 손을 흔들었다.

그녀는 서둘러 남색 철문을 열고 어제처럼 내달렸다.

출근 시간 5분 전에 회사에 도착했다. 그녀는 돌진하듯 탈의실로 들어가서 문을 닫자마자 옷부터 벗었다.

"왔어?"

캐비닛 앞에 소영이 있었다. 그녀도 이제 막 도착했는지 유니폼을 꺼내고 있었다. 두 사람은 서둘러 옷을 갈아입었다.

"어제 집에 들어갔어? 옷이 다르다?"

소영이 블라우스 단추를 빛의 속도로 잠그며 물었다.

"어? 어……."

지나가 대답을 얼버무리며 치마를 끌어 올렸다. 그러고 보니 소영의 옷차림은 어제와 똑같았다.

"넌? 안 들어갔어?"

"응. 통하는 애가 있어서."

역시, 집시 같은 지지배.

지나가 캐비닛 안을 뒤지더니 난감한 얼굴을 했다.

"소영아, 혹시 남는 스타킹 있어?"

"스타킹?"

"응. 깜빡하고 안 들고 왔어."

"어쩌지? 나도 내 거밖에 없는데."

"됐어. 점심때 하나 사오지, 뭐."

그들은 다행스럽게도 정각 9시에 자리에 앉았다.

영업부는 아침이 제일 분주했다. 오늘 방문할 거래처들을 출장 보고서에 기재하고 그것을 본부장에게 직접 결재받는 걸로 하루를 시작하기 때문이었다.

그리고 그들을 서포트해주고 있는 영업부 경리팀 지나와 소영은, 그들이 어제 판매한 매출금액과 제품들을 확인하는 걸로 업무를 시작했다.

모니터를 들여다보며, 지나는 본부장실을 힐끔거렸다. 그는 늘 기본적으로 한 시간씩 일찍 나와 있었다.

그러고 보니 너무 급해서 본부장실에 아침 인사도 못 했다. 물론 그는 그것을 크게 개의치 않았다.

전에 있던 송 본부장은 나이가 있어 그런지 꼬박꼬박 부하 직원들에게 출퇴근 인사를 받기 바랐지만, 백승재 본부장은 그런 틀을 고집하지 않았다.

오다가다 얼굴을 보게 되면 목례를 하는 것은 기본이지만, 그걸 제외하곤 자기가 윗사람이랍시고 대접을 받으려는 것은 없었다. 오히려 그런 걸 귀찮아하는 것도 같았다.

불현듯 본부장실에서 딱딱한 목소리가 흘러나왔다.

"이건 안 된다고 했습니다. 우린 자선사업가가 아닙니다. 여기에 이렇게 큰 금액을 투자할 만한 가치가 있다고 생각하는 이유를 대세요. 날 설득시킬 수 없으면 윗분들도 설득시킬 수가 없습니다. 입으로만 떠드는 건 믿지 않아요. 이건 병원 호구노릇을 하자는 거죠. 제대로 된 기획안, 다시 써와요."

오늘따라 유독 뻣뻣한 음성에 날이 서 있었다. 밖에 있는 직원들은 덩달아 긴장했다.

잠시 후, 본부장실 문이 열리고 장동민 팀장이 나왔다. 결재판을 손에 쥔 그가 한숨을 내쉬었다. 그 모습을 보며 지나는 냉랭한 표정을 지었다.

이제는 관심 없는 인간이었지만 그렇다고 해서 얼굴을 보는 게 아무렇지도 않을 만큼 유쾌하지도 않았다.

삼화제약 영업부는 전국으로 그 지점이 깔려 있었는데, 그중에서도 이곳 본사에 있는 총 5개의 서울영업팀이 삼화제약 영업부의 꽃이라 할 수 있었다.

그중 1팀장을 맡고 있는 장동민 팀장도 회사에서 어느 정도 자리를 굳힌 사람이었다. 그러니 저보다 꼴랑 두 살 많은 백승재가 상사 된 권한으로 제가 하는 일마다 족족들이 걸고넘어지니 어찌 열불이 나지 않을까.

하지만 말 몇 마디로 때울 수 있었던 물렁하던 송 본부장과 달리 백 본부장은 결코 호락호락하지 않았다.

비록 업무처리 과정은 까다로웠지만 결론적으론 실패할 확률도, 틀어질 일도 없는 결과를 만들어냈기 때문이다. 그러니 회사 입장에선 그런 백승재 본부장이 누구보다도 훌륭한 인재로 부각되는 게 당연했다.

지나는 처음으로 일에 있어 완벽에 가까울 정도로 깐깐한 백 본부장의 업무능력에 쾌재를 외쳤다.

괜스레 업된 기분으로 자료를 입력하는데, 본부장실 문이 열리고 그가 나왔다. 지나는 바짝 긴장한 얼굴로 더욱더 모니터에 정신을 집중했다.

하지만 그가 점점 가까워질수록 자꾸만 그를 힐끔거리게 되었다. 순간 자리를 스쳐 지나가는 그와 눈이 마주쳤다.

"안……."

인사를 하려던 찰나, 그가 쌩 앞을 지나갔다. 일어나려고 들썩인 엉덩이가 민망해서 그녀는 애꿎은 의자를 앞으로 당겨 앉았다.

어젯밤 일이 꿈이었던 것처럼 그는 아주 태연한 얼굴이었다. 문득 사라지는 그의 뒷모습이 무정하게 보였다.

뭐지? 이 서운한 감정은.

스물스물 올라오는 감정이 당혹스러워, 지나는 얼른 멈췄던 일을 다시 시작했다.

오전 업무가 거의 끝나갈 무렵. 지나는 정리한 서류를 결재판에 끼웠다. 옆자리에 앉아 있던 소영이 파티션 너머로 고개를 내밀었다.

"오늘 점심은 간단하게 어때?"

"응."

결재받을 서류를 다시 한 번 확인한 그녀가 자리에서 일어났다. 늘 받는 결재인데도 유독 긴장이 되었다. 잘못 찍은 점 하나까지도 찾아내고야 마는 백승재 본부장의 눈썰미 때문이었다.

사실 그동안은 조금 덜렁대는 성격 때문에 여러 번 지적을 당하기도 했지만 오늘만큼은 이상하리만치 그러고 싶지가 않았다. 해서 같은 서류를 열 번도 넘게 본 참이었다.

시계를 보니 11시가 되기 3분 전이었다. 그는 시간을 철통같이 지키는 사람이었다. 서류를 결재받는 것조차도 너무 빨리 가져오거나 너무 늦게 가져오면 다음 날로 넘겨버리기 일쑤였다.

오로지 자신이 정한 그 정각을 지켜야만 받아주는 사람이었다. 해서 지나는 정각 11시를 기다렸다가 문을 노크했다.

똑똑.

"들어와요."

달각.

본부장실은 늘 그렇듯 너무도 반듯하고 깨끗했다. 다른 것이 있다면 사무실 전경이 보이는 통창에 오늘은 블라인드가 쳐져 있다는 것뿐이었다.

하지만 흐트러짐 없는 책장과 책상 위. 그리고 얼룩 하나 없는 창문은 오늘도 반들반들 윤이 났다. 책상 모서리에 딱 맞게 놓여 있는 휴대폰조차도 변함이 없었다.

그리고 그와 마찬가지로 앉아서 업무를 보는 그의 모습도 평소와 똑같았다. 스프레이로 떡칠을 한 이대팔 가르마와 꽉 졸라맨 넥타이. 한 치수 크게 입어 볼품없는 양복과 맹꽁이 뿔테 안경. 조금도 다름이 없었다.

하긴 다를 게 뭐가 있단 말인가. 어제 일은 분명 서로가 발설해서는 안 되는 일이었다. 그냥 묻고 지나가야 하는 그런 일. 그런데 왜 자꾸 서운한 감정이 드는 거지?

이래서 무슨 쿨하고 화끈한 여자가 되겠다는 건가.

지나가 몇 걸음 다가가 그의 책상 위에 결재판을 올렸다. 하지만 그는 메모를 하고 서류를 뒤적이느라 정신이 없어 보였다.

"일 매출금액과 작성된 신규 보고서입니다."

그 말에 바쁘게 움직이던 그의 펜이 멈췄다. 그는 눈길도 주지 않은 채, 그녀가 가져온 결재판부터 펼쳤다. 십여 장에 달하는 서류를 그가 빠르게 훑었다.

별문제가 없다고 생각했는지 그가 결재란에 사인을 했다. 그가 마지막 사인을 끝내자마자 지나가 결재판을 집었다.

순간, 탁!

그가 결재판을 눌렀다. 지나가 놀란 눈을 깜빡이자, 그제야 그가 눈을 들어 그녀를 바라봤다. 그의 입술은 굳게 다물려 있었고 표정엔 아무런 변화도 없었다. 당최 어젯밤 보았던 그의 모습은 눈 씻고 찾아볼 수가 없었다.

지나는 마치 신기루를 경험한 것만 같은 기분이었다. 동시에 너무나 무심한 그의 모습에 가슴 한편이 싸해지는 것을 느꼈다.

그녀는 문득 자신이 그에게 무언가를 기대하고 있었음을 깨달았다. 정말 한심스러운 일이었다. 지나가 사무적인 말투로 물었다.

"다른 하실 말씀이라도 있으십니까?"

그가 펜을 든 손으로 안경을 추켜올렸다.

"최지나 주임."

"네."

"매너가 그렇게 바닥인 줄은 몰랐네요."

"네?"

그 말에 굳어 있던 그녀의 안면 근육이 풀렸다. 승재가 말을 이

78

었다.

"어떤 관계로 만난 사람이든 말도 없이 사람을 버리고 가는 건 매너 중에서도 똥매너라고 하죠."

똥매너란 말에 지나의 입술이 살짝 벌어졌다.

"버리고 간 게 아니라……."

"버리고 간 게 아니면 뭡니까."

"그냥, 아침에 일어나면 어색……."

"아아, 알몸으로 눈 마주치기가 부끄러웠다?"

놀란 지나가 그의 입을 틀어막으며 블라인드가 쳐진 쪽을 힐끔 거렸다.

"목소리가 너무 크잖아요!"

작게 소리치는 그녀의 손목을 그가 꽉 움켜잡았다. 그에게 붙들 린 지나가 당황한 얼굴로 말했다.

"뭐 하시는 거예요. 놔주세요!"

누가 보기라도 하면 큰일 날 장면이었다. 빼도 박도 못하게 루 머가 양성되고도 남을 만한 그런 현장!

하지만 그는 오히려 뻔뻔하게도 그녀의 손바닥에 입술까지 비 볐다. 그가 혀를 내밀어 그녀의 손바닥을 부드럽게 핥았다.

"……아!"

야릇한 감각에 몸이 움츠러들었다. 그가 살짝 안경을 내리고 그 너머로 그녀를 직시했다. 드러난 눈빛은 어제 보았던 것처럼 깊고 어두웠다.

"최지나 씨, 우리 이 관계 좀 더 유지합시다."

지나의 눈이 커다래졌다. 생각지도 못한 말에 심장이 콩닥거리기 시작했다.

아니, 어쩌면 이 말을 기대했는지도 모른다. 물론 그가 이렇게까지 적극적일 거라고는 예상하지 못했지만.

대답이 없자 그의 입술이 그녀의 손목 안쪽을 훑었다.

찌릿.

팔 전체로 퍼지는 얕은 전율에 지나는 숨을 멈췄다. 촉촉한 그의 입술이 맥박이 뛰는 곳을 간질였다.

"말해봐요. 나랑, 싫었어요?"

"아니요."

총알 같은 대답이 튀어나갔다. 지나의 얼굴이 붉게 물들었다. 그녀의 손등에 입을 맞춘 그가, 그제야 그녀를 놓아주었다.

"주말엔 집에서 봅시다."

그가 내민 결재판을 지나가 얼떨결에 받았다. 짧게 목례를 한 그녀가 서둘러 방을 빠져나갔다.

쿵.

본부장실 앞에서 그녀는 우두커니 서 있었다. 마치 딴 세상에 있다가 나온 것만 같았다. 퍼뜩 정신을 차린 그녀가 결재판을 든 채 밖으로 향했다. 화장실에 아무도 없는 것을 확인한 그녀가 참았던 숨을 내쉬었다.

"후우우."

그녀가 거울에 비친 제 얼굴을 바라봤다. 엉망이었다. 잠도 제대로 못 자서 화장은 떠 있었고 질끈 묶은 머리는 정돈 안 된 잔머리로 삐죽거렸다.

하지만 그것보다 더 창피한 건 바로 자신의 반응이었다. 도도함이라곤 눈곱만큼도 없는. 마치 기다렸다는 듯이 덥석 물어버린 대답.

"창피해, 진짜."

중얼거리던 그녀가 문득 손에 든 결재판을 보았다. 이제 보니 서류 말고도 무언가가 끼워져 있는지 두툼했다. 결재판을 열어본 그녀가 두 눈을 치떴다.

"에?"

편의점 딱지가 붙은 검정색 팬티스타킹이었다. 그것도 학생용 불투명.

뭐니, 이 남자?

그녀가 찌푸린 눈으로 그가 있는 사무실 쪽을 바라보았다.

"뭐어? 백 본부……."

소리치는 소영의 입을 지나가 얼른 막았다.

"소영아! 좀!"

소영이 지나의 손을 치우며 목소리를 낮췄다.

"진짜 그 백? 그 백이라고? 우리 그 백?"

"어."

"헐, 맙소사."

입사 이래로 처음 보는 소영의 넋 나간 모습이었다.

"어떻게…… 어떻게 그 백하고……."

혼자 중얼거리는 소영을 두고 지나가 접시에 놓인 베이글을 씹어 삼켰다.

점심시간. 그들은 지금 회사 근처에 있는 카페, 제일 구석진 명당자리에 앉아 있었다.

"그래서? 그게 끝이야?"

반짝이는 소영의 눈을 피하며 지나가 헛기침을 했다.

"또…… 보자고."

"또?"

"응."

"대박."

소영이 지나 쪽으로 상체를 기울였다.

"어땠어?"

"뭐가?"

"좋았냐고. 처음이었잖아."

순간 뇌리를 스치는 생각.

맞다, 나 처음이었지.

그녀의 얼굴이 순식간에 어두워졌다.

어떡해!

뒤처리는 생각도 못 했다. 그냥 빠져나오기 급급해서!

아마도 시트 위에…….

"난 몰라."

지나가 머리를 감싸며 몸부림치자, 소영이 이상한 눈으로 바라봤다.

"왜 그래?"

"나 좀 숨겨주라. 아침부터 민망해 미치겠어."

"아, 됐고!"

소영이 지나의 팔을 끄집어 내렸다.

"어땠냐고. 좋았냐고, 나빴냐고."

소영의 재촉에 지나는 그와 있었던 시간을 떠올렸다.

거친 숨소리, 뜨거운 체온, 땀에 젖은 몸, 자신을 깊숙이 찌르는 격한 몸짓.

불현듯 팔에 소름이 돋을 만큼 생각만으로도 짜릿해졌다. 지나가 진지한 얼굴로 물었다.

"보통 처음이면 아프다거나 제대로 못 느끼거나 뜨뜻미지근한 경우가 많지 않아?"

"좋았다는 뜻이구나?"

"그렇지 않아?"

"사람마다 다르지. 어쨌든 좋았다는 거네."

"응. 무언가 딱 들어맞는 느낌이었다고나 할까?"

"그 정도야?"

지나가 고개를 끄덕였다. 소영이 엄지를 치켜세웠다.

"첫 경험 아껴둘 만하네. 첫 번부터 그런 사람 만나기 어려운데."

"그래?"

"그럼. 그러니까 더 만나봐. 나쁠 거 없잖아. 그렇게 잘 맞았다면."

실은 그의 제안에 대답은 이미 오케이였다. 지나 또한 이 관계를 좀 더 유지하고픈 마음이 들었던 것이다.

"아무튼……."

말을 하던 소영이 갑자기 입을 다물었다. 회사 동료 안 대리가 그들 쪽으로 다가오고 있었던 것이다. 그는 한 손에 커피를 들고 있었다. 벌써 식사를 끝내고 카페에 들른 모양이었다.

"왜 밥은 안 먹고 이런 걸로 때워?"

"식사하고 올라가는 길이세요?"

"응. 담배 한 대 피우고 가야지."

안 대리가 지나를 보며 물었다.

"그나저나 최 주임은 어제 좀 달렸나 봐? 피곤해 보이네?"

"아니에요."

"에이, 아니긴."

그가 술 마시는 시늉을 내며 웃었다.

"딱 봐도 소맥으로 달렸고만."

아니라고 인간아. 내 얼굴 어디에 말술이라고 쓰여 있는 거니?

노상 받는 오해였지만 오늘은 왠지 농담으로 받아쳐주고 싶은 마음이 전혀 생겨나지 않았다. 지나의 억지 미소를 느꼈는지 안 대리가 슬슬 자리를 피했다.

"그럼 이따 사무실에서 봐."

"들어가세요."

안 대리가 사라지자마자 지나가 자신의 갈색 머리카락을 보며 물었다.

"나 검정색으로 염색할까?"

"왜? 청순녀 코스프레하게?"

"응."

"관둬."

"별로일 것 같아?"

"그나마 섹시한데 머리까지 검정이면 이미지 사나워질걸?"

"안 되겠다."

"응, 하지 마."

"들어가자."

눈 깜짝할 새에 생각을 바꾼 지나가 자리를 털고 일어났다.

사실 그녀의 하루는 매우 규칙적이었다. 새벽 5시 반에 일어나서 출근 준비를 하고 6시 반쯤이면 집을 나선다. 집에서 회사까진 버스를 두 번 갈아타야 하기 때문에 넉넉하게 한 시간을 잡고 가야 했다.

남들보다 이른 시간에 출근을 하면 항상 앉아 갈 수 있다는 장점이 있었다. 그래서 많은 사람한테 부대낄 일도, 변태를 만날 일도 없었다.

그렇게 출근시간보다 한 시간 반가량이나 일찍 회사에 도착하면 사무실은 텅 비어 있었다. 가끔 다른 부서 사람들과 마주칠 때가 있었지만, 그녀가 일하는 영업부엔 그녀보다 일찍 출근하는 사람이 아무도 없었다.

홀로 있는 사무실에서 그녀는 항상 라디오를 틀어났다. 흘러나오는 옛날 가요와 믹스 커피의 조화는 그야말로 최고였다. 그녀는 그 시간을 참 좋아했다.

이렇듯 철저한 아침형 인간이다 보니, 그녀의 일과는 남들보다 빠른 시간에 마무리되었다.

그녀의 생활은 친구와 약속이 있거나 회사 야근이 아니면 늘 한결같았다. 한마디로 일찍 자고 일찍 일어나는 바른생활의 표본이었다.

그리고 그건 주말에도 예외가 없었다.

토요일 아침. 그녀는 일찌감치 일어나서 어제 봐온 장으로 반찬 몇 가지를 만들었다. 넉넉하게 해놔야 일주일이 귀찮지 않았다.

그리고 세탁해야 할 빨래를 추려 색깔이 다른 건 직접 손빨래를 했다. 탈수가 끝난 빨래를 들고 나가니, 햇살이 제법 따뜻했다.

그녀는 옥상에 있는 빨랫줄에 빨래를 널었다. 이 정도 날씨면 빨래가 얼 것 같지는 않았다. 빨래를 다 넌 그녀가 개운한 표정으로 하늘을 바라봤다.

역시 옥탑방은 단점보다 장점이 많았다. 적어도 그녀에겐.

빨래를 마친 그녀는 집 청소를 시작했다. 방 한쪽 선반엔 그녀가 아끼는 것들이 있었다. 자수 꾸러미와 뜨개질 바구니, 그리고 오래된 LP판 십여 장과 고전영화들.

그녀의 취미는 그녀의 평소생활처럼 가지런하게 정돈되어 있었다. 그녀는 TV를 보는 대신 오래된 팝을 들으며 뜨개질이나 자수를 놓았고, 고전영화 보는 것을 무척이나 좋아했다.

이래저래 할 일을 마치고 나니 어느덧 오후 4시가 훌쩍 넘어 있었다. 그녀는 서둘러 작은 화장대 앞에 앉았다.

얼굴을 보니 어제 수면팩을 하고 자서 그런지 피부가 촉촉했다. 화장이 잘 먹을 것 같았다. 파우치를 뒤적이던 그녀가 멈칫했다.

그냥 BB만 바를까?

안 그래도 이목구비가 뚜렷하고 눈꼬리가 살짝 올라간 고양이 상이라 화장을 조금만 해도 인상이 강렬해 보였다. 그녀는 BB크림을 짜 바르며 중얼거렸다.

"나도 뽀얀 피부였음 좋겠다."

어딜 가나 항상 태닝했냐는 소리를 들을 만큼 까무잡잡한 피부가 불만이었다. 섹시하단 말보다, 건강미가 넘쳐 보인다는 말보다, 누군가가 안아주고 지켜주고 싶은, 그런 가냘픈 여자로 보이고 싶었다. 까만색 생머리가 잘 어울리는.

화장을 마친 그녀가 옷장을 열었다. 원피스가 여러 벌 있었지만 손이 가지 않았다. 단정한 원피스도 그녀의 글래머러스한 몸매를 만나는 순간, 클럽복장으로 탈바꿈되기 일쑤였다.

그녀는 수수해 보이는 하얀색 앙고라 롱 티셔츠와 안에 기모가 들어간 블랙 레깅스 바지를 입었다.

그녀가 시계를 봤다. 5시가 조금 안 된 시간이었다. 지금 나설까 했지만 잠시 머뭇거렸다. 그와의 약속 시간은 6시였기에 그녀는 그 '정각'을 지키기 위해 조금 더 시간을 지체했다.

"참, 휴대폰!"

그녀가 화장대 위에 있던 휴대폰을 챙겼다. 어젯밤 그에게서 받은 문자를 다시 한 번 확인했다. 거기엔 그의 집주소가 적혀 있었다.

그가 사는 곳은 그녀가 사는 곳과 회사와의 딱 중간 거리에 위치해 있었다. 사실 남자가 여자를 집으로, 그것도 저녁에 초대를 한다는 것은 의도가 뻔한 일이었다. 하지만 상관없었다. 어차피 그런 관계로 시작된 사이였고, 그녀 또한 그것에 동의했으니까.

계단을 내려가자 볕이 잘 드는 마당에서 주인아주머니가 빨래를 널고 있었다.

"안녕하세요, 아주머니."

"지나 씨, 어디 가?"

"네, 약속이 있어서요."

"데이트 가나 보네?"

"네?"

"오늘따라 예뻐서."

"하하."

남자를 만나러 가는 건 맞지만, 이 만남이 데이트와는 거리가 먼 만남이라 지나는 어색하게 웃고 말았다. 지나는 나가려던 걸음을 멈추고 잠시 몇 마디 더 건넸다.

"요즘에도 구슬 꿰기 하세요?"

"응, 손 놀면 뭐 해. 그냥 TV 보면서 하는 거지."

주인아주머니는 남편 없이 혼자 살고 있었다. 그게 사별인지 이혼인지 알 수 없었지만 지나는 가끔 혼자 있는 그녀의 집에 놀러 가곤 했다.

하나뿐인 딸을 서울로 보내놓고 무뚝뚝한 아버지와 단둘이 있는 게 재미없다며 매번 투덜거리는 엄마가 떠올랐기 때문이다.

"시간 날 때 같이해드릴게요."

"에이, 뭐 하러. 일 갔다 와서 피곤한데."

"간식 주시잖아요."

지나의 말에 그녀가 부드럽게 미소 지었다. 자식은 멀리 분가했는지 자주 안 오는 것 같았다. 해서 그녀는 한 번씩 찾아와서 말동무가 되어주는 지나를 반가워했다.

"참, 지나 씨. 저번에 준 영화 아직 덜 봤어. 더 있다 줘도 될까?"

"그럼요. 천천히 주셔도 돼요. 보고 싶은 옛날 영화 있으면 또 말씀하시고요."

"그래, 고마워."

"다녀오겠습니다."

"응, 즐거운 시간 보내고."

지나가 나가기 전 현관 앞에서 꼬리를 치는 만복이에게 다가갔다. 만복이는 주인아주머니가 키우는 믹스견으로 올해 3살이었다.

"자, 이건 누나가 만복이 주려고 사온 간식."

지나가 가방 안에 있던 소시지를 꺼내어 만복이에게 주었다. 고맙다고 인사하는 아주머니를 뒤로하고 그녀는 서둘러 밖으로 나갔다.

그가 사는 곳은 신축된 지 얼마 안 된 고급 오피스텔이었다. 그녀는 시간을 확인했다. 6시가 되기 5분 전이었다. 올라가면 시간을 딱 맞출 수 있을 것 같았다. 그녀가 막 엘리베이터를 탔을 때였다. 전화가 왔다.

"응?"

그녀의 눈이 동그래졌다. 그였다. 받을까 말까 고민하다가 받지 않았다. 어차피 거의 다 왔기 때문이었다. 614호 앞에 도착한 그녀가 잠시 숨을 골랐다.

혼자 사는 남자 집에 온 건 처음이었다. 그것도 이렇게 불순한 의도를 가지고.

그녀가 긴장된 손끝을 빳빳하게 세워 벨을 꾸욱 눌렀다.

딩동.

그러자 번개같이 문이 열렸다.

벌컥!

손가락을 떼기가 무섭게 열린 문 앞에서 그녀가 놀란 눈을 치떴다.

"아, 안녕하세요."

짧은 순간 초조한 기색인 것 같던 그의 얼굴이 다시금 무표정해졌다.

"들어와요."

"네."

지나가 안으로 들어가자마자 작은 쇼핑백을 내밀었다.

"저, 이거."

"이게 뭡니까?"

"디퓨저요. 뭘 사올까 하다가."

지나가 쇼핑백을 열어 보는 그를 슬그머니 쳐다봤다. 안경을 쓰고 있지 않았다. 늘 지나치게 단정하던 머리카락도 이마 위에 제멋대로 흐트러져 있었다.

그뿐인가? 쇄골이 살짝 드러난 루즈한 라운드 티셔츠와 탄탄한 다리를 그대로 드러낸 검정색 트레이닝 바지. 완벽한 홈패션이었지만 그는 더 이상 회사에서 보던 허수아비가 아니었다.

"고마워요. 잘 쓸게요."

뜻밖의 선물이 기분 좋은지 그의 입술이 부드럽게 휘었다. 그 미소에 또 심장이 두근두근.

지나가 재빨리 슬리퍼를 신고 안으로 들어갔다. 그가 디퓨저를 꺼내어 장식장 안에 넣어놓고 주방으로 향했다.

"잠깐 앉아서 기다려요. 지금 밥하는 중이었으니까."

밥? 저녁?

지나가 가방을 내려놓고 외투를 벗었다.

"저도 도울게요."

"아, 됐어요. 오지 말아요."

그가 손을 들어 그녀를 막았다.

"앉아 있어요. 금방 되니까."

뻗은 손이 너무도 완고해서 그녀는 하는 수 없이 거실로 돌아갔다. 그녀가 조용히 소파에 앉았다. 저녁을 얻어먹을 거라곤 생각도 못 했는데……

그녀는 가만히 눈을 굴려 집 안을 둘러보았다. 혼자 살기엔 제법 큰 평수였다. 그녀는 문득 거실 한쪽에 있는 건조대를 보았다.

빨래가 마구잡이로 널려 있었다. 아주 꼬깃꼬깃하게.

저러면 빨래가 마르지 않을 텐데.

지나가 속으로 중얼거렸다. 그러다 베란다 창 너머로 보이는 거대한 짐 덩어리를 발견했다.

뭐지?

고개를 빼고 자세히 보니 박스와 빈 플라스틱 병들이었다. 분리수거를 오랫동안 안 했는지 그것들이 탑을 쌓고 있었다.

헐.

속으로 혀를 찬 그녀가 고개를 저었다. 이제 보니 탁자 위도 엉망이다. 수북이 쌓여 있는 신문들과, 모터 잡지들. 탁자 모서리엔 뽀얀 먼지가 눈처럼 덮여 있었다.

맙소사.

지나는 저도 모르게 탁자 위를 검지로 훑었다. 그곳은 먼지가 묻지 않았다.

뭐야. 보이는 곳만 닦은 건가?

지나는 저도 모르게 눈살을 찌푸렸다. 집 안은 전체적으로 더러운 것보다 너저분했다. 그녀의 눈에 노랗게 죽은 화분 몇 개와 얼룩덜룩 손자국이 가득한 창문이 들어왔다.

정신 사나워.

지나가 심각한 얼굴로 주방에 있는 그를 바라봤다.

여기가 정말 그 청소 덕후 백승재의 집인가?

불현듯 이상한 사차원 세계에 떨어진 것 같은 기분이 들었다.

나 지금 다른 남자 집에 와 있는 거 아니야?

그를 바라보는 그녀의 두 눈이 가늘어졌다.

치이익.

그가 팬을 들어 능숙하게 내용물을 뒤집는 게 보였다. 예사 손놀림이 아니었다.

탁탁탁탁.

무언가를 쓰는 소리 또한 보통이 아니다. 도대체 무얼 만드는 건지 진지한 얼굴로 요리를 하는 그의 모습은 흡사 TV에 나오는 스타 셰프를 연상시켰다.

잠시만 기다리라는 그의 말이 무색하게 꽤 오랜 시간이 흘렀다. 그녀는 그가 요리에 집중하는 사이, 넝마처럼 널려 있는 건조대 위에 빨래들을 반듯하게 펼쳐 널었다.

그리고 폐휴지처럼 쌓여 있는 잡지와 신문들을 탁자 아래에 차곡하게 정리해두었다. 그때, 그가 허리에 걸쳤던 검정색 앞치마를 풀며 짧은 숨을 토했다.

"후."

요리경연 대회라도 끝낸 듯 조금은 피곤한 모습이었다. 그가 살짝 긴장된 눈으로 그녀를 불렀다.

"이리 와요. 식사합시다."

"뭘 준비하신 거예요? 대충 먹어도……."

지나가 말끝을 흐렸다. 식탁 위를 본 그녀의 눈이 충격으로 커졌다.

까맣게 그을린 생선 두 토막과 뚜껑 열린 참치 캔. 기름기가 철철 흐르는 스팸 조각과 정체가 모호한 찌개. 그나마 멀쩡한 건 그의 손을 거치지 않은 밑반찬 3개가 전부였다. 그가 의자를 빼주며 말했다.

"차린 건 없지만 많이 먹어요."

"예? 아…… 네."

그녀의 눈가로 잔경련이 일었다.

먹을 수…… 있는 거지?

국물이 흥건한 찌개의 내용물을 보고 그녀는 이것이 된장찌개라는 것을 뒤늦게 알아차렸다. 먼저 한 숟갈 떠먹어본 그가 미간을 좁혔다.

"아까 간을 봤는데…… 싱겁군. 잠깐 기다려요."

그가 자리에서 일어나더니 소금을 들고 왔다. 그녀의 눈이 커다래졌다.

설마 저걸……!

탈탈탈.

그가 과감하게 소금을 털어 넣었다. 휘휘 국자를 젓던 그가 다시 맛을 보고 미간을 찌푸렸다.

"너무 짜."

그가 이번엔 생수 한 통을 들고 왔다. 지나가 뜨악한 표정을 지었다.

"저기요, 본부……!"

콸콸콸.

다시 맛을 본 그의 표정이 험악해졌다.

"아까보다 더 싱거워."

"잠깐만요!"

일어나는 그를 지나가 붙잡았다.

"됐어요, 그냥 먹을게요."

"맛이 별로일 텐데."

"아니요, 그냥 먹을게요."

더 갔다간 소여물이 탄생할 것 같아 지나는 가까스로 그를 말렸다. 그가 헝클어진 앞머리를 쓸어 올렸다.

"미안, 찌개는 망친 것 같으니까 먹지 말아요."

난감한 표정의 그는 진심으로 미안한 듯 보였다. 그녀가 빙긋 웃었다.

"아니에요, 잘 먹을게요."

결과물이야 어쨌든 저녁을 차려준 그의 정성은 정말 고마웠다. 그녀가 밥을 먹으며 조용히 주방을 살펴보았다. 주방은 거실에 비해 훨씬 깔끔했다.

사실 깔끔하다기보다는 살림 자체가 없었다. 사용하지 않는다는 느낌이 물씬 풍겼다. 밥도 안 해 먹는 것 같았다. 전자레인지 위에 수북이 쌓여 있는 즉석밥이 그 증거였다.

아마 저 전기밥솥도 오늘 처음 개시한 걸 거야.

그나마도 물 조절에 완벽하게 실패했는지 지나는 지금 죽이 되기 직전의 밥을 숟갈로 떠먹고 있었다. 그녀가 앞에 앉은 그를 곁눈질했다. 그는 묵묵히 밥만 먹고 있었다.

몇 번을 봐도 같은 사람이라는 게 믿기지가 않았다. 촌스러운 패션이야 그렇다 쳐도 회사에서의 그는 말 그대로 로봇 같았다.

무표정한 얼굴, 억양 없는 말투, 웃지도 않고 화를 내지도 않는다. 일에 관련된 일을 제외하곤 불필요한 말도 하지 않았다.

　그뿐인가. 남들보다 빠른 출근, 늦은 퇴근은 기본이고, 점심시간을 제외하곤 그 어떤 농땡이도 피우지 않았다.

　게다가 일이 없을 땐 실적이 부족한 영업사원들을 따라 외근을 다녔고, 실적 부족의 원인이 뭔지 개인적으로 상담하고 함께 분석하는 등 잠시도 가만히 있지를 않았다.

　사실 그런 그의 모습이 회사 입장에선 좋을지 몰라도 직원들이 보기엔 상당히 피곤했다. 지나는 문득 회계과의 서 과장이 했던 말이 떠올랐다.

　'아무튼 결혼할 여자가 누군지 몰라도 불쌍해. 살림하는 것도 사사건건 트집일 텐데.'

　대꾸는 안 했지만 지나도 골백번 동의했던 말이었다. 동의뿐인가. 속으로 보태기까지 했다.

　저런 인간하고는 못 살 거야. 감정 결핍에 정리벽을 가진 인간하고 어떻게 살아.

　하지만 그 모든 게 오해였던 걸까?

　지금의 그는…… 뭐랄까? 허점이 너무 많다.

　"……해요?"

　"예?"

　갑작스런 질문에 지나가 퍼뜩 눈을 들었다. 그가 자신을 보고 있었다.

　"생선, 안 좋아하냐고 물었어요."

"아, 아니요. 좋아해요."

"먹어요, 그럼. 겉만 탔지 속은 괜찮으니까."

"네."

지나가 얼떨결에 젓가락을 뻗었다. 순간 그녀의 눈이 동그래졌다. 파헤쳐진 생선의 하얀 속살이 접시 둘레에 수북이 쌓여 있던 것이다. 그녀는 제 눈을 의심했다.

혹시…… 발라놓은 건가?

미심쩍은 마음에 몇 번이고 쳐다봤지만 후에 그와 눈이 마주칠 일은 없었다.

식사가 끝나자 그가 주전자에 물을 끓였다. 주전자 아랫부분이 까만 걸 보니, 그나마 주전자는 쓰는 모양이었다.

"녹차밖에 없는데."

"괜찮아요."

그녀가 소파 위에 두었던 가방을 들고 슬그머니 자리에서 일어났다.

"저, 잠깐 화장실 좀……."

"화장실은 저기."

그가 손으로 가리켰다. 그녀가 잰걸음으로 화장실로 향했다.

쿵.

문을 닫은 그녀가 들고 온 가방에서 주섬주섬 양치세트를 꺼냈다. 사실 그와 저녁식사를 하게 될 거라곤 전혀 예상치도 못한 일이었다. 그렇다고 뭐, 도착하자마자 그걸 할 거라고도 생각 안 했지만. 그녀는 괜히 뻘쭘해져 홀로 얼굴을 붉혔다.

어쨌든 혹시나 해서 챙겨온 칫솔에 그녀는 안도의 한숨을 내쉬었다. 치약을 짜려던 그녀가 멈칫했다. 세면대 선반 위에 놓인 민트향 치약이 보였기 때문이다. 그녀는 자신이 챙겨온 치약 말고 그걸 짰다. 이를 닦자 상큼한 민트향이 입안 가득 퍼졌다.

양치를 끝낸 그녀가 입가를 닦고 거울로 꼼꼼하게 얼굴을 살핀 뒤 욕실 문을 열었다.

"억!"

그가 문 앞에 서 있었다.

"쓰, 쓰시게요?"

얼른 침착함을 되찾은 그녀는 들고 있던 가방을 뒤로한 채 욕실을 빠져나왔다. 그가 들어가고 욕실 문이 닫히자 그녀는 조용히 가슴을 쓸어내렸다.

"후, 놀래라."

그런데 나 방금 너무 흉하게 놀란 거 같은데.

민망해진 그녀가 미간을 그러모으며 소파에 앉았다. 잠시 후, 욕실에 들어갔던 그가 나왔다. 세수를 한 건지 그의 앞머리가 젖어 있었다. 그가 머리를 쓸어 넘기며 그녀에게 다가왔다.

가늘게 뜬 그의 눈빛이 그날 보았던 것처럼 섹시하게 그녀를 응시했다. 마치…… 바로 침대로 갈 분위기였다. 순간 긴장이 되면서 가슴이 두근거리기 시작했다.

이대로 앉아 있어야 할지, 일어나야 할지 고민이 되었다.

그가 가까이 다가오자 그녀는 살짝 소파 등받이에 등을 기대었다. 하지만 그녀의 예상과 달리 그는 소파를 지나쳐 TV 앞으로 갔다. 책장에서 무언가를 꺼낸 그가 그녀를 돌아봤다.

"영화 볼래요?"

"영화요?"

그녀가 몸을 일으켜 그에게 다가갔다. 그리고 화들짝 놀랐다.

"어? 이 영화!"

그녀의 집에도 있는, 하물며 그녀가 아끼는 프랑스 영화 중 하나였다. 몇 번을 봐도 질리지 않는. 그녀는 저도 모르게 활짝 웃었다.

지금 보니 책장에는 그녀가 가지고 있는 동일한 영화DVD가 꽤 있었다. 지나가 신기하다는 듯 눈을 반짝였다.

"본부장님, 저랑 영화 취향이 비슷하시네요?"

"뭐."

그가 멋쩍은 듯 대답을 얼버무렸다.

"본부장님도 이 영화 좋아하세요? 저도 이 영화를 제일 좋아하거든요."

승재가 그녀의 손에서 DVD를 뺏어가며 미소 지었다.

"그럼 이거 봅시다."

둘은 나란히 소파에 앉았다. 거실엔 조명등 하나만 켜져 있었고, 두 사람은 곧 영화에 집중했다. 영화가 중반부를 넘어갈 때쯤, 그녀는 넋 나간 눈으로 중얼거렸다.

"저 장면 말이에요. 왜 눈동자 안에 사람이 비치는 장면으로 연출했을까요?"

"음, 글쎄."

"제 생각에는 노라가 레오를 얼마나 사랑하는지를 더 극대화시키기 위한 장치인 것 같아요. 사랑하는 사람의 모습을 끝까지 눈에 담고 싶어 하는 노라의 마음이요."

살짝 흥분한 그녀의 설명에 승재가 진지한 표정으로 답했다.

"내가 봤을 땐 노라의 시선에 비친 레오의 모습을 통해, 결국 내가 보는 상대의 마음이 진실이 아닐 수도 있다는 걸 뜻하는 것도 같은데."

"어! 그럴 수도 있겠구나."

뜻하지 못한 그의 설명에 그녀가 놀란 눈을 깜빡였다. 순간 그녀의 커다란 눈이 차분하게 가라앉은 그의 눈과 마주쳤다. 자신을 뚫어지게 바라보는 그 눈빛에 잊고 있던 긴장감이 다시 올라왔다.

불현듯 키스하고 싶다는 생각이 들었다. 완고하게 다물린 저 입술이 다시 한 번 자신의 몸을 더듬어주길…….

어머, 나 좀 봐. 밝히는 거 같잖아.

그녀가 얼른 눈을 돌렸다. 싸늘하게 식은 녹차가 보였다. 둘 다 영화에 심취해 한 번도 마시지 않은 것이었다.

갑자기 목이 타는 것만 같아 그녀가 잔을 집으려고 움직일 때였다. 그가 그녀의 얼굴을 붙잡아 돌렸다. 그리고 진하게 입술을 맞댔다.

맞붙은 그의 입술이 부드럽게 움직였다. 마치 그림을 그리듯 그녀의 입술 선을 더듬고 그녀의 입술 전체를 촉촉하게 덮었다.

감미로운 키스에 그녀는 자연스레 반응했다. 그의 목을 끌어안고 조금 더 가깝게 그를 끌어당겼다. 그의 혀끝이 그녀의 입술 사이를 파고들었다.

"으음."

뜨겁게 밀려든 혀가 그녀의 입안 깊숙이 들어왔다. 뒤섞인 그의 숨결에서 희미한 민트향이 났다. 그녀가 썼던 것이었다.

그도…… 신경 썼던 걸까?

키스가 더욱 깊어졌다. 말캉한 살덩이가 부드럽게 입술을 핥다가도 공격적으로 들어와 그녀의 혀를 세게 휘감았다.

"하아."

숨이 차올랐다. 그때, 키스를 잠시 멈춘 그가 미끄러지듯 소파 아래로 내려갔다. 그녀가 의아한 눈으로 바라봤다.

"……본부장님?"

지나는 깊게 가라앉은 그의 눈에 심장이 두근거렸다. 그의 눈빛이 변해 있었다. 뜨겁고도 달콤하게. 그가 그녀의 티셔츠 안으로 손을 넣는가 싶더니, 이내 그녀의 레깅스와 속옷을 한 번에 끌어 내렸다.

"아!"

놀란 그녀가 다리를 오므렸다. 당황하는 그녀의 다리를 그가 살짝 벌렸다. 그리고 그녀의 다리 한쪽을 들어 복숭아뼈가 있는 부근에 가만히 입술을 댔다.

야릇했다. 목덜미나 가슴이 아닌 생소한 부위에 입술이 닿은 느낌이.

그가 어깨에 그녀의 다리를 걸치고 부드럽게 어루만졌다. 그녀가 빨개진 얼굴로 티셔츠를 끌어 내려 중심부를 가렸다.

그녀의 반응에도 아랑곳하지 않고 그는 부드럽게 입술을 움직여 그녀의 종아리를 애무했다.

"웃⋯⋯."

그녀가 입술을 깨물었다. 신음이 터져 나올 것만 같았다. 그가 그녀의 다리 안쪽에 코끝을 비볐다.

"좋은 냄새가 나. 샤워하고 온 건가?"

흘깃 올려다보는 그의 시선에 그녀는 저도 모르게 고개를 끄덕였다. 그의 입꼬리가 살짝 올라가는 것이 보였다.

"혹시 기대했나?"

그가 낮게 속삭였다.

"난, 했는데."

말과 함께 그가 덥석, 그녀의 허벅지 안쪽을 깊게 빨아 당겼다.

"아, 웃!"

그녀가 커다랗게 움찔하자 그의 입술이 단숨에 제일 안쪽까지 들어왔다. 놀란 그녀가 몸을 튕겼다.

"본, 본부장님!"

소스라치는 그녀의 양쪽 다리를 붙잡고 그가 더 깊게 그 안으로 파고들었다. 지나가 그의 어깨를 떠밀었다.

"잠⋯⋯ 승재 씨!"

다급한 나머지 그의 이름이 튀어나왔다. 그가 입술을 떼고 웅얼거렸다.

"듣기 좋아."

그의 입술이 다시금 그녀의 중심을 덮쳤다. 수풀이 있는 주변에 다정하게 입을 맞추고, 혀끝을 세워 굳게 닫혀 있는 문을 열었다.

"……아!"

그녀가 두 눈을 질끈 감고 그의 어깨를 움켜잡았다. 그의 혀가 다물려 있는 얄팍한 살점을 부드럽게 핥았다. 처음 느껴보는 감각에 그녀는 파르르 몸을 떨었다.

눈앞이 뱅글거리고 숨이 가빠졌다. 점점 흥분하는 그녀가 느껴졌는지 그의 입술은 좀 더 과감하게 아래쪽을 공략했다. 이미 젖기 시작한 그곳으로 혀가 들어왔다.

"하웃!"

그녀가 그의 머리카락을 움켜잡았다. 살짝 내리뜬 눈으로 바라보자, 티셔츠 속으로 감춰진 그의 머리가 보였다.

그 모습이 마치 조금 전까지 함께 보았던 프랑스 영화의 한 장면을 떠올리게 했다.

"승, 승재 씨……!"

그녀의 부름에 그가 입술을 떼고 그녀를 올려다보았다. 흥분한 그의 눈빛이 어둡게 흐려져 있었다. 번들거리는 그의 입술을 본 순간 그녀는 창피함과 동시에, 더한 무언가를 갈구하는 자신을 깨달았다.

그녀의 마음을 읽었는지 그가 바지를 벗었다. 그의 것은 아까부터 단단하게 발기되어 있는 상태였다.

"승…… 아윽!"

그는 주저하지 않고 바로 그녀 안으로 들어갔다. 한 번에 끝까지 밀어 넣었다.

"앗!"

지나가 비명을 지르며 그의 등허리를 끌어안았다. 그가 앉아 있는 그녀를 사정없이 몰아붙였다. 소파 등받이를 붙잡은 그의 팔뚝 위로 힘줄이 섰다. 거친 그의 움직임에 지나의 다리가 한껏 벌어졌다.

그가 한쪽 발을 바닥에 짚고 강하게 허리를 튕기자, 못 견딘 소파가 소음을 내며 뒤로 물러났다.

"아! 하으……!"

지나가 그의 엉덩이를 움켜잡았다. 들어가고 나오기를 반복할 때마다 강하게 수축되는 탄력 있는 엉덩이가 그녀의 손에 가득 잡혔다.

"지…… 나야!"

낮은 부름에 그녀는 대답 대신 가는 신음을 내뱉었다. 그의 움직임이 점점 더 격렬해졌다. 부드러움이라곤 조금도 없는 빼고 찌르기의 반복된 행위가 이어졌다.

단순한 움직임에도 지나는 숨을 헐떡이며 흥분했다. 그의 몸이 자신을 빈틈없이 꽉 채우는 느낌이 좋았다. 온몸이 땀으로 흠뻑 젖었을 즈음, 영화의 엔딩곡이 흘렀다.

잔잔한 음악 사이로 살이 부딪치는 질척한 소음이 야릇하게 뒤섞였다. 빠르고 격해진 움직임이 절정을 향해 치달았다.

"하으윽!"

아찔한 쾌락과 함께 짜릿한 전율이 발끝을 관통했다.

"아…… 하아."

미세하게 수축되는 그의 잔근육을 느끼며 그녀는 축 늘어져버리고 말았다. 모든 기운을 쏟아부은 것만 같았다. 서로의 거친 숨소리가 적막한 집 안을 울렸다.

지나는 까맣게 변해버린 TV 화면을 통해 자신을 덮친 그의 뒷모습을 보았다. 너른 그의 어깨 너머로 자신의 얼굴이 보였다.

지친 듯 보였지만 희열에 찬 표정은 몽롱하기까지 했다. 게다가 그의 허리를 감싸고 있는 늘씬한 자신의 양다리가 왜 이리 외설적으로 보이는지. 창피해진 그녀가 슬쩍 눈을 돌려버렸다.

잠시 후, 그가 탁자에 있던 티슈를 뽑아 젖어버린 그녀의 허벅지를 닦아주었다.

그제야 그녀는 절정의 순간, 그가 밖에다 사정한 것을 깨달았다. 생각해보니 콘돔이고 뭐고 챙길 겨를도 없이 미친 듯이 불붙은 순간이었다.

그가 땀이 맺힌 그녀의 이마를 쓸어주며 입을 맞췄다. 그 느낌이 묘하게 설레었다. 그가 천천히 그녀를 소파 위로 눕히며 몸을 겹쳐왔다. 지나는 그의 몸을 끌어안고 긴 한숨을 내쉬었다.

무언가 나른했다. 따뜻하게 맞닿은 살이 기분 좋았다. 그의 입술이 그녀의 뺨에 닿았다. 코끝에도 닿았다. 미간에도 닿았고, 인중에도 닿았고, 턱에도 닿았다.

비몽사몽, 꿈결 같은 입맞춤에 그녀는 스르륵 눈을 감았다. 그리고 까무룩 잠이 들었다.

몸을 뒤척이려다 허리가 묵직한 느낌에 깜빡 잠이 깨고 말았다.

지나가 부스스 눈을 비볐다. 흐릿하던 초점이 돌아오자 그녀의 눈이 커다래졌다.

어둠 속에 낯선 풍경이 보였다. 게다가 알몸이었다. 남아 있던 옷가지마저 모두 벗겨진 채 침대 위에 있었다. 그의 품속에.

그녀는 천천히 이불을 들어 제 허리를 감싼 그의 팔을 보았다. 소파 위에서 기억이 끊긴 걸 보니 그가 잠든 자신을 안아서 침대에 눕힌 모양이었다.

난 몰라.

그녀가 낯 뜨거운 얼굴로 어둠 속에서 눈을 굴렸다. 침대맡에 있는 디지털시계가 보였다. 새벽 5시를 가리키고 있었다.

"헉!"

그녀가 스프링처럼 튕겨 올랐다. 그때 강한 두 팔이 그녀를 잡아당겼다.

"엇!"

그녀는 순식간에 그의 품에 안겼고 그는 그녀의 뒷목에 입술을 비볐다.

"그때처럼 또 버려두고 갈 건가."

낮은 속삭임에 그녀는 조용히 숨을 죽였다.

"가지 마. 일요일이잖아."

그가 더욱 강하게 그녀를 끌어안았다. 그녀의 등과 단단한 그의 가슴이 빈틈없이 맞붙었다. 그의 손이 올라와 그녀의 가슴을 움켜쥐었다. 그녀가 마른침을 삼키며 떨리는 속눈썹을 깜빡였다.

그의 입술이 느리게 그녀의 목 언저리와 어깨를 핥았다. 천천히 가슴을 쥐락펴락하던 그가 살짝 떨어져 있던 하체를 그녀에게 바짝 갖다 붙였다.

그녀가 잠시 숨을 멈추자, 그가 터질듯이 그녀의 가슴을 힘주어 잡았다.

"……아."

그녀가 가슴을 잡고 있는 그의 손 위에 자신의 손을 포갰다. 조금 더 만져주길 바랐다. 부드럽게, 또 강하게.

목덜미로 그의 뜨거운 숨이 느껴졌다. 그가 미소 짓고 있었다.

"만져줄까."

낮은 속삭임에 심장이 두근거렸다. 그가 그녀의 어깨를 가볍게 잘근거렸다.

"어떻게?"

그가 아래쪽을 마찰하며 물었다. 지나가 숨을 죽이며 그의 손을 포개고 있던 자신의 손에 힘을 주었다. 그리고 마사지를 하듯 천천히 어루만졌다.

"아아, 이렇게."

그가 그녀의 손짓을 따라 움직이기 시작했다. 그러다 강하게 움켜잡고 흔들었다.

"읏!"

그녀가 커다랗게 움찔하자 자극받은 그의 남성이 꿈틀댔다. 그가 뜨거운 숨을 내쉬며 일어선 꼭지를 손가락으로 비틀었다.

"귀엽네."

"……으응."

이를 세운 그가 그녀의 귓불을 깨물었다. 그리고 촉촉한 혀를 내밀어 그녀의 귓바퀴를 달콤하게 훑었다. 귓가로 거칠어진 그의 숨소리가 울렸다. 아래쪽을 해주는 것만큼이나 자극적이고 흥분되는 애무였다.

"하아…… 승재 씨."

"끝까지 가도 되나? 콘돔 없이."

그가 깊게 잠긴 목소리로 물었다.

"안에다 하고 싶은데."

단단하게 부푼 그의 것이 그녀의 엉덩이 사이를 압박했다. 그의 손이 그녀의 다리 사이를 파고들어 곧장 입구 쪽을 어루만졌다. 저절로 다리가 벌어졌다.

그녀가 그의 팔을 붙잡았다. 그럴수록 그의 손가락은 더 노골적으로 그녀의 속살을 헤집었다. 그가 자신의 남성을 그녀의 엉덩이 사이에 끼운 채 비볐다.

"다 젖었어."

못 견디게 음란한 목소리였다. 완벽하게 여성을 유혹하는 수컷의 그것. 지나가 뒤로 손을 뻗어 그의 엉덩이를 잡았다.

"해요. 괜찮은…… 날이야."

말이 떨어지기가 무섭게 손가락 하나가 안으로 들어왔다.

"앗!"

그의 남성과는 비교도 되지 않을 만큼 가늘었지만 곧고 단단했다. 그가 들썩이는 그녀의 등에 입을 맞추며 손가락을 빠르게 떨었다. 안에서 강력한 진동이 느껴졌다.

"하으으!"

생경한 감각에 지나의 입구가 바짝 조여들었다. 순간 그가 손가락을 빼자마자 바로 자신의 남성을 찔러 넣었다.

"아! 승재 씨…… 잠깐!"

그녀가 숨을 헐떡였다. 생소한 자세라 한 번에 들어가지지가 않았다. 그가 그녀의 엉덩이를 벌려 그 사이를 꿰뚫었다. 두어 번의 도약 끝에 그의 남성이 그녀의 몸 안 깊숙이까지 들어갔다.

"아! 윽!"

탄력 있게 조여지는 그녀의 엉덩이 덕분에 그의 목울대가 낮게 신음했다. 또 다른 쾌락이었다. 새롭게 맛보는.

팔딱이는 물고기처럼 그는 옆으로 누운 자세 그대로 그녀를 있는 힘껏 몰아붙였다. 앞으로 밀리는 그녀를 그가 강하게 끌어당겼다.

"하읏! 학!"

뜨거운 숨이 터져 나왔다. 몸에 있는 모든 감각이 아래쪽으로 몰린 것처럼 머릿속이 아찔해지는 몸부림이었다.

"흐으!"

격렬한 움직임에 자꾸만 그녀의 몸이 달아났다. 결국엔 그가 덮치듯이 그녀를 짓눌렀다. 엎드려 신음하는 그녀의 입술에 그가 자잘한 키스를 퍼부었다. 그리고 신음하느라 미동조차 없는 작은 혀를 세게 휘감아 빨아 당겼다.

다시금 찾아오는 절정에 그가 경련하듯 빠르게 허리를 움직였다. 그의 손이 시트를 움켜쥐고 있는 그녀의 손을 펼쳐 깍지 끼웠다.

그에게 포박당한 채, 지나는 완벽한 쾌락에 잠식당했다.

"아아웃!"

마침내, 눈앞이 하얗게 부서지며 온몸이 경직되듯 바짝 조여들었다. 등 뒤로 낮은 그의 목울림이 들려왔다. 차올랐던 욕망을 모두 분출하며 그의 엉덩이도 강하게 수축했다.

마지막까지 세차게 그녀를 밀어붙이던 그가 이내 그녀의 등 뒤로 쓰러지듯 몸을 포갰다.

"하아! 하아!"

가쁜 숨을 내쉬는 그녀의 벌어진 입술에 그가 부드럽게 키스했다. 아직 빠져나가고 싶은 생각이 없는지 그는 여전히 그녀 안에 머물러 있었다.

지나는 그게 싫지 않았다. 아니, 오히려 이대로 더 있어주었으면 했다. 원래부터 하나였던 것처럼 자신을 가득 채우고 있는 그가 좋았다.

눈을 감은 그녀의 입가로 희미한 미소가 어렸다.

알몸으로 서로를 부둥켜안고 다시 잠이 들었다. 그리고 눈을 뜬 건 정오가 넘어서였다.

"식빵 있는데."

샤워를 하고 나오자 그는 주방에 있었다. 지나가 빙긋 웃었다.

"씻고 나와요. 내가 구울게요."

"토스트기 여기."

그가 찬장을 열어 토스트기를 꺼내주었다. 그녀를 지나치며 그가 빠르게 입을 맞췄다. 지나가 놀란 눈으로 돌아보자, 그가 슬쩍 입꼬리를 올렸다.

그 미소가 마치 연인에게 보내는 굿모닝 인사 같았다. 너무도 달콤하고 사랑스러운 애인을 향한 따뜻한 눈인사.

속절없이 두근대는 심장을 지나가 조용히 눌렀다. 그리고 혼잣말을 속삭였다.

"이러지 마. 그런 거 아니야."

그녀는 애써 오버하려는 자신을 단속했다. 소영의 말이 떠올랐다.

'까놓고, 나이트 가서 원나잇 하려고 만난 여자랑 절친한테 소개팅 받아서 만난 여자랑 대하는 마음이 같겠니? 목적 자체가 다른데.'

그래, 그랬지. 어쨌든 그와 자신이 만난 곳은 나이트였고, 원나잇이 목적이었다. 그리고 지금 이 만남은 그날의 연장선이다.

그러니까 쓸데없는 기대감은 버리라고. 그가 웃어준다고 해서, 집에 초대해줬다고 해서, 허당 같은 모습을 보여준다고 해서! 뭔가 특별한 그런 건 절대 아니야.

⋯⋯그런데 왜 이렇게 침울하지?

그녀가 입술을 앙다물며 토스트기 버튼을 힘차게 눌렀다.

"됐어! 그만 생각해!"

"뭘 그만 생각해요?"

순간 욕실 문이 열리며 그가 빼꼼 고개를 내밀었다. 놀란 지나가 고개를 저었다.

"아, 아니에요. 그냥 혼잣말⋯⋯."

"미안한데 내 방 왼쪽 옷장에서 수건 좀 갖다 줘요."

"아."

그녀가 얼른 방으로 향했다. 생각해보니 욕실에 하나 남아 있던 수건을 자신이 써버렸던 것이 떠올랐다. 그녀가 옷장을 열었다.

"수건이⋯⋯. 참! 왼쪽이랬지."

옷장을 잘못 선택했다는 것을 깨닫고 그녀가 문을 닫으려던 찰나였다.

"응?"

그녀의 눈에 감색 양복 한 벌이 눈에 들어왔다.

"이거⋯⋯."

분명했다. 자신이 담배빵을 냈던 그것. 그런데 상의가 두 벌이었다.

뭐지? 왜 상의만 두 벌이야?

지나가 상의를 뒤적였다. 하나는 자신이 남긴 담배 자국이 선명했고, 나머지 하나는 상표도 떼지 않은 새것이었다. 그녀가 의아해하는데, 문 너머로 승재의 외침이 들렸다.

"설마 제조해서 오는 겁니까?"

"가요!"

지나가 옷장 문을 닫고 서둘러 수건을 꺼내어 밖으로 나갔다.

빵은 구웠지만 잼은 없었다. 먹을 우유는 있었지만 유통기한이 열흘이나 지나 있었다. 결국 녹차와 함께 맛없는 식빵을 우적거렸다. 지나가 허탈한 표정으로 주방을 둘러보며 중얼거렸다.

"도대체 뭐 먹고 살아요?"

"밥."

"집에서 안 해 먹죠?"

그가 고개를 끄덕였다.

"집에서 끼니를 때울 일이 거의 없어요. 아침엔 선식, 점심은 회사. 기껏해야 저녁인데, 그것도 회사에서 먹을 일이 많고."

지나가 무표정한 얼굴로 빵을 씹는 그를 물끄러미 바라봤다. 생각해보면 회사 밖에서 그가 안경을 쓴 모습은 한 번도 본 적이 없었다. 문득 궁금해졌다.

"시력이 많이 나쁘지 않은가 봐요?"

"나빠요. 지금도 지나 씨 빼고는 뿌옇게 보이니까."

그 말에 지나는 괜히 가슴이 콩닥거렸다.

오해하지 말라니까. 나만 보인다는 뜻이 아니라 내가 앉아 있는 자리까지만 선명하게 보인다는 소리라고.

"근데 밖에서는 왜 안 쓰고 다녀요?"

"운전할 때 빼고는 불편한 게 없으니까."

"그럼 회사에서도 안 써도 되잖아요."

사실 도수 높은 안경이 그의 이미지를 왕창 깎아먹는 건 사실이었다. 특히나 저 섹시한 눈매가 완전 맹꽁이 같아 보이니까.

아니다. 회사에선 차라리 쓰고 있는 게 나을까? 안 그러면 여우 같은 여직원들 입방아에 매일같이 오르내릴 테니까.

그건 왠지 싫다. 지금 이 모습은 자신만 알고 있는 것일 텐데.

저도 모르게 든 생각에 지나는 당황하고 말았다. 그녀의 마음을 아는지 모르는지 그는 태연하게 대답했다.

"이건 내 가면이에요."

"가면이요?"

갸우뚱한 그녀의 모습에 승재의 입매가 부드럽게 풀렸다.

"전투복장이나 다름없지. 안경도 양복도. 회사는 조금의 실수도 허용되지 않는 정글 같은 곳이니까."

그가 식탁 위로 팔짱을 끼고 그녀를 지그시 바라보았다.

"내 생활은 철저하게 회사 안과 밖으로 구분돼요. 그중에서도 여긴, 완벽히 내 사적인 영역이고."

낮은 목소리가 나른하게 울렸다. 부쩍 가까워진 그의 얼굴에 지나가 커다란 눈을 깜빡였다. 그가 말하는 완벽히 사적인 영역. 지금 그 안에 그녀가 들어와 있었다.

나만…… 들어왔던 걸까?

그녀의 눈빛이 잠시 새침해졌다. 부쩍 물음이 자꾸 생긴다. 그에 대한.

이런 건 좋지 않아.

그녀가 화제를 바꾸려고 다른 말을 꺼냈다.

"저번에 그 감색 양복. 회장님이 선물 주신 옷 맞죠?"

"맞아요."

"그거……."

"나갑시다."

"네?"

"어제가 월급날이었잖아요. 내 옷, 안 물어냅니까?"

"치, 안 그래도 그 말씀 드리려고 했거든요?"

그녀가 입술을 삐죽이자, 그가 소리 없이 웃으며 빈 접시와 우유 잔을 치웠다.

겉옷을 챙겨 입은 둘은 나란히 집을 빠져나갔다.

도착한 곳은 집에서 멀지 않은 D백화점이었다. 연말이라 그런지 시내엔 사람들로 북적거렸다.

백화점 로비에 들어서자 커다란 트리가 그들을 반겼다. 그러고 보니 며칠 있으면 크리스마스였다. 하지만 그녀의 눈엔 화려하게 장식된 트리도 쇼핑을 하는 사람들도 보이지 않았다.

그녀의 머릿속은 온통 할부개월수로 그득했다. 3개월은 확실히 무리고, 6개월 할부로 하면 그럭저럭 커버가 될 것 같았다.

그녀가 에스컬레이터 쪽으로 걸어가는데, 그가 낚아채듯 그녀의 손을 잡았다.

"본부장님?"

"아까 말했죠? 회사 안과 밖이 철저히 구분되는 사람이라고. 밖에선 우리 계급장 좀 뗍시다."

"네, 백승재 씨. 남성복은 4층인데요?"

"……."

"저기요? 백승재 씨? 승재 씨!"

못 들은 척 걸어가는 승재 때문에 지나는 반강제적으로 그에게 끌려갔다. 복잡한 인파를 뚫고 그들이 도착한 곳은 백화점 1층에 있는 쥬얼리 코너였다.

다양한 브랜드를 가진 쥬얼리점들은 크리스마스를 맞아 화려하게 단장을 한 채, 고객들을 기다리고 있었다. 아니나 다를까. 쥬얼리점을 기웃거리고 있는 사람들 중 대부분이 커플이었다. 지나가 얼떨떨한 표정을 지었다.

"여긴 왜요? 뭐 맡긴 거 있어요?"

가게를 둘러보던 승재가 눈에 띄는 곳으로 그녀를 데리고 들어갔다. '크리스마스 특별전'이라는 예쁜 리본 글씨가 붙은 곳이었다.

"어서 오세요, 고객님."

단정하게 유니폼을 입은 젊은 종업원이 방긋 웃는 얼굴로 그들을 맞았다. 승재가 가게 안을 둘러보더니 말했다.

"귀걸이나 목걸이 쪽으로 보여주시죠."

"네, 이쪽으로 오세요."

여직원을 따라가는 승재를 지나가 있는 힘껏 끌어당겼다. 그제야 못 이긴 척 그가 그녀를 돌아봤다.

"도움 좀 받읍시다."

"무슨 도움이요."

"선물 살 거예요. 그러니까 예쁜 걸로 하나 골라줘요."

말하는 승재의 입가로 부드러운 미소가 걸렸다.

지나는 곧 순순히 그를 따라 진열장 앞에 섰다. 진열장 안에는 아기자기하고 알록달록한 쥬얼리들이 서로 잘났다고 앞다투어 자태를 뽐내고 있었다.

"이 귀걸이는 보랏빛 자수정을 정교하게 세공해서……."

종업원의 상냥한 목소리가 귀에 들어오지 않았다. 예쁜 보석들을 바라보는 그녀의 기분은 가라앉아 있었다.

그녀의 머릿속엔 이제 할부개월수가 아닌, 이 선물의 주인공이 누굴까였다.

분명 그날 애인이 없다고 하지 않았던가? 아님 혹시…… 거짓말?

그녀가 홱 그를 돌아봤다. 그가 아무렇지 않은 얼굴로 그녀를 마주 보았다. 안 골라주고 뭐 하냐는 눈빛이었다. 그녀가 다시 진열장으로 눈을 돌렸다.

그럼 애인은 없는데 좋아하는 사람은 있다, 이건가? 그럼 나랑 왜 잤는데.

그녀가 다시 홱 그를 돌아보았다. 역시나, 그가 또 눈을 마주쳐 왔다. 무슨 문제 있냐는 눈빛이었다.

왜 이래, 진짜.

그녀는 스스로를 꾸짖으며 마음을 다잡고 진열장을 바라봤다.

사실 그가 좋아하는 여자가 있다고 해도 상관없었다. 어쨌든 우린 엔조이니까. 어차피 남자들은 좋아하지도 않는 여자와 얼마든지 잘 수 있는 본능에 충실한 존재들이 아니던가.

그래도 혹시나 하는 생각에 그녀가 슬그머니 물었다.

"어…… 머니 드릴 건가요?"

"아니요."

단호박 같은 대답에 입술 끝이 실룩일 뻔했다. 승재가 무표정한 얼굴로 확인 사살을 했다.

"어머니 나이에 이런 디자인과 브랜드는 어울리지 않죠. 젊은 아가씨 줄 겁니다. 지나 씨 나이 또래."

지나는 애써 덤덤한 얼굴로 쥬얼리들을 살펴보기 시작했다. 이러다간 불편한 제 마음이 들켜버릴 것만 같았다.

"머리는 길어요?"

"길어요. 한 이 정도?"

그가 제 가슴께를 가리켰다.

"피부톤은요?"

"하얀 편은 아닙니다."

"음."

지나가 미간을 그러모았다. 피부가 하얗지 않은 사람들은 옷도 그렇고 보석도 그렇고 색깔이나 모양을 맞춘다는 게 여간 쉬운 일이 아니었다.

잘못하면 촌스러워지니까.

"귀걸이가 무난할 것 같아요. 이거."

그녀가 투명한 보석이 박힌 심플한 디자인의 귀걸이 한 쌍을 가리켰다. 종업원이 함박 웃으며 그것을 밖으로 꺼내었다.

"눈썰미가 좋으시네요. 보석 크기도 적당하고 디자인도 과하지 않아서 어떤 옷차림에도 무난하게 코디 가능하세요."

"이걸로 주시죠."

"예."

어렴풋이 들리는 꽤 비싼 가격을 그는 망설임 없이 결제했다.

포장을 하는 사이, 그녀는 멀찍이 떨어져 괜스레 다른 것들을 둘러보는 척했다.

기분이 자꾸만 축 처지고 있었다. 꼭 비 맞은 강아지가 된 것처럼.

"갑시다."

그가 그녀의 손을 다시 잡았다. 아까까지만 해도 잡힌 손이 싫지 않았는데 괜히 심술이 올라왔다.

나 뭐지? 지금 질투하는 거야?

그녀는 인정하고 싶지 않았다. 연애는 못할망정 짝사랑이라니. 그건 진짜 싫어!

"잠깐만요!"

그녀가 뒤로 몸을 빼자 그가 걸음을 멈췄다. 그녀가 딱딱한 얼굴로 물었다.

"지금 어디 가는 거예요? 양복 사러 안 가요?"

오늘 백화점에 온 목적은 그것이었다. 그런데 귀걸이만 덜렁 사고 나가려고 하다니. 그녀는 양복이 목적이 아니라 자신에게 선물을 골라달라고 한 것이 목적인 것 같아 기분이 더욱 불쾌해졌다.

정작 그녀의 속도 모르고 그가 아무렇지 않은 얼굴로 말했다.

"근처에 좋은 카페가 있어요. 날 추우니까 거기 가서 차 한잔해요."

"아니요. 집에 갈래요."

"왜?"

"피곤해요. 졸립기도 하고."

그녀는 제 감정을 감추려고 주저리주저리 말을 늘어놓았다.

"내일 출근해야 하는데 일찍 들어가 쉬어야죠. 원래 일요일은 잘 안 돌아다녀요. 다음 날 피곤할까 봐."

잠시 침묵하던 그가 힘이 빠진 그녀의 손을 꽉 움켜잡았다.

"집까지 바래다줄게요."

"혼자 가도 돼요. 멀지 않으니까."

태연하게 군다고 했지만 경직된 그녀의 표정이 보였는지 그가 작게 한숨을 내쉬었다. 그가 잡고 있던 그녀의 손바닥을 펼쳤다. 그리고 들고 있던 포장 상자를 그녀의 손바닥 위에 올렸다.

"이걸 왜……."

"가져가요."

그녀의 두 눈이 커다래졌다. 그의 입가로 희미한 미소가 어렸다.

"크리스마스 선물."

순간 귀가 멍해지는 착각이 일었다. 백화점 가득 퍼지는 캐럴도, 사람들의 잡다한 소음도, 아득히 공기 중으로 흩어지는 것만 같았다.

상자에 붙박여 있던 그녀의 두 눈이 승재에게로 향했다. 신기하게도 그들을 지나치는 사람들이 모두 뿌옇게 보였다. 그 와중에 그의 모습만이 선명했다. 마치 흑백 속에 컬러가 있는 것처럼.

"그러니까 이걸 왜 저한테……."

그녀가 말끝을 흐렸다. 묻고 싶은 말이 목구멍에 걸려 나오지 않았다. 문득 옷장 안에 있던 양복 상의 두 벌이 떠올랐다. 하나는 상표도 떼지 않은 완벽한 새것이었다. 그녀의 눈이 흔들렸다.

오늘 양복 사러 온 게 아니었어요? 나한테 선물이 하고 싶어서 온 거예요? 승재 씨 혹시…….

"나 좋……."

그녀가 용기를 내어 물으려던 찰나, 그가 갑작스럽게 그녀를 끌어당겨 구석으로 몸을 숨겼다. 그녀가 놀란 얼굴로 물었다.

"왜, 왜 그래요?"

"쉿."

그가 입술에 손가락을 갖다 댔다. 그의 시선이 머문 곳을 보니,

"헉!"

회계과 혜리가 있었다. 그녀는 친구 한 명과 팔짱을 낀 채 웃고 있었다. 꽤 가까운 거리에 있던 그녀가 수다를 떨며 그들 곁을 지나갔다.

행여 눈이라도 마주칠까 고개를 돌리고 있던 두 사람이 혜리가 지나간 자리를 바라봤다.

"후우."

한숨을 내쉬는 그녀의 머리 위로 그도 한숨을 내쉬었다. 그녀가 그를 올려다보았다. 그는 안도한 기색이 역력한 얼굴로 말했다.

"들키면 곤란하니까."

"아."

그녀의 커다란 눈이 잠시 깜빡임을 멈추었다. 동시에 자신이 물으려고 했던 말이 목구멍 깊숙이 넘어가 사라져버리고 말았다. 그녀가 곧 아무렇지 않은 얼굴로 말했다.

"그렇죠, 들키면 곤란하니까."

그리고 웃는 얼굴로 받은 선물을 들어 올렸다.

"선물, 고마워요."

크리스마스이브처럼 들떴던 마음이 싸늘하게 가라앉는다. 그가 내뱉은 말 한마디가 모든 것을 분명하게 정의 내려준 것만 같았다.

3장. 첫눈이 어울리는 여자

보수적인 삼화제약은 사내연애를 반기지 않았다. 특히 영업부 남직원들과 회계과 또는 경리팀 여직원들 간의 관계는 더욱 그러했다.

회계과 여직원들은 영업사원들의 연봉과 인센티브 내역을 알고 있었고, 경리팀 여직원들 역시 개인 실적에 따른 접대비 지출 내용 등을 알고 있었기 때문이었다.

그것은 영업사원들 서로 간의 사기를 떨어트리거나 뒷말이 나올 수도 있는 것들이라 함부로 발설되면 곤란한 상황이 되기도 하였다.

어쨌든 그걸 제외하고라도 사내연애라는 건, 어느 회사에서나 썩 달가워하는 건 아니었다.

'들키면 곤란하잖아. 안 그래도 위에서 사내연애는 가급적 피하라고 신신당부하는데. 그렇게 되면 나보단 지나 씨가 더 걱정이지. 나는 남자라 그렇다 쳐도 여자들은 말이 좀 많아? 지나 씨가 눈치 보여서 회사 다니기 힘들 거야. 그러니까 우리 절대 들키면 안 돼. 조심하자.'

그땐 그 말이 진심이란 것에 추호의 의심도 없었다. 오히려 감동이었다. 자신보단 그녀를 더 걱정해주는 것만 같아서. 하지만 아니었다. 장동민이 했던 말은 사탕발린 말일뿐이었다. 그저 원하는 것만 얻고 손해는 보지 않으려던 비겁한 낚시질.

생각해보면 그는 때때로 같은 부서 직원들의 접대비 지출 내용이나 위에서 따로 내려온 포상금 내역에 대해서 은근슬쩍 묻곤 했었다. 구렁이 담 넘어가 듯 미끈한 그 말에 다행히 넘어간 적은 없었지만.

어쨌든 가급적이면 들키지 않는 게 좋다는 것에 그녀도 동의했다. 하지만 정말로 좋아한다면, 진심이라면, 설사 들키게 된다 해도 상관없지 않을까?

그녀는 일을 하다 말고 멍한 눈으로 먼 산을 바라보았다. 정확하게 말하자면 직원들 앞에서 영업사원들의 기본자세에 대해 설파하고 있는 승재를 보고 있었다.

"영업을 가벼운 말빨로 때우겠다는 생각은 버려요. 그건 언제고 한계가 찾아옵니다. 영업은 무조건 근면성실입니다. 외근 나가서 게으름 피우는 그 몇 시간이 본인에게도 회사에게도 치명적일 수 있다는 얘기예요. 부지런을 당할 장사는 없습니다. 약속한 시간에 전화하고, 약속한 시간에 찾아가고, 약속한 말을 지키는 것. 영업은 신뢰입니다. 신뢰를 지키면 그 나머지는 거미줄처럼 엮이게 되어 있어요. 여러분을 믿은 의사 한 명이 여러분에게 그보다 더 나은 지인을 소개시켜줄 겁니다."

말을 마친 그가 박수 세 번을 힘 있게 쳤다.

"자, 오늘도 쉬지 말고 다닙시다!"

그 말을 신호로 직원들이 가방을 챙기며 자리에서 일어났다. 그가 회사 다이어리를 챙기며 말했다.

"각 팀 팀장들은 잠깐 나 좀 봅시다."

팀장들이 그의 방으로 들어가고 나머지 직원들은 썰물처럼 사무실을 빠져나갔다. 사무실은 금세 휑해졌다.

소영이 믹스 커피 두 잔을 뽑아와 한 잔을 지나에게 내밀었다. 소영이 주변에 아무도 없는 것을 확인하고 조용히 속삭였다.

"주말에도 만났어?"

"응."

"어땠어?"

"뭐, 그냥……."

"대답이 왜 그래. 별로였어?"

말없이 종이컵만 만지작대는 지나를 보며 소영이 눈치껏 말했다.

"하긴. 너 나이트 간 날 양주 두 잔이나 마셨다고 그랬지? 술도 못하는 게 양주 두 잔이면 과음했지. 술기운에 좋았다고 느낀 걸 수도 있어. 근데 막상 맨정신에 해보면 아닐 수도 있는 거고."

소영은 자신이 말한 것이 기정사실인 양 혼자 얘기하며 고개를 끄덕였다. 그러곤 커피를 홀짝이며 말을 이었다.

"사실 백 본부장 보면 너무 딱딱하잖아."

전혀.

"사람이 좀 말랑말랑한 구석도 있어야지."

너 저 남자 웃는 거 봤니?

"스타일도 촌스러운 데다가."

벗은 몸은 끝내주거든?

"어쨌든 침대에서도 뻣뻣할 것 같아."

절대로 그렇지 않아.

"진짜 정해진 매뉴얼대로만 하는 거 아니야? 재미없게."

웃기는 소리 한다.

목구멍까지 차오른 말을 지나는 커피와 함께 집어삼켰다. 그리고 긴 한숨을 내쉬었다.

"나 끌리는 것 같아."

"끌리다니?"

"백 본부장한테."

"뭐라고?"

저도 모르게 소리를 지른 소영이 얼른 자리에서 일어나 파티션 너머로 사무실을 둘러봤다. 본부장실에 들어간 팀장들도 나오지 않았고 사무실엔 여전히 아무도 없었다.

소영이 자리에 앉아 입을 가리고 속삭였다.

"미쳤니? 장동민한테 데이고 또 사내연애를 한다고?"

차라리 그러면 좋게? 이 남자는 이 관계를 원나잇의 연장선이라고만 생각하는 것 같아.

지나는 할 수 없는 말을 속으로 삭였다. 어제 백화점을 나왔을 때 그녀가 물었다.

'이렇게 비싼 거 받아도 될까 모르겠어요.'

'부담 갖지 말고 받아요. 별거 아니니까. 아, 양복도 신경 쓰지 말아요. 진짜 물어내란 말 아니었으니까.'

오직 실력만으로 인정을 받는 영업계에서, 게다가 보수적인 걸로는 둘째가라면 서러운 삼화제약에서 당당히 스카우트 제의를 받은 남자였다.

담배빵이 난 값비싼 양복을 금세 구매한 것처럼, 그에겐 이 선물도 별 뜻 없는 가벼운 것이었을 것이다. 능력 있는 남자가 엔조이 파트너에게 줄 수 있는 뭐, 그런 거?

"꼬리가 길면 잡힌다고. 뽀록날 때 나더라도 일단 조심해. 사람들 입 싼 거 알지? 회계과 혜리하고 장 팀장, 사귄다고 소문 다 돌았어. 아무튼 본인 귀에 들어가면 사내 한 바퀴 돈 거니까."

"나는 그런 걱정은 안 해도 될걸?"

"무슨 말이야?"

"나 혼자 이렇거든."

"뭐어?"

또다시 큰 소리를 낸 소영이 재빨리 주위를 두리번거리곤 목소리를 낮췄다.

"너 혼자? 백 본부장은 아닌데 너 혼자?"

"응."

"환장해! 그냥 즐기랬지 누가 빠지랬어?"

소영의 타박에 지나가 입술을 삐죽였다.

"그게 마음대로 되니?"

"뻔해. 넌 분명 '처음'이란 거에 의미 부여했을 거야. 원나잇이 웬 말인가 했다. 그 고리타분한 생각 좀 버리라니까는."

잠자코 듣고 있던 지나가 생각에 잠겼다.

진짜 첫 남자라 그런 걸까? 첫 경험을 준 남자라서? 잘 모르겠다. 그럴 수도 있고 아닐 수도 있다. 어쨌든 중요한 건 자신이 그에게 끌리고 있다는 것.

"아무튼 이건 고행길 시작이야. 직장 상사 짝사랑이라니. 피곤한 일이라고."

고개를 절레절레 흔드는 소영을 보며 지나는 남은 커피를 마저 마셨다.

그날 오후. 총무과에서 팩스가 들어왔다. 각 부서 여직원들의 허리 사이즈를 적어내라는 업무협조문이었다. 자리에 앉아서 협조문 내용을 읽으려는데, 휴대폰이 진동했다.

[내일 시간 어때요?]

그가 보낸 문자였다. 그는 지금 직원들의 거래처 방문을 지원사격해주기 위해서 외근을 나간 상태였다. 그녀는 답을 하지 않고 망설였다.

내일은 크리스마스이브였다. 도시 곳곳이 사랑에 물드는 날. 그런 날 그를 만나면 안 될 것만 같았다. 그에게 끌리는 마음을 되돌

릴 순 없지만 더디게 늦출 순 있을 것이다. 이 관계에 적당한 선을 긋는다면.

[미안해요. 선약이 있어요.]

보낸 문자에 답은 오지 않았다. 다행이다 싶으면서도 마음 한편으론 씁쓸함이 밀려들었다.

그런 마음을 떨치려고 협조문을 보는데 화장실을 갔던 소영이 자리로 돌아왔다.

"오다가 총무과 유 대리 만났어."

소영이 젖은 손을 티슈로 닦으며 말했다.

"우리 유니폼, 치마 말고 바지도 나온다는데? 각 부서마다 협조문 보냈다고."

"이거."

지나가 들고 있던 협조문을 소영에게 보여줬다. 소영이 물었다.

"한 치수 크게 입을 거지?"

"응. 아님 엉덩이에서 걸리니까."

"참 탐나는 몸매야."

소영이 부러운 목소리로 중얼거렸다. 그 말에 지나가 눈을 흘겼다.

"엉덩이 커서 뭐할래? 난 너처럼 가는 몸이 좋아."

"그래, 원래 남의 떡이 커 보이는 법이지."

소영이 키득거리며 협조문에 사이즈를 적었다.

"바지 나온다니까 좋지 않아? 스타킹 챙길 일도 없고."

"응. 바지 나오면 바지만 입을 거야."

협조문을 총무과로 리팩스 하던 소영이 무언가 생각난 듯 지나를 돌아봤다.

"참! 이거 말이야, 백 본부장이 건의한 거라고 하더라?"

그 말에 지나의 귀가 쫑긋해졌다.

"본부장님이?"

"응. 직원들 복지 개선 건의 사항에 백승재 본부장이 건의한 거래. 가끔 남직원들 사내 성희롱 예방 교육도 받고 하잖아. 그런 이론적인 교육 말고 실질적으로 여직원들에게도 유니폼을 선택 할 수 있는 권리를 주자고 했다던데? 아무튼 잘됐지, 뭐. 나도 바지 나오면 바지만 입을래. 겨울엔 춥잖아. H라인이라 불편하고."

지나가 고개를 끄덕였다. 어쨌든 일에만 집중할 것 같던 사람이 회사의 소소한 문제들도 신경 쓰고 있었다는 게 놀라울 따름이었다.

덕분에 조금 편해질 것 같았다. 안 그래도 치마 입은 다리를 훔쳐보는 남자 직원들의 시선이 불쾌해질 때가 더러 있었는데.

지나는 잠잠한 휴대폰에 눈길을 주다가 이내 모니터로 눈을 돌려버렸다.

신경 끄자. 신경 끄고 일이나 하자.

그녀가 맹렬히 키보드를 두드렸다.

영업을 나갔던 사원들이 일찌감치 귀사 했다. 연말 부서 회식 때문이었다. 장소는 회사 바로 앞에 있는 고깃집이었다.

저녁 6시가 가까워지자 지나는 하던 업무를 대충 마무리했다. 그녀는 오늘도 회식에 참여하지 않을 생각이었다. 회식 참여는 자율이었다.

물론 눈치가 보이긴 했지만 술도 못 마시는데 자리를 지키는 건 곤혹이었다. 게다가 한 잔 두 잔 술이 들어가면 왜 이렇게 치근덕대는 직원들이 많은지.

대놓고 노골적인 사람은 없었지만 그 눈빛에서 엿보이는 생각들이 싫었다. 그런 지나를 눈치챘는지 소영이 물었다.

"오늘도 패스?"

"응. 어차피 난 술도 못하는데, 뭐."

"그래도 이번엔 가주라. 이것도 중요한 회사 생활의 연장인데 한 번은 가줘야지."

"별로."

지나가 탐탁지 않은 얼굴로 웃자 소영도 더 이상 권하지 않았다. 그때, 마지막 결재를 모두 마친 승재가 본부장실에서 나왔다.

"다들 정리하고 갑시다!"

직원들이 자리에서 일어났다. 승재가 지나와 소영이 있는 곳으로 걸어왔다.

파티션에 팔을 올린 그가 안경 너머로 그들을 바라보았다. 잠시 스친 시선에 지나가 눈을 피했다. 승재가 딱딱한 목소리로 말했다.

"두 사람도 정리하고 같이 나가죠."

"예!"

시원하게 대답하는 소영과 달리 지나는 조금 난감한 얼굴로 말했다.

"본부장님, 저는 오늘⋯⋯."

"최지나 주임."

그가 서늘한 얼굴로 지나를 응시했다.

"내가 입사하고 처음 갖는 연말 부서 회식입니다. 잠깐이라도 앉아 있다 가요."

깍듯한 말투는 되레 강압적이기까지 했다.

"그럼 회식 자리에서 봅시다."

할 말만 하고 쌩하니 돌아서는 뒷모습을 지나가 멍한 눈으로 바라봤다. 소영이 그런 지나의 옆구리를 찔렀다.

"가자아. 응? 만날 부서회식 하면 너 가고 나 혼자 여자라서 외로웠단 말이야. 빨리빨리!"

소영이 팔짱을 끼며 지나를 잡아끌었다. 좀처럼 볼 수 없는 그녀의 애교에 지나는 마지못해 가방을 챙겼다.

임원진을 모두 포함한 삼화제약의 전체회식은 1년에 딱 한 번, 신년회뿐이었다. 해서 연말 회식은 각 부서별로 따로 하게끔 되어 있었다.

그러다 보니 간혹 다른 부서와 회식 날짜가 겹치는 경우가 생겼는데 오늘은 다행히도 영업부뿐이었다.

회식 장소로 단골집인 '청기와'는 테이블과 온돌방으로 자리가 나누어져 있었다. 지나는 신발을 벗기가 귀찮아 테이블 제일 구석진 자리에 앉았다. 소영이 그 옆에 앉으며 그녀에게 귓속말을 했다.

"회계과 임 주임한테 들었는데 이번에 우리 부서가 연말 회식비 제일 많이 받았대. 저번 달에 백 본부장 덕분에 종합병원 세 군데나 신규 뚫었잖아."

식당에 들어서는 승재를 보고 소영이 얼른 귓속말을 멈췄다. 그의 뒤로는 팀장들 5명이 따라 들어오고 있었다.

주위를 둘러보던 승재가 지나를 발견했다. 눈이 마주치자 그녀는 못 본 척 고개를 돌려버렸다.

뚜벅뚜벅.

구둣발 소리가 들렸다.

"어? 본부장님 이쪽으로 오는데?"

소영의 속삭임에 지나는 저도 모르게 긴장하고 말았다.

뚜벅뚜벅.

가까워진 구둣발 소리는 이내 지나의 앞에서 멈추었다. 그가 의자를 빼더니 지나의 맞은편에 앉았다. 그걸 본 팀장들이 잠시 주춤했다.

"본부장님, 저쪽으로 가시죠. 본부장님이 중심에 계셔야죠."

장동민 팀장이었다. 그는 승재 옆에 붙어서 언제라도 그의 수족이 될 준비를 하고 있었다. 헤어지고 나서야 안 사실이지만 그는 정말이지 교활할 만큼 아부에 능한 남자였다.

진작 알아보지 못한 내 눈이 삐었지.

동민의 권유에도 승재는 자리에서 꼼짝하지 않았다.

"난 구석진 자리가 좋습니다. 오늘은 각자 편하게 마시고 놀죠. 난 신경 쓰지 말아요."

그 말에 동민이 얼른 승재 옆에 앉았다.

"저도 구석진 자리를 좋아해서."

그러자 남은 팀장들도 뒤질세라 그 옆으로 주르륵 자리를 잡았
다.

맙소사.

지나가 뜨악한 눈으로 그들을 바라봤다. 잠깐 앉아 있다가 갈
생각으로 선택한 자리였는데 본의 아니게 사무실 핵심 멤버들 사
이에 끼어버리게 된 것이다.

불판이 올라가고 고기가 올라왔다.

"와! 회사 입사하고 부서 회식에서 꽃등심 먹는 건 처음입니다.
저희가 상사 복이 좋은가 봅니다. 하하!"

예의 그 호탕한 웃음을 발산하며 동민이 승재에게 술을 권했다.

"아, 제가 먼저 돌리죠."

승재가 술을 들고 자리에서 일어났다. 그리고 직원들에게 차례
대로 술을 따라주며 말했다.

"몇 달 봐서 알겠지만, 일에 대해선 까다로운 사람입니다. 하지
만 그만큼 여러분이 이루고자 하는 목표 달성에 큰 도움이 될 사
람이기도 합니다. 내년에도 잘해봅시다."

무표정한 얼굴은 여전히 딱딱했지만, 승재가 건네는 말 한마디
와 술 한 잔은 경직됐던 분위기를 조금 유하게 만들었다. 그가 직
원들을 향해 이런 말을 하는 것도 처음 있는 일이었기 때문이었
다.

테이블로 돌아온 승재가 소영의 잔을 채워주며 말했다.

"김 주임, 앞으로 잘 부탁합니다."

"저야말로 잘 부탁드립니다, 본부장님."

소영이 생글생글 웃는 낯으로 술을 받았다. 승재가 지나를 바라봤다. 그녀가 술을 받는 마지막 사람이었다.

"최 주임."

지나가 술잔을 내밀었다. 마시진 않더라도 받아놓는 게 예의였다. 승재가 천천히 잔을 채우며 그녀를 바라봤다.

"계속, 잘 부탁해요."

유독 낮은 목소리가 그녀만 아는 은밀함을 숨겨놓은 것만 같았다.

"자, 건배합시다. 삼화제약 서울영업팀을 위하여!"

"위하여!"

건배한 첫 잔을 시작으로 사람들은 본격적인 회식 자리를 가졌다. 불판 위에 고기는 눈 깜짝할 새에 사라졌고 술은 뚜껑을 따기가 무섭게 비워졌다.

한 시간쯤 흘렀을까? 취기가 돌자 분위기는 더욱 와자지껄해졌다. 소영이 화장실을 간 사이, 누군가가 지나를 향해 물었다.

"근데 최 주임은 한 잔도 안 마셔요?"

영업 3팀 팀장이었다. 그 말에 다른 사람들이 지나를 돌아봤다.

"그러게. 건배한 잔도 그대로네?"

"에이, 그러지 말고 한잔해요."

지나는 억지로 입꼬리를 올렸다.

"아니에요. 전 고기만 먹을게요."

안 그래도 슬그머니 일어나려고 했는데 시선이 집중되자 난감했다.

"어허, 지금 재미없는 회식 자리라고 빼는 겁니까?"

빼긴 뭘 빼.

"주당이라고 소문이 자자하던데."

누가 그러디.

"소주 싫으면 소맥?"

말이 끝나기가 무섭게 누군가가 맥주잔에 소주를 섞었다. 지나가 정색했다.

"안 마셔요. 저는 됐어요."

대각선 쪽에 앉아 있던 동민이 소맥잔을 내밀었다. 그가 입술 끝을 말아 올렸다.

"술깨나 한다면서요. 그러지 말고 분위기 좀 맞춰줘요, 최 주임."

이 자식이.

지나가 능글맞게 웃는 그를 노려보았다. 그때, 동민이 들고 있던 잔을 누군가가 빼앗아갔다. 승재였다. 그가 표정 없는 얼굴로 사람들을 바라봤다.

"다들 본 적이 있습니까, 최 주임이 주당인 거."

그 말에 사람들이 눈만 끔뻑였다. 싸늘한 눈으로 사람들을 훑어보던 그가 옆에 앉아 있는 동민을 직시했다.

"장동민 팀장은 봤어요?"

동민이 당황한 표정을 지었다.

"본······ 건 아니지만······."

"그럼 그건 확인된 사실이 아니죠. 들리는 소문으로만 사람을 판단하는 거, 전 아주 싫어합니다."

그가 들고 있던 잔을 시원하게 원샷하고 탁! 내려놨다.

"이제 우리나라 회식문화도 바뀌어야지요. 싫다는 사람한테 술 권하는 회식문화, 우리 삼화제약에서만이라도 하지 맙시다."

그 말을 끝으로 잠시 무거운 침묵이 흘렀다. 갑자기 썰렁해진 분위기를 깨기 위해 누군가가 소리쳤다.

"본부장님 말씀이 맞습니다! 마시고 싶은 사람만 마시면 되는 거죠!"

"자자! 오늘 끝까지 갈 사람만 마십시다!"

덕분에 분위기는 다시 전환됐다. 사람들의 관심에서 벗어난 지나가 앞에 있는 승재를 바라봤다. 그와 눈이 마주쳤다. 술을 꽤 마셨음에도 불구하고 그의 눈빛은 또렷하고 선명했다.

저 속이 궁금하다. 자신을 어떻게 생각하는지.

하지만 쉽게 물을 자신이 없었다. 그건 고백이나 다름없었다. 그리고 그의 대답이 기대한 것과 다르다면 상처를 받을 것이 분명했다. 마음을 모두 열어버리기엔, 너무나 가볍게 시작된 관계가 마음에 걸렸다.

그런데 이 남자, 왜 자꾸 쳐다보는 걸까?

강렬하고 따가운 시선에 앉은 자리가 불편해졌다. 왠지 독심술을 당하는 것만 같았다. 하지만 지나는 피하지 않고 그의 눈을 마주 봤다. 잠자코 있던 승재가 지나 앞으로 불쑥 술을 내밀었다.

"네? 저는 안 마신다고……."

"잡고 있길래."

"아!"

지나는 그제야 자신이 소주잔을 쥐고 있다는 것을 깨달았다.

"한잔해요."

그가 나직한 목소리로 술을 권했다. 순간 심장이 콩닥거리기 시작했다. 안경 너머의 눈빛이 묘하게 반짝이는 것 같았다.

지나가 주위를 둘러봤다. 화장실에서 돌아온 소영은 다른 테이블에서 누군가와 얘기 중이었고 동민을 비롯한 다른 팀장들도 팀원들이 있는 곳으로 자리를 이동해 있었다.

다들 걸쭉하게 취해 있었고 웃고 떠드느라 이쪽은 안중에도 없었다. 어느새 텅 빈 테이블엔 지나와 승재, 단둘뿐이었다.

망설이던 지나가 가볍게 잔을 부딪쳤다.

한 잔쯤이야.

명색이 회식 자리인데 상사가 개인적으로 권하는 술 한 잔 정도는 받아주는 게 예의지 않을까 싶었다. 그녀가 재빨리 잔을 비웠다.

"크."

"한 잔 더 해요."

"아니에요! 전……."

"한 잔만 마시면 정 없으니까."

그의 입꼬리가 살짝 올라갔다. 그 모습을 바라보던 지나의 표정이 사뭇 진지해졌다.

"저기요, 본부장님."

그가 대답 대신 눈을 들었다.

"제가요, 술을 잘 못하거든요?"

문득 그녀는 그가 자신을 오해하고 있을지도 모른다는 생각이 들었다. 다른 사람들처럼 그렇게. 나이트에서 허세를 부렸던 것이 뒤늦게 후회로 밀려들었다.

"그때 나이트에서는……."

"알아요, 양주를 물처럼 마셨지."

"그……."

"기억나네요."

그가 그때를 회상하듯 고개를 끄덕였다. 지나는 그를 보며 그만 말문이 막히고 말았다.

하아, 역시 예상했던 대로 그는 자신을 오해하고 있는 것이 틀림없었다. 하긴 양주를 한 번에 원샷하고 원나잇 하자는 제안을 흔쾌히 받아들였으니.

어떤 남자라도 오해하고도 남을 상황이었다. 지나는 답답한 마음에 엉덩이를 들썩이며 앞으로 좀 더 다가가 앉았다.

"저희 부모님이요, 두 분 다 술을 못하세요. 그래서 저도……."

"아까도 말했듯이 난 눈으로 본 것만 믿습니다."

이 남자가 정말!

찔러도 피 한 방울 안 날 것 같은 표정으로 그녀의 말을 싹둑 잘라먹는 그가 오늘따라 굉장히 얄미워 보였다. 그녀가 약이 오른 얼굴로 말했다.

"그럼 제가 취해서 뻗어야지 믿으시겠어요? 한 병 마시기도 전에 갈걸요?"

사실 가는지 안 가는지도 몰랐다. 끝까지 마셔본 적이 없으니.

그가 의심스러운 눈으로 그녀를 바라봤다.

"글쎄."

그을쎄에?

그녀가 기가 찬 얼굴로 코웃음을 쳤다. 그녀가 호기롭게 술병을 땄다. 그리고 빈 잔에 자작을 했다.

"좋아요. 직접 봐야 믿겠다는 거죠? 보여드릴게요. 대신 책임지셔야 될 거예요. 저도 제가 어떻게 될지 모르거든요."

그녀가 화가 난 얼굴로 연거푸 두 잔의 술을 마셨다.

"크아."

"고기?"

그가 불판 위에 몇 점 남은 고기 하나를 그녀의 앞접시에 놓아주었다. 그것을 씹던 그녀가 남아 있는 미역냉채국을 모두 들이켰다.

대략 네다섯 잔 정도를 마시고 나니, 눈앞이 아득해지기 시작했다.

"보세요. 제가 지금 취하고 있거든요?"

"잘 모르겠는데."

"모르겠다고요? 참나."

그녀가 긴 한숨을 내쉬었다. 그러자 술 냄새가 올라왔다. 그녀가 눈을 찡그렸다. 조금씩 열이 오르고 심장이 벌렁거렸다. 위험 신호였다. 한계까지 왔다는 경고.

그녀는 항상 이 이상을 넘어가본 적이 없었다. 그건 너무 무모한 짓이었다. 사람이 술을 먹어야지 술이 사람을 먹으면 되겠는가.

하지만 이 남자, 이 남자가 자신을 믿지 않는다. 그녀는 그게 너무 억울했다. 다른 사람들이 자신을 그렇게 보는 건 참을 수 있지만 이 남자가 자신을 그런 식으로 보는 건 정말이지 싫었다.

정말 오랜만에 느껴보는 설렘인데. 심장이 두근두근했는데.

그녀가 침울한 얼굴로 남은 술을 마셨다.

"욱."

그러자 갑자기 역한 술 냄새가 올라왔다. 오바이트를 할 것만 같았다. 그녀가 천천히 자리에서 일어났다.

"잠깐만요. 화장실 좀……."

그녀가 심호흡을 하며 가게 밖으로 나갔다. 가게를 벗어나자마자 간신히 유지했던 걸음이 갑자기 맥이 풀려버렸다. 그녀는 건물 벽에 손을 짚고 기댔다.

아, 진짜 바보 같아. 뭘 보여주겠다고.

생각해보니 주당이라고 오해받는 거보다 오바이트를 하는 더러운 모습을 보여주는 게 더 끔찍할 것 같았다.

"으. 추워!"

그녀가 어깨를 쓸어 올리며 몸을 떨었다. 그녀는 불안정한 걸음으로 도로가에 섰다.

집에 가야 해.

불쑥 그런 생각이 들었다.

집에 가야 해. 가고 싶어.

바람이 차가워서 정신이 들 법도 한데, 생각 없이 들이켠 술은 지독한 후폭풍을 몰고 왔다. 아득한 시야 속으로 보이는 택시들이 빈 차인지 아닌지 가늠이 되질 않았다. 일단 그녀는 무턱대고 손부터 흔들었다. 그때였다.

화악.

뒤에서 무언가가 등을 감쌌다. 그녀가 가늘게 뜬 눈으로 뒤를 돌아보았다. 그였다.

"본…… 부장님?"

그가 그녀의 코트를 어깨 위에 잘 걸쳐주었다. 그제야 그녀는 자신이 가방이며 휴대폰, 겉옷까지 놓고 왔다는 사실을 떠올렸다.

"아, 이렇게 되는구나. 역시 한 병까진 안 되는 거였어. 확실히 알았어. 한 병은 안 돼. 안 된다고."

그녀가 뭉개진 발음으로 중얼거렸다. 그사이 그가 빈 택시를 잡아 그녀를 태웠다. 그리고 옆에 같이 올라탔다. 그가 기사한테 뭐라고 얘기한 것 같은데 들리지가 않았다.

순간 어딘가에 기대고 싶다는 강렬한 욕구에 사로잡혔다.

이 무거운 머리를 어떻게 좀 해줘.

꿀렁거리는 속을 간신히 참으며 그녀가 눈을 꼭 감았다. 그러자 커다란 손이 그녀의 얼굴을 살포시 끌어당겼다. 단단한 가슴에 기대어졌다. 불편하던 몸은 금세 편안해졌다. 너른 품에 안겨 그녀는 까무룩 잠이 들었다.

다시 눈을 떴을 땐 여전히 택시 안이었다. 그가 택시비를 지불하는 것이 보였다.

"일어날 수 있겠어요?"

"……네."

그가 천천히 그녀를 부축해 내렸다. 도착한 곳은 그의 오피스텔 앞이었다. 다행히 속이 울렁거리는 건 사라졌지만 아직까지도 알딸딸했다.

그녀가 외투를 꼭 여몄다. 갑자기 미친 듯이 추워졌다. 올랐던 술기운이 조금씩 떨어지는 모양이었다. 그가 오들오들 떠는 그녀를 따뜻하게 안아주었다.

"많이 추워요?"

그녀가 이를 딱딱거리며 고개를 끄덕였다. 그가 재빨리 도어락을 해제했다. 그는 문을 열자마자 그녀를 먼저 안으로 들여보냈다.

집 안으로 들어서자 따뜻한 훈기가 훅 끼쳤고 뒤에서 문 닫는 소리가 들렸다.

"따뜻한 물 받아줄 테니까……."

따라 들어오는 그를 그녀가 와락 끌어안았다. 그가 멈칫하는 게 느껴졌다. 그의 허리를 꼬옥 끌어안은 그녀가 두 눈을 감았다.

두근두근두근.

심장이 뛰었다. 가슴을 뚫고 튀어나올 것처럼. 감정이 먼저 반응한 행동이었다. 그를 안고 싶었다. 그의 품에 안기고 싶었다. 남아 있던 술기운이 불어 넣어준 용기였다.

"따뜻하게…… 해줘요."

그녀가 부끄러운 말투로 속삭였다. 그가 그녀의 얼굴을 들어 올렸다. 두근대던 심장이 불현듯 간질거리기 시작했다.

그녀가 까치발을 들었다. 입술이 닿았다. 가볍게 떨어지려는 입술을 그의 입술이 붙잡았다.

"흡!"

그가 그녀의 허리를 으스러뜨릴 듯 강하게 안았다. 그리고 벌어진 입술 사이로 혀를 밀어 넣었다. 격렬한 키스가 이어졌다. 지나는 그의 목에 매달렸다. 그와 좀 더 가까이 맞붙고 싶었기 때문이다.

뜨거운 그의 혀가 그녀의 입안 구석구석을 훑었다. 가지런한 치아를 건드리고 볼 안쪽 살까지 깊게 핥았다.

"으응."

신음이 흘러나왔다. 그녀의 혀가 그의 혀를 쫓아 열렬히 호응했다. 섞이는 타액이 목구멍으로 달콤하게 넘어갔다. 마치 키스만으로도 그와 하나가 된 기분이었다.

그녀가 키스를 멈추고 그에게서 살짝 떨어졌다. 그가 가쁜 숨을 몰아쉬고 있었다. 욕망으로 가라앉은 그의 눈이 보였다. 그를 완벽하게 유혹하고 싶었다.

그녀가 긴장된 기색을 감추려고 눈을 깜빡였다. 그리고 마른침을 삼키며 그의 날렵한 턱을 손으로 어루만졌다. 안경 너머로 그의 눈가가 움찔하는 것이 보였다.

자신으로 인해 흥분한 그가 보고 싶었다. 쾌락으로 젖은 그의 눈이 보고 싶다. 제 안에서 부서질 듯 요동치는 그를 느끼고 싶었다.

"안경…… 벗어요."

한숨처럼 흘러나온 그녀의 목소리에 그가 얕은 신음을 내뱉었다. 그가 안경을 벗으며 그녀에게 달려들었다.

"으읍!"

다시 격렬한 키스가 이어졌다. 숨이 막힐 만큼 빠르고 강렬했다. 혀뿌리가 얼얼하고 볼이 쪼옥 빨려 들어가는 느낌이었다.

그가 그녀를 가볍게 안아 올렸다. 걸어가는 중에도 키스는 계속됐다. 그의 손이 블라우스 안으로 들어와 브래지어의 연결고리를 찾았다.

성급한 손길이 느껴졌다. 그녀를 침대에 눕히자마자 그가 윗옷과 함께 끌러지지 않은 브래지어를 한꺼번에 밀어 올렸다. 그리고 덥석 그녀의 가슴을 입에 물었다.

"아!"

그녀의 입에서 짧은 탄성이 흘러나왔다. 그가 입안 가득 가슴을 머금고 힘주어 빨았다. 그녀가 가쁜 숨을 토했다.

내리뜬 시야로 가슴을 입에 문 그가 보였다. 풍만한 가슴을 손으로 움켜잡고 힘차게 빨고 있는 그를 보니, 묘한 흥분이 올라왔다.

"승재 씨……!"

그녀가 그의 머리를 감싸 쥐었다. 바짝 선 꼭지를 그가 이로 잘근거렸다.

"하읏!"

그녀가 들썩이자 그가 속도를 조금 늦추고 혀끝으로 둥글게 원을 그리듯 가슴을 애무했다. 등 뒤로 들어온 그의 손이 탐색을 하듯 척추를 따라 올라가더니, 찾지 못했던 브래지어의 연결고리를 찾아냈다.

아까보단 침착한 손놀림이 그것을 여유 있게 끌렀다. 그가 그녀의 바지 버클을 풀었다. 자리에서 일어나 앉은 그가, 그녀의 팬티와 바지를 끌어 내렸다.

순식간에 그녀는 알몸이 되고 말았다. 그가 어둡게 눈을 빛내며 입고 있던 옷을 벗어 던졌다. 바지를 내리자 갇혀 있던 그의 남성이 튕겨지듯 밖으로 나왔다.

그녀는 잠시 숨을 멈췄다. 그가 주는 쾌락을 알고 있기에 벌써부터 아래쪽이 뻐근해지고 젖어드는 것만 같았다. 자신이 이렇게 본능에 충실한 여자였다니. 상상도 못한 일이었다.

그가 앉은 채로 그녀의 다리를 들어 올렸다. 가늘게 뜬 그의 눈이 그녀를 머리끝부터 발끝까지를 뜨겁게 훑었다. 눈빛이 닿은 곳마다 타들어가는 기분이었다.

아직 남아 있는 그녀의 양말을 보고 그가 입꼬리를 올렸다.

"귀여워."

그가 낮은 목소리로 중얼거리며 그녀의 복숭아뼈에 입을 맞췄다.

"여기, 좋아하는 것 같던데."

그러곤 종아리 뒤쪽에 가볍게 입술을 비볐다. 순간 팔뚝에 솜털이 삐죽 서는 것만 같았다. 그가 입을 벌려 그녀의 종아리를 가득 물었다. 촉촉한 혀가 그 안에서 헤엄치듯 움직였다.

"아, 으......."

그는 그 상태로 그녀의 허벅지까지 올라갔다. 그녀가 침대 시트를 움켜잡았다. 숨이 헐떡거렸다. 그가 입술을 살짝 떼고 속삭였다.

"지나 씨 참 맛있어. 살이 아주 달아."

그의 눈빛이, 목소리가 외설적이고도 유혹적이었다. 그의 입술이 그녀의 날씬한 옆구리로 향했다. 그가 무릎을 꿇은 채로 그녀의 허리와 배꼽 주변을 애무했다. 입술이 다시 가슴이 있는 곳으로 올라와서 목덜미와 쇄골을 핥자, 단단하게 곧추선 그의 남성이 그녀의 아랫배를 찔렀다.

그것이 주는 적나라한 느낌에 그녀가 몸을 움찔했다. 그녀가 떨리는 숨을 내쉬며 그의 어깨를 만지고 있던 손을 내렸다. 팔을 깊게 아래로 뻗자, 그의 남성이 잡혔다. 그녀가 지그시 손아귀에 힘을 주었다.

"음!"

흠칫하는 그가 느껴졌다. 그녀가 천천히 그것을 쓰다듬었다. 뿌리 아래쪽을 부드럽게 어루만지다 가득 쥔 채로 쑤욱 잡아 올렸다.

"훗!"

그의 몸이 경직되는 게 느껴졌다. 지나는 주먹을 꽉 쥔 채 거친 숨을 몰아쉬는 그를 천천히 옆으로 쓰러트렸다.

이렇게 건장한 남자가 제 손길 하나에 맥없이 쓰러지는 게 짜릿한 흥분으로 다가왔다. 그가 이마를 짚으며 마른침을 삼켰다. 지나가 그의 남성을 물끄러미 바라봤다. 핏줄이 선 그것은 굵고 크고 단단했다.

지나가 그것을 감아쥐고 위아래로 천천히 손을 움직였다. 그의 복부에 힘이 들어가는 것이 보였다. 그가 팔뚝으로 눈을 가리고 있어 표정이 잘 보이지 않았다. 궁금했다. 기분이 좋은지 아닌지.

지나가 뭉뚝한 끝을 엄지로 살살 돌려 만지자 그의 입술이 굳게 다물리는 것이 보였다.

느끼는구나.

그녀의 손이 더 대담해졌다. 참다못한 승재가 그녀의 손을 잡았다.

"이 이상 자극하면 책임 못 져."

위협적인 눈빛과 말투였다. 하지만 그것이 겁이 나기보다는 되레 이상한 기대감이 생겼다. 그가 자신 때문에 폭주하는 모습이 보고 싶은 묘한 심리였다.

그런 마음이 들자 지나는 과감해졌다. 그녀가 입을 벌려 그의 남성을 물었다.

"헉!"

그의 몸이 커다랗게 들썩였다. 그녀가 양 볼이 파일 만큼 쪼옥 빨아올리자 그가 다급하게 그녀의 팔을 잡아끌었다.

"올라와!"

그가 그녀를 번쩍 안아 제 위에 올렸다. 그리고 그녀의 엉덩이를 벌려 꼿꼿이 선 남성 위로 주저앉혔다.

"아윽!"

앉은 무게로 단번에 꿰뚫려지고 말았다. 지나가 입술을 깨물며
신음했다. 심장이 뛰고 손끝이 파르르거렸다.

"하아, 아······."

순식간에 아랫부분이 가득 차고 말았다. 생소한 체위에 꼼짝 않
고 굳어버린 그녀의 허리를 그가 앞뒤로 움직였다. 지나의 입술이
벌어졌다.

"아······ 아아."

그가 그녀의 허리를 천천히 돌렸다. 아랫부분이 왈칵 젖어들어
그가 움직이는데 윤활유가 되어주었다.

"하아, 하아."

그녀의 고개가 뒤로 젖혀졌다. 빙글빙글 머리가 도는 것만 같았
다. 부드럽게 회전하던 그가 순간 강하게 허리를 튕겨 올렸다.

"아!"

위로 몸이 들썩였다. 그가 그녀의 허리를 꽉 움켜쥔 채 본격적
으로 움직이기 시작했다.

"흑! 웃! 승재······ 씨!"

아래에서 솟구치는 강렬한 힘에 몸 전체가 들썩였다. 그녀는 쓰
러지지 않기 위해 그의 가슴과 배를 짚은 두 손에 힘을 주었다.

그가 경련하듯 빠르게 펄떡였다.

"허억! 헉! 미치겠다, 지나야······!"

"아으으으!"

손끝과 발끝이 잔뜩 오그라들었다. 절정을 향해 달려가는 움직임이 믿을 수 없을 만큼 빨라졌다.

그가 마지막으로 세차게 허리를 밀어 올리는 순간, 쾌락의 정점에서 두 사람은 동시에 숨을 멈췄다. 그녀의 몸이 뒤로 휘어지는 순간, 강한 떨림이 아래쪽에서 느껴졌다.

"하읏! 하아……."

뜨거운 그의 욕망이 그녀 안에서 그대로 분출되었다. 짜릿한 희열이 온몸을 관통했다. 커다랗게 숨을 몰아쉰 지나가 쓰러지듯 그의 가슴 위로 엎어졌다.

땀에 흠뻑 젖은 가슴이 미끄러웠다. 열이 올랐던 몸에서 김이 피어오르는 것만 같았다. 숨을 고른 지나가 내려가려 하자, 그가 그녀를 꼭 끌어안았다.

"빼지 마. 이대로 있어."

등허리를 더듬던 그의 손이 그녀의 엉덩이를 부드럽게 감싸며 은근히 힘을 주었다. 지나가 그의 가슴에 볼을 비볐다. 그녀도 아직 그와 떨어지고 싶지 않았다.

편안하게 기대어 있는 그녀의 뺨을 그가 아프지 않게 꼬집고 쓰다듬었다.

"아기 같아."

웃음이 섞인 낮은 목소리에 지나가 볼을 붉혔다.

"그런 말 처음 들어봐요."

"무슨."

"아기 같다는 말."

"어째서?"

지나가 고개를 들어 그의 가슴에 턱을 얹고 그의 눈을 바라봤다.

"사실 아기처럼 생기진 않았잖아요."

정말 그랬다. 그건 지나도 알고 있었다. 까무잡잡한 피부에 갸름한 얼굴. 길게 빠진 눈꼬리와 커다란 동공. 성형을 한 듯 곧게 뻗은 콧날과 매끈하고 도톰한 입술.

어딜 봐도 아기 같은 외모는 아니었다. 뭐랄까. 아기라면 좀 더 동그랗고 하얗고 작고 귀엽고…….

"지나 씨는 하는 짓이 예뻐. 눈빛도 순수하고. 그래서 아기 같지."

그 말에 지나는 갸우뚱했다. 하는 짓이 예쁘다고? 자신이 그에게 보여준 모습은 일할 때 끊이지 않았던 자잘한 실수들과 나이트에서 양주를 마셨던 모습, 그리고 원나잇에 오케이했던 것과 지금처럼 낯부끄럽게 신음했던 모습들뿐이었다.

게다가 하마터면 오늘은 오바이트하는 모습까지 보일 뻔했다.

거기까지 안 가서 정말 다행이야.

속으로 안도의 한숨을 내쉬던 그녀가 문득 생각이 난 듯 눈을 반짝였다.

"저기요, 본부장님."

"승재 씨."

"그래요, 승재 씨."

말을 멈추고 물끄러미 바라보자 그가 가만히 기다려주었다. 그 눈빛이 따뜻하고 부드러웠다. 정말이지 이 모습, 나만 알았으면 좋겠다.

지나가 커다란 눈을 느리게 깜빡였다.

"내가 하는 말 무조건 다 믿어줄 수 있어요?"

"무슨 말?"

지나가 진지한 표정으로 말했다.

"나…… 정말 술 못해요."

"그래요. 지나 씨 술 못해."

"나, 담배도 안 피워요. 진짜예요."

"그래요. 지나 씨 담배 안 피워."

"나이트 죽순이도 아니에요. 그날도 정말 백만 년 만에 가본 나이트였어요."

"응. 지나 씨 죽순이 아니야."

"그리고 나…… 원나잇 막 하고 다니는 그런 여자 아니에요."

"그건 이미 눈으로 확인했고."

그 말에 지나의 얼굴이 후끈 달아올랐다. 그가 그날 일을 회상하듯 가는 눈을 치떴다.

"신데렐라는 구두를 남기고 사라졌지만, 지나 씨는 처녀막의 흔적을 남기고……."

그녀가 얼른 그의 입을 막으며 눈을 흘겼다. 그가 그녀의 손을 잡아 내리며 낮게 웃었다.

"그건 유혹하는 표정인데?"

"유혹하는 거 아니고 민망한 거거든요?"

"뭐가 민망해요?"

"음……."

지나가 잠시 난감한 얼굴로 뜸을 들었다.

"요즘 남자들…… 숫처녀는 부담스러워한다고 들었거든요."

조금 긴장된 얼굴로 대답을 기다리는 지나를 보며, 승재가 팔베개를 했다.

"그럼 지나 씨는 어때요? 동정남, 싫어요?"

"글쎄요? 그게 꼭 싫을 이유가……."

순간 지나가 말끝을 흐렸다.

설마…….

"그건 왜 물어요?"

"글쎄, 왜 물을까?"

묘한 여운을 남기는 그의 말투에 지나가 미심쩍은 표정을 했다.

"혹시 뭐, 승재 씨가 동정남이라느니 그런 말이에요?"

"그게 왜? 이상한가?"

지나가 벌떡 상체를 일으켰다.

"말도 안 돼!"

그가 그녀의 허리를 꽉 붙들었다.

"말이 안 된다고 생각하는 이유는?"

"그……."

지나가 말문이 막힌 듯 숨을 멈췄다. 그녀가 미간을 그러모았다.

회사 밖에서의 그는 누구보다 매력적인 남자였다. 그런 남자가 어떻게 동정남으로 지내왔단 말인가? 게다가 그…… 아래쪽도 아무 이상이 없는데. 오히려 환상적인데!

도무지 말이 안 됐다. 하지만 뇌리를 스치는 생각이 있었다. 그와의 첫날밤. 그는 왠지 모르게 허둥대는 것만 같았다. 조금은 투박하고 서툴러 보이던 그의 행동과 몸짓들.

그게 급해서가 아니라 처음이라서 그랬던 건가?

알쏭달쏭해하는 지나를 보며 그가 미소 지었다.

"못 믿는 얼굴이군."

"그렇잖아요. 남자가 서른넷이 될 때까지 경험이 없었다는 게……."

"서른넷이 될 때까지 동정이지 말라는 법도 없지."

"그건 그런데……."

"혼자만의 잣대로 상대를 판단하거나 단정 짓지 말아요."

그 말에 지나가 멈칫했다. 보이는 모습만으로 상대를 판단하거나 단정 짓지 말라는 것. 그건 얼마 전까지만 해도 자신이 외쳤던 말이었다. 그 말을 다른 사람에게 하고 있다니…….

"미안해요."

지나가 그를 물끄러미 바라봤다.

"승재 씨가 하는 말, 나도 다 믿어요."

"올바른 자세야."

"응?"

"지금 이 자세."

그가 그녀의 엉덩이를 주물거렸다. 지나의 얼굴이 빨개졌다.

"승재 씨!"

벗어나려는 그녀를 승재가 붙잡았다. 그리고 그녀의 허리를 앞뒤로 천천히 움직였다.

"……아!"

단단해지기 시작하는 그가 느껴졌다. 그녀 안에서 다시금 커다래지고 있었다. 누워 있던 그의 숨이 조금 거칠어졌다. 엉덩이를 움켜잡은 그의 손에 힘이 들어갔다.

"이 자세 어때요. 난 너무 좋은데."

제 안에서 꿈틀대는 그가 느껴지자 지나가 잠시 숨을 멈췄다. 슬금슬금 꺼져 있던 불씨가 다시 지펴지는 기분이었다. 지나가 그의 가슴을 손으로 짚었다. 저절로 몸이 수축되는 것이 느껴졌다.

아래쪽이 바짝 조여들자, 그가 낮은 신음을 흘렸다. 지나가 허리를 잡고 있던 그의 손을 떨쳐냈다. 그리고 살짝 위아래로 엉덩이를 움직여보았다.

그의 신음이 더 짙어졌다. 숨결도 빨라졌다. 반응을 살펴보던 지나가 조금 더 크게 움직였다. 탄탄한 그의 복부에 힘이 들어가는 것이 보였다.

지나가 가쁜 숨을 내쉬며 엉덩이를 더욱 강하게 흔들었다.

"나도…… 좋아요, 이 자세."

간헐적으로 흘러나오는 그녀의 말을 그가 집어삼켰다. 상체를 일으켜 그녀의 허리를 끌어안고 격렬하게 입을 맞췄다.

"하악! 하아!"

지나가 그를 끌어안으며 그의 어깨에 얼굴을 묻었다. 자신과 함께 요동치는 그가 느껴졌다. 아무런 생각도 나지 않았다. 머릿속이 새하얘지는 것만 같았다.

그녀는 순식간에 또다시 열락 속으로 빠져들었다.

다음 날 아침. 새벽같이 일어난 그들은 주차장 앞에 있었다.

"전 그냥 버스 타고 갈게요."

"왜?"

딱딱한 그의 물음에 그녀가 멋쩍게 웃었다.

"같이 타고 갔다가 누가 보기라도 하면 어떡해요."

그녀를 바라보던 그가 들고 있던 차 키를 주머니에 넣었다. 그리고 그녀의 손을 잡았다.

"승재 씨!"

"같이 버스 타고 갑시다."

"아니에요. 승재 씨는 그냥……."

"누가 보면 오다가 만났다고 하면 되잖아."

그가 그녀의 손을 자신의 주머니 안에 넣었다. 성큼성큼 걸어가는 그의 뒷모습을 지나가 물끄러미 바라보았다.

오늘따라 새벽 공기가 상쾌하게 느껴졌다. 심장이 두근거렸다. 주머니 안에 있는 그의 손을 지나도 힘껏 마주 잡았다. 돌아보는 그의 입가에 미소가 걸려 있었다.

워낙 이른 시간이라 버스에는 사람이 없었다. 승재가 창가 쪽에 지나를 앉히고 그 옆에 앉았다. 한적한 새벽 거리를 버스는 막힘 없이 달렸다. 지나는 기분 좋은 얼굴로 창밖을 응시했다.

"지나 씨, 안 피곤해?"

그의 물음에 지나가 고개를 저었다.

"안 피곤해요. 승재 씨는요?"

"나도."

두 사람은 마주 보고 빙그레 웃었다. 밖을 보던 지나의 눈에 작은 크리스마스트리 하나가 띄었다.

"참! 그러고 보니 오늘이 이브예요."

"지나 씨 오늘 선약 있다고 그랬지? 누구랑?"

"아, 그건……."

지나가 말끝을 흐렸다. 사실은 당신과 거리를 두려고 거짓말 한 거예요, 라는 말을 차마 할 수가 없었다. 손을 잡고 있던 그의 손에 힘이 들어갔다.

"있으면 취소해요. 뮤지컬 예약해뒀으니까."

"뮤지컬이요?"

"퇴근하고 지하철역 근처 카페에서 기다려요."

그녀의 대답도 듣지 않고 그는 멋대로 약속을 정했다. 마치 그녀에게 약속이 없었던 것을 알고 있는 것만 같았다. 그녀는 대답 대신 맞잡고 있는 그의 손등을 매만졌다.

함께하는 출근길은 유독 짧았다. 벌써 회사가 코앞이었다.

회사는 전체적으로 한가했다. 크리스마스를 앞두고 연차를 낸 직원들도 적지 않았다. 다만 영업부는 부서 특성상 연차를 낸 직원들이 없었다. 모두가 자리를 지키고 있었다.

"오늘은 일 끝나는 대로 현지 퇴근하세요. 귀사하지 않아도 좋습니다. 업무 보고는 간단하게 문자로 남기고 특별한 일만 전화 보고 하세요."

평소보다 부드러운 그의 말투에 다들 가벼운 마음으로 외근을 나갔다. 본부장실로 다시 들어가는 그를 지나가 물끄러미 바라봤다.

"눈에서 레이저 나오겠네."

소영의 말에 지나가 깜짝 놀라 옆을 돌아봤다. 파티션 너머로 능글맞게 웃고 있는 소영이 보였다. 소영이 의자를 바짝 당겨서 지나 곁으로 다가갔다.

"어제 둘이 같이 나갔지?"

"어, 어?"

"당황한다, 당황해."

소영이 야릇하게 눈을 빛냈다. 지나가 아무도 없는 사무실을 한 번 더 둘러보곤 목소리를 낮췄다.

"어제 우리 나간 거 본 사람 있어?"

"몰라. 다들 1차부터 맛이 가서. 나도 너 나가는 거 못 봤는데, 뭐."

"휴, 다행이다."

지나가 가슴을 쓸어내렸다.

"1차 접고 일어나려니까 둘 다 없잖아. 너야 뭐, 워낙 회식 자리 기피하던 애니까 그러려니 했고, 본부장님은 나가기 직전에 장 팀장한테 법인카드 쥐여주길래 가나 보다 했지. 아무튼 우리끼리 잘

158

놀았어. 회식 자리는 상사가 빠져줘야 재밌잖아."

소영의 얼굴은 환했다. 어지간히도 재밌었던 모양이었다. 하긴, 소영은 웬만한 남자들보다도 주량이 셌다. 게다가 그 흔한 숙취도 없었다. 무튼 오랜만에 스트레스를 날린 게 개운한지 소영이 늘어지게 기지개를 켰다.

"근데 있지, 장동민 팀장 말이야."

"장 팀장이 왜?"

"어제 술 엄청 푸던데? 떡이 돼서 갔어. 혜리하고 잘 안 풀리나?"

지나는 무심한 얼굴로 어깨를 으쓱했다. 별로 신경 쓰고 싶지도 않고 상관하고 싶지도 않았다. 소영은 커피를 홀짝이며 혼잣말처럼 중얼거렸다.

"혹시 걔도 안 준다고 버티고 있나?"

"야! 김소영!"

"히히. 농담."

소영이 얼른 의자를 뒤로 빼며 파티션 너머로 모습을 감췄다. 입술을 삐죽인 지나가 확인하던 서류를 들고 모니터를 바라봤다. 그러다가 슬그머니 다시 본부장실을 보았다.

그때, 문이 벌컥 열리고 승재가 나왔다. 깜짝 놀란 지나가 다시 모니터를 보았다.

탁탁탁탁.

일한답시고 키보드를 두드렸는데, 애꿎은 'KKK'만 찍어댔다. 백스페이스를 누르는데 그가 다가왔다.

톡톡.

파티션을 두드린 그가 소영과 지나를 내려다보았다.

"나도 오늘 외근 나갑니다. 최 주임하고 김 주임, 시간 되면 퇴근해요. 따로 보고할 필요는 없어요."

"예, 본부장님. 다녀오세요."

꾸벅 인사하는데 돌아서던 그가 지나를 향해 살짝 미소를 지었다. 그가 보여주는 그 미소가 자신에게만 보내는 비밀스런 암호 같았다.

그가 나가는 뒷모습을 끝까지 지켜보던 지나가 다시 자리에 앉았다. 갑자기 일을 하는 손가락이 춤을 추는 것처럼 가벼워졌다.

째깍째깍 움직이는 벽시계를 보며 지나는 조용히 읊조렸다.

빨리 가라, 빨리 가.

다른 때보다 시간이 더디게 가는 것 같았지만 그것마저도 기분이 좋았다. 오늘은 설렘으로 가득한 크리스마스이브였다.

퇴근을 하고 지나는 근처 카페에서 그를 기다렸다. 따뜻한 레몬차를 반쯤 마셨을 때 그에게서 전화가 왔다.

"여보세요?"

─많이 기다렸죠?

"아니에요. 어디예요?"

─카페 앞. 나와요.

지나는 얼른 자리를 정리했다. 코트 앞을 여미며 밖으로 나가자 찬바람에 머리카락이 휘날렸다. 도로변을 보니 그의 차가 비상깜

빡이를 컨 채, 그녀를 기다리고 있었다. 지나는 얼른 달려가 조수
석에 올랐다.

탁!

문을 닫자마자 그가 손을 잡았다.

"미안, 차 가져오는데 길이 좀 밀려서."

"오래 안 기다렸어요."

그가 안전벨트를 매주었다. 차는 곧 복잡한 도로 위로 스물스물
끼어들었다.

"레몬차 마셨나?"

"어떻게 알았어요?"

"상큼한 냄새가 나서."

"그래요?"

그가 곁눈질로 그녀를 바라봤다. 무언가를 바라는 눈빛이다. 그
녀는 재빨리 그의 입술에 뽀뽀했다.

쪽.

그가 다시 정면을 보며 그녀의 손을 잡았다. 지나가 발그레한
얼굴로 물었다.

"뮤지컬은 몇 시예요?"

"8시. 앞에 열어봐요. 표 있어."

지나가 글로브박스를 열었다. 하얀 봉투 안엔 2장의 뮤지컬 티
켓이 들어 있었다.

"어! 이거!"

그녀의 눈이 동그래졌다. 자신이 수십 번이나 돌려볼 정도로 좋

아하는 영화의 뮤지컬 티켓이었다.

"이거 어떻게 예매했어요? 구하기 힘들었을 텐데. 첫 내한 공연이라 홍보도 엄청 하고 난리였거든요!"

그녀가 흥분된 목소리로 물었지만 그는 말없이 미소 지었다. 빡빡하게 밀린 도로를 보며 그가 말했다.

"아무래도 식사는 편하게 못 하겠어요. 도착하면 여유 있게 밥 먹을 시간이 없을 것 같아."

"괜찮아요. 간단하게 때우죠, 뭐."

"뒤에 봐요."

"뒤요?"

지나가 뒷좌석을 봤다. 투명한 비닐봉지에 무언가가 있었다. 열어보니 김밥과 음료였다.

"소풍 가는 기분으로 차 안에서 먹읍시다. 오순도순."

김밥은 종류별로 다양하게 들어 있었고 음료는 따뜻한 보리음료였다. 생각지 못한 세심한 배려에 그녀의 가슴이 포근해졌다.

지나가 포장용기 뚜껑을 열었다. 맛있는 김밥 냄새가 퍼지자 뒤늦게 배가 고팠다. 그녀는 음료에 빨대를 꽂아 그에게 먼저 내밀었다. 알콩달콩 어딘가로 놀러 가는 기분이었다.

"무슨 김밥 줄까요?"

"참치."

지나가 참치 김밥을 그의 입속에 넣어주었다. 그리고 자신도 똑같은 김밥을 먹었다. 조용한 차 안에 오독오독 단무지 씹히는 소리가 울렸다.

잠시 후 그가 라디오를 틀자 오래된 팝이 흘러나왔다.

"음. 좋다."

그녀가 김밥을 우물거리며 중얼거렸다.

"전 TV보다 라디오가 좋아요."

"드라마보단 영화가 좋고?"

"네, 맞아요."

지나가 작게 웃자 그가 그녀의 손에 깍지를 끼웠다.

"이번엔 치즈."

"그럼 나도 치즈."

둘은 사이좋게 김밥을 나누어 먹으며 소소한 이야기를 이어갔다. 어두워진 저녁, 꽉 막힌 도로 위에 있었지만 함께 있는 차 안이 그들은 조금도 지루하지 않았다.

뮤지컬은 황홀한 정도로 멋졌다. 엄청난 무대연출과 배우들의 연기에 그녀는 완전히 매료되어버렸다. 팸플릿을 챙긴 그녀가 그것을 가슴에 꼭 끌어안았다.

"진짜 멋졌어요. 이렇게 스케일이 큰 뮤지컬은 처음이에요."

"좋았어요?"

승재의 물음에 그녀가 격하게 고개를 끄덕였다.

"승재 씨는요? 어땠어요?"

"나도 괜찮았어요. 화려하고 볼거리도 풍부하고. 무엇보다 배우들도 뛰어났고."

지나가 물끄러미 승재를 바라봤다.

"고마워요. 좋은 시간이었어요. 정말 즐거웠어."

여운이 쉽게 가시지 않는지 말하는 그녀의 얼굴은 상기되어 있었다. 그 모습을 본 승재가 흐뭇한 미소를 지으며 그녀의 코트를 여며주었다.

"추우니까 단추 잠가요."

그들은 뮤지컬에 대한 감상을 나누며 함께 걸음을 옮겼다. 출입문을 여니 무언가가 흩날리고 있었다. 눈이었다.

"어! 눈 와요."

지나가 몇 걸음 앞서 걸으며 하늘을 올려다보았다. 까만 하늘 위에서 하얀 눈송이가 떨어지고 있었다. 건물에서 나온 사람들마다 내리는 눈을 보고 반가운 탄성을 내질렀다.

지나는 손바닥을 펼쳐 떨어지는 눈을 받았다. 올겨울 처음 보는 첫눈이었다. 손바닥 위에서 금세 사그라지는 눈을 보며 지나가 행복한 미소를 지었다.

"오늘 눈 온다는 얘기 들었어요? 난 못⋯⋯. 승재 씨?"

지나가 저만치에 서서 휴대폰을 들고 있는 그를 보았다. 사진을 찍으려는 게 분명했다. 지나가 당황한 얼굴로 말했다.

"나 지금 엉망인데."

바람도 불고 머리도 헝클어지고 화장도 번들거리고. 안 봐도 뻔했다. 움직이려는 그녀를 그가 손을 들어 제지했다.

"그대로 있어요. 지나 씨 너무 예뻐. 눈하고 잘 어울려."

그 말에 지나가 동작을 멈추었다. 때를 놓칠세라 그가 얼른 사진을 찍은 후 휴대폰을 주머니에 넣었다. 그러곤 천천히 그녀에게 걸어왔다. 활짝 웃는 얼굴이 놀랄 만큼 멋있었다.

그 모습을 지켜보던 그녀는 갑자기 심장이 요동치는 것을 느꼈다. 그뿐만이 아니었다. 열이 오르고 가슴이 간질대며 호흡마저 가빠졌다.

맙소사.

다가오는 그를 보며 그녀는 아찔해지는 정신을 간신히 붙들었다.

이 남자가 너무 좋아.

사랑으로 곳곳이 물드는 크리스마스이브. 그녀도 내리는 눈과 함께 사랑에 빠져버리고 말았다.

4장. 고백하기 좋은 날

크리스마스가 지났지만 사람들은 여전히 들떠 있었다. 연말이 주는 분위기 때문이었다. 지나는 이브날 후로 그와 따로 만나지 못했다. 월말이 가까워질수록 회사가 바빠졌기 때문이었다.

물론 그사이 간간이 문자를 주고받거나 몇 통의 짧은 전화 통화는 있었다. 하지만 지나의 마음은 초조했다. 가볍게 시작됐던 그들의 관계에 변화를 주고 싶다는 조바심 때문이었다.

그러려면 솔직한 자신의 마음을 전달해야만 했다. 그에게 어떤 대답을 듣게 된다고 해도.

그녀는 파티션 너머로 썰렁한 옆자리를 바라봤다. 소영은 오늘 병가를 냈다. 이틀 전부터 지독한 감기에 시달리더니 끝내 쉬어야 할 것 같다고 아침 일찍 연락이 온 것이다. 유독 싱숭생숭한 날, 소영마저 없으니 기분이 더 다운되는 것만 같았다.

점심도 샌드위치로 때운 그녀는 커피 한 잔을 들고 옥상 야외 휴게실로 향했다. 답답한 마음을 뻥 뚫어줄 찬바람이 필요했다.

한파 주의보가 계속된 오늘, 사람이 없는 야외 휴게실은 유독 을씨년스러웠다. 지나가 회사 점퍼를 여미며 뜨거운 커피 한 모금을 마셨다.

그때, 기둥 뒤로 하얀 연기가 피어올랐다. 문득 소영이 생각났다. 저곳이 늘 담배 피우기 딱 좋은 명당자리라고 했던 것이다.

지나가 조용히 다가가 빼꼼 고개를 내밀었다. 순간, 담배를 물고 있던 혜리와 눈이 마주쳤다.

"……어!"

당황한 것은 지나였다. 담배 연기라면 질색을 하던 그녀가 담배라니. 가끔 건물 밖에 있는 흡연실을 지나갈 때도 코를 막고 가는 게 바로 회계과 막내 혜리였던 것이다.

"아, 들켰다."

혜리가 손가락 사이에 담배를 끼우며 물었다.

"끌까요?"

"아니야, 됐어."

"소문 안 내실 거죠? 최 주임님 입 무거우시니까."

혜리가 방긋 웃었다. 그 얼굴이 평소와 조금 달라 보였다. 늘 순진한 눈망울을 굴리며 쑥스러운 듯 배시시 웃곤 했는데.

"한 대 드릴까요?"

"아니야. 난 안 피워."

"어…… 그래요?"

뭔가 미심쩍어하는 말투가 썩 유쾌하진 않았다. 하지만 그냥 넘겼다. 지나가 눈을 돌려 먼 산을 바라봤다. 삭막한 빌딩숲이 오늘따라 더욱 추워 보였다.

혜리가 뿜는 담배 연기가 바람을 타고 지나에게 흘러왔다. 오자마자 바로 가자니 피하는 것 같고 또 그냥 있자니 어색했다. 괜히 봐선 안 될 걸 본 기분이었다.

결국 그녀는 남은 커피를 얼른 마시고 내려가자고 생각했다. 해서 연신 커피를 홀짝이는데, 혜리가 먼저 말을 걸어왔다.

"저 장동민 팀장하고 헤어졌어요."

"그래?"

별 관심 없는 얘기였다. 남의 연애사야 알 바가 아니었다. 내 앞가림도 못 하고 있는 판국에. 하지만 그다음 나온 말이 그녀의 신경을 건드렸다.

"주임님은 장동민 팀장하고 어떠셨어요?"

"그게…… 무슨 말이야?"

지나의 눈이 커다래졌다.

"혜리 씨 알고 있었어? 나랑 장 팀장 사이?"

혜리가 방긋 미소 지었다.

"장 팀장이 말해주던데요? 사실은 최 주임님하고도 잠깐 사귀었었다고요. 아! 걱정 마세요. 저 빼고는 아무한테도 그 말 안 했데요. 은근 겁이 많더라고요."

혜리가 담배를 태우며 주절거렸다.

"사실 회사에서 입지가 좀 있는 사람인 줄 알았는데. 그래서 그때 일부러 깐 거였거든요. 다 같이 점심 먹을 때요. 우리끼리 얘기지만, 회계과 언니들 입이 싸잖아요."

그녀가 난간 위에 담배를 비벼 껐다.

"어쨌든 겉멋만 든 바람둥이에 별로였어요. 주임님도 장 팀장한테 득 본 거 없으시죠?"

지나는 그녀의 이중적인 면모에 할 말을 잃었다. 회사 생활을 하면서 수많은 가식덩어리들을 봤지만, 이렇게 감쪽같이 자신을 순수하게 포장하고 있는 여우 같은 경우는 처음이었다.

하지만 그보다 더 불쾌한 건, 그녀가 자신을 동급 취급한다는 것이었다. 지나가 정색한 얼굴로 말했다.

"미안한데 혜리 씨. 난 혜리 씨랑 달라서. 먼저 내려갈게."

돌아서는 그녀의 등에 대고 혜리가 소리쳤다.

"그럼 백승재 본부장님은요?"

지나가 멈칫했다. 팔짱을 낀 혜리가 건방진 표정을 짓고 있었다.

"백승재 본부장님이랑은 무슨 사이예요?"

"뭐?"

"그날 봤거든요. 백화점에서."

지나의 얼굴 위로 당혹감이 스쳤다.

"그런 거 보면 주임님이 확실히 저보다 한 수 위예요. 백 본부장님 완전 매력남이던데요? 몸매도 좋으시고. 그거 알고 주임님도 일찌감치 장 팀장 차고 백 본부장님으로 갈아탄 거죠?"

갈아타?

순간 빠직, 이마 위로 핏대가 섰다. 기분이 불쾌하다 못해 더러 워지기 시작했다. 지나가 혜리에게 다가갔다.

"혜리 씨 생각보다 저질이다."

"뭐라고요?"

"사회 초년생이 벌써부터 상사 이용해서 득 볼 생각이나 하고."

"최 주임님!"

"내가 말했지? 난 혜리 씨랑 다르다고. 대가 바라고 사람 안 만 나. 근데 왜 멋대로 생각해? 혜리 씨 나에 대해 그렇게 잘 알아?"

지나의 싸늘한 반응에 혜리의 얼굴이 벌게졌다.

"그럼 뭔데요? 설마 백 본부장님이랑 결혼 전제로 사귀세요? 아니잖아요."

"강혜리 씨."

"어차피 엔조이면서. 솔직히 최 주임님이 결혼하고 싶은 스타일 은 아니잖아요. 연애 상대면 모를까. 장동민 팀장도 그렇게 말……. 꺅!"

열이 받은 지나가 그녀를 떠밀었다. 엉덩방아를 찧은 혜리가 사 납게 그녀를 노려봤다. 그러다 불현듯 울음을 터트리기 시작했다.

"흑흑……."

지나가 눈살을 찌푸렸다.

"지금 뭐 하는 거야?"

"흑흑흑……."

혜리가 흐르는 눈물을 손등으로 훔치며 흐느꼈다.

"강혜리 씨!"

당황스러웠다. 방금까지만 해도 도끼눈을 뜨고 덤비던 사람이 난데없이 눈물바람이라니. 그때, 등 뒤에서 날카로운 목소리가 들렸다.

"최지나 주임!"

회계과 서 과장이었다. 서 과장 뒤에는 임 주임이 커피를 들고 있었다.

"이 상황 뭐야? 설명해봐."

지나를 바라보는 서 과장의 눈에서 불똥이 튀었다. 그사이 임 주임은 혜리를 일으켜 흙이 묻은 엉덩이를 털어주었다. 서 과장이 눈을 치뜨며 지나에게 따져 물었다.

"혜리 씨가 왜 울어. 최 주임이 그런 거야?"

"그게 아니……."

"아니에요, 과장님."

순간 혜리가 지나의 말을 낚아챘다. 그녀가 울먹이는 목소리로 말했다.

"제가 일을 제대로 못해서…… 답답하실 만도 하세요. 실수도 잦고……."

혜리가 젖은 볼을 닦으며 풀이 죽은 얼굴을 했다. 그 모습에 말문이 막혔다. 가증스럽고 뻔뻔한 연기에 뒤통수를 제대로 맞은 것만 같았다.

서 과장이 팔짱을 끼며 지나를 쏘아봤다.

"최 주임, 사람 그렇게 안 봤는데 진짜 못됐다."

"서 과장님."

"최 주임은 날 때부터 잘했어? 이제 꼴랑 3개월 된 애가 일을 잘하면 얼마나 잘한다고 그래? 선배 된 도리로 실수도 감싸줘야 하는 거 아니야? 이러니까 여직원들이 텃세 심하다는 소리를 듣는 거 아니냐고!"

지나는 억울했다. 생각해보면 이런 일이 한두 번이 아니었다. 학교 다닐 때도 늘 싸움이 나면 지나의 잘못으로 돌아가는 경우가 많았다.

다른 아이들보다 키도 크고 세 보였기 때문이었다. 그건 지금도 마찬가지였다. 자신과 혜리를 놓고 보면 마치 암사자와 꽃사슴 같았다. 혜리는 그녀에 비해 상대적으로 작고 말랐으며, 게다가 안쓰럽게 울고 있었다.

순간 울컥, 감정이 올라왔다. 떨리는 가슴을 진정하며 지나가 겨우 말문을 열 때였다.

"무슨 일입니까."

모두의 시선이 휴게실 입구 쪽으로 향했다. 지나의 눈이 커다래 졌다. 승재였다. 승재가 그들 쪽으로 다가왔다.

"최 주임, 무슨 일이에요."

"그게……."

지나가 말을 꺼내기도 전에 서 과장이 흥분한 목소리로 말했다.

"최 주임이 우리 강혜리 씨를 쥐 잡듯이 잡고 있어서 한마디 했어요. 아무리 강혜리 씨가 마음에 안 들게 했어도 그렇지, 사람을 울리고 넘어뜨리고! 회사가 군대도 아니고 이게 말이 된다고 생각하세요? 이제 다닌 지 고작 3개월 된 신입사원이 뭘 얼마나 잘하 겠어요!"

팔은 안으로 굽는다고 제 새끼 감싸듯 서 과장은 쉬지도 않고 열변을 토했다. 차분하게 듣고 있던 그가 지나를 돌아봤다.

"정말, 그랬어요? 최 주임이 넘어뜨리고 울렸어요?"

지나가 고개를 저었다.

"아니에요. 사적인 문제로 서로가 몇 마디 주고받은 건 맞지만, 제가 일방적으로 군 건 없었어요."

"그렇다는데요?"

그가 서 과장을 빤히 쳐다봤다. 서 과장의 얼굴이 벌겋게 달아 올랐다.

"무슨 말이에요! 내가 분명히 봤는데!"

그의 눈빛이 차갑게 가라앉았다.

"보셨다고요?"

"그래요! 내가……."

"전후 앞뒤 사정 모두 다 보셨다고요?"

"그……."

"확실하지 않은 건 함부로 말하는 게 아닙니다. 막말로 강혜리 씨가 자기 발에 자기가 걸려 넘어져서 울고 있었는지 누가 압니 까. 안 그래요?"

"백승재 본부장님!"

"서 과장이 편애를 하니까 나도 편애를 좀 해야겠네요. 우리 영 업부 경리팀 최지나 주임, 그렇게 막무가내로 후배 갈구는 막돼먹은 사람 아닙니다. 같은 부서 사람이라고 무조건 감싸는 것도 보기 좋지 않아요. 막말로 신입 3개월이면 대충은 분위기 파악하고 기본적인 업무는 익힐 땝니다. 그 기본이 안 돼서 우리 최지나 주임하고 김소영 주임이 배로 신경 쓰고 있다는 거 알고는 계십니까? 그러고 보니 텃세도 안 부리는 고마운 선배들한테 따뜻한 커피 한 잔 사주는 감동적인 모습도 본 적이 없네요."

그는 낮은 목소리로 쉬지도 않고 정확한 발음으로 서 과장의 말문을 틀어막았다. 입을 쩍 벌리고 서 있는 서 과장을 무시하며 승재가 지나를 돌아봤다.

"뭐 해요, 최지나 주임. 점심시간 끝나가는데."

승재의 부름에 지나는 얼른 그의 뒤를 따라갔다.

비상구 계단을 내려가는데 앞서 가고 있는 그의 뒷모습이 뿌옇게 흐려졌다.

"고맙습니다, 본부장님."

그 자리에 우두커니 서 있는 그녀를 보고 승재가 몇 계단 올라왔다.

"울어요?"

"아니요."

지나가 눈물이 그렁그렁한 눈으로 그를 바라보았다.

"우는데, 뭘."

"안 울어요."

지나가 눈물을 삼키며 코를 훌쩍였다. 가슴이 꽉 막힌 것처럼 답답했는데, 일방적으로 당하는 것만 같아 속상했는데, 불현듯 나

타나 제 편이 되어준 그를 보자 목에 걸려 있던 뜨거운 덩어리가 그만 뭉클해지고 말았다.

"단 커피 사줄까요?"

"네?"

"달달한 거."

그가 슬쩍 입꼬리를 올렸다. 그 모습에 그만 웃음이 터지고 말았다. 두 사람은 함께 천천히 계단을 내려갔다. 지나가 빨개진 코를 문지르며 그를 곁눈질했다.

"저, 본부장님."

지나가 걸음을 멈추고 물끄러미 그를 바라봤다. 고백하고 싶었다. 이 남자에게. 자신의 마음을 있는 그대로.

"마감 끝나고 31일 날, 뭐 하세요?"

"약속이 있어요. H병원 내과 원장하고."

"아…… 그래요?"

지나는 애써 실망한 기색을 감췄다. 승재가 바로 말을 이었다.

"술도 못하는 양반이라 계약서에 사인만 받으면 끝나요. 최 주임만 괜찮으면 내가 최 주임 집 앞으로 갈게요."

"저희 집예요?"

"왜? 부담스러워요?"

"아니에요. 기다릴게요."

"기다린다는 말, 설레는데."

낮게 속삭이는 말투에 지나는 얼굴을 붉혔다. 승재가 비상구 문을 열어주며 말했다.

"앞으로 부당한 일로 누가 뭐라고 하면 숨기지 말고 바로 보고 해요."

"부당한 일인지 아닌지 어떻게 알아요?"

"지나 씨를 믿는 거지. 지나 씨가 하는 말을."

순간 지나의 심장 위로 사르르 전율이 일었다. 안경 너머로 자신을 바라보는 그의 눈빛이 미치도록 따뜻했다.

조금씩 그를 향한 자신감이 커지기 시작했다. 더불어 그도 자신과 같은 마음일 거라는 기대감이 상승했다. 지나는 긴장한 기색을 감추며 작게 속삭였다.

"실은 제가 넘어뜨린 거 맞아요."

"응?"

"강혜리 씨요. 제가…… 밀었거든요."

고해성사를 하는 듯한 그녀의 표정에 그가 짧게 웃음을 터트렸다. 그가 씨익 웃으며 그녀의 머리를 가볍게 쓰다듬었다.

"잘했어요. 그럼 이따가 사무실에서 봅시다."

손을 한 번 들어주고 유유히 사라지는 그의 뒷모습을 지나가 우두커니 바라봤다. 가슴이 뜨거워졌다. 무조건적으로 자신의 말은 믿어주겠다는 그의 말이, 다른 어떤 말보다도 감격스러웠다.

지나는 웃는 얼굴로 사무실로 향했다. 방금 전 옥상에서 있었던 불쾌한 일들이 한순간에 날아가 버렸다.

회사 마감은 백승재 본부장의 계획 아래 정확하게 마무리가 되었다. 모두들 한 해의 마무리를 칼퇴근으로 할 수 있게 되어 기쁜

듯 보였다.

업무를 정리한 지나와 소영도 자리에서 일어났다. 건물을 나와서 두 사람은 버스 정류장으로 향했다.

"아! 올해도 가는구나. 내년이면 서른이야. 이게 말이 돼? 우리 신입일 때가 엊그제 같은데."

"그러게 말이야."

휴대폰을 만지작거리는 소영을 보며 지나가 물었다.

"약속 없어?"

"있어."

"누구랑?"

"그때 걔."

"그때 걔라니?"

"너랑 나이트 갔던 날 만났던 애."

"뭐? 그 사람하고 아직도 연락해?"

"응."

"괜찮은 사람이야?"

"보기보다 순진한 게 귀엽더라고. 그날 부킹도 처음 해봤다는 거야. 뭐, 믿기지는 않지만."

"믿지 못할 것도 없지. 나 같은 사람일 수도 있잖아."

"하긴, 널 보면 가능한 얘기야."

소영은 말하는 내내 웃는 얼굴이었다. 그 사람이 꽤 마음에 드는 모양이었다. 문자 몇 개를 보내던 소영이 휴대폰을 가방에 넣고 지나를 돌아봤다.

"참! 너 그저께 옥상에서 한판 했다며?"

지나는 그녀가 무슨 말을 하는지 깨닫고 한숨을 내쉬었다. 소영이 아까운 듯 주먹을 쳤다.

"나도 봤어야 되는 건데."

"좋은 것도 아닌데, 뭘."

"소문났어. 백 본부장이 자기 부서 사람들 끔찍하게 챙긴다고. 그 히스테리 서 과장 입도 못 뗐다며? 아! 쌤통이다. 지네가 만날 우리 위에 있는 것처럼 굴더니. 아무튼 나 왠지 막 어깨 올라가더라? 좀 든든한 느낌이라고나 할까? 그니까 잘해봐, 계집애야. 백 본부장 꽤 괜찮은 사람 같아."

소영이 그녀의 옆구리를 쿡 찌르더니 버스가 오는 것을 보고 뛰기 시작했다.

"나 버스 왔다! 잘 쉬고 모레 봐!"

"응. 들어가!"

소영을 보내고 지나도 곧 버스에 올랐다. 그가 집 앞으로 오려면 아마도 9시나 10시쯤이 될 것이다. 그런데 벌써부터 심장이 콩닥거렸다.

집에 가서 팩이라도 해야겠다.

지나는 설레는 마음으로 차창 밖으로 보이는 풍경을 눈에 담았다. 거리 위로 쏟아지는 화려한 불빛들이 따뜻해 보였다. 지금 그녀의 마음처럼.

집에 오자마자 간단하게 요기를 했다. 배가 고팠지만 많이 먹지 않았다. 혹시 이따가 그를 보면 배가 나와 보일까 봐 신경이 쓰였기 때문이었다.

지나는 샤워를 하고 머리를 대충 말린 후, 마스크팩을 얼굴에 붙였다. 라디오를 틀어놓고 가만히 누워서 천장을 바라보는데 문자가 왔다. 그에게서 온 건가 싶어 자리를 박차고 일어났다.

[최 주임님. 저 지금 백 본부장님이랑 같이 있어요. 서초구 M호텔이요.]

그녀의 눈이 커다래졌다. 발신번호는 혜리였다.

이게 무슨 말이지? 같이 있다니?

갑자기 심장이 요동치기 시작했다. 그녀가 침착하게 혜리에게 전화를 걸었다. 전화는 일부러 수신거부를 하는 것처럼 얼마 못가 끊기기를 반복했다.

그녀의 마음으로 불안함이 엄습했다.

사실이 아닐 것이다. 오늘 그는 거래처 원장과 저녁 약속이 있다고 했었다.

말이 안 되잖아.

멍하니 휴대폰 문자를 바라보던 그녀가 승재의 단축번호를 눌렀다. 그래, 그가 전화를 받아서 아니라고 해주면 그걸로 끝이었다.

지나는 숨을 죽이고 신호음에 집중했다. 연결음이 길어지고 있었다. 그럴수록 초조해졌다. 결국 음성사서함으로 넘어갔을 때 그녀의 마음은 커다랗게 일렁이고 말았다.

정말…… 같이 있는 걸까?

멍하니 앉아 있던 그녀가 자리에서 벌떡 일어났다. 점퍼를 챙겨 든 그녀가 신발을 꺼 신고 밖으로 나갔다. 시린 겨울바람이 살을 에는 것처럼 날카로웠다.

하얀 입김을 뿜으며 그녀는 도로가로 달려갔다.

"택시!"

그녀가 빈 택시를 발견하고 손을 흔들었다.

"서초구 M호텔이요."

그녀는 손에 쥔 휴대폰을 바라봤다. 혜리가 떠올랐다. 누구도 그녀가 그런 이중적인 모습을 가지고 있을 거라곤 생각지 못할 것이었다. 그러기엔 너무 아이같이 귀엽고 청순한 얼굴을 하고 있었다.

아마도…… 그래서 동민도 넘어갔겠지. 언젠가 소영이 했던 말처럼 연애는 상대성이니까. 그럼 그도 그런 마음이었을까? 자신을 그저 가볍게 놀고 말 그런 상대로 생각했을까?

불가능한 얘기도 아니었다. 시작을 그렇게 했으니 그 관계에 깊이를 부여하려는 것 자체가 우스운 것일지도 몰랐다.

하지만 아닌데……. 자신의 마음은 이미 그에게로 향해 있는데…….

불현듯 눈물이 솟구쳤다. 지나는 마른침을 삼키며 다시 휴대폰을 들었다. 지금이라도 그가 전화를 받아준다면 괜찮았다. 아무 일이 아니게 될 수도 있었다. 하지만 그는 전화를 받지 않았다.

휴대폰을 쥔 지나의 손에 힘이 들어갔다. 그녀가 멍한 눈을 들어 창밖을 바라봤다. 그럴 거라고 믿고 싶지 않았다. 자신을 대했던 그의 눈빛이나 행동이 조금의 진정성도 없는 것이라고 생각하고 싶지 않았다.

목적지에 도착한 지나가 지갑을 꺼내 택시비를 지불했다. 그때, 휴대폰이 진동했다. 승재였다.

"승재 씨!"

반가운 감정이 격하게 올라왔다.

─무슨 일 있어요? 전화 여러 번 했던데.

걱정이 묻어나는 그의 말투에 지나는 안심했다.

"아니에요. 그냥……."

지나가 택시에서 내리며 물었다.

"승재 씨 지금 어디예요? 실은 나……."

순간 그녀가 말끝을 흐렸다. 호텔 로비에서 나오는 그와 마주친 것이다. 그도 호텔 앞에 있는 지나를 보고 놀란 듯 멈춰 섰다. 그리고…… 그의 뒤로 혜리가 걸어 나왔다.

"최 주임님?"

토끼털 재킷에 짧은 미니스커트를 걸친 혜리가 승재 뒤에 섰다. 그 모습을 보는 순간 땅이 흔들리듯 머리가 댕, 하고 울렸다. 승재가 전화를 끊으며 지나에게 다가왔다.

"여긴 어떻게……."

그가 팔을 뻗는 순간, 지나는 그대로 몸을 돌렸다.

"지나 씨!"

지나가 도망치듯 호텔 앞에 대기하고 있는 택시에 올라탔다.

"기사님 가요!"

지나는 쫓아오는 승재를 무시하고 택시를 출발시켰다.

"지나 씨!"

등 뒤로 희미하게 그의 외침이 들려왔다. 왈칵. 눈물이 쏟아졌다. 눈앞이 뿌옇게 흐려지며 울먹임이 새어 나왔다.

"흑……."

그녀가 손으로 눈물을 닦았다. 택시 운전기사가 그녀에게 티슈 몇 장을 건네주었다. 상황이 대충 짐작이 간다는 듯 안타까운 얼굴이었다.

"고맙…… 습니다."

지나가 코를 훌쩍이며 눈물을 닦았다. 하지만 한번 터진 눈물은 쉽게 멈추지 않았다. 집 앞에 도착한 그녀가 점퍼 주머니를 뒤적였다.

"어?"

지갑이 없었다.

"내…… 지가압……."

또다시 눈물이 흐르기 시작했다. 자꾸만 제 마음과 어긋나버리는 상황들이 짜증 나고 서러웠다. 그녀가 훌쩍이며 주머니를 다시 뒤졌지만 지갑은 없었다. 떨어뜨린 것이 분명했다.

그녀는 난감해졌다. 현금과 카드까지 지갑에 모두 들어 있었다. 그녀가 울먹이는 목소리로 말했다.

"기, 기사님, 잠시만요. 여기 남색 대문이 집이거든요. 돈 좀 가지고 나올게요."

바로 코앞에 차를 세운 터라 기사는 고개를 끄덕여주었다. 지나가 점퍼 소매로 눈물을 닦고 1층 벨을 눌렀다. 문이 열리고 만복이와 주인아주머니가 나왔다.

"지나 씨!"

주인아주머니가 놀란 눈을 치떴다. 그녀의 얼굴이 엉망이었기 때문이다. 바람에 날려 산발이 된 머리와 울어서 충혈된 눈, 그리고 벌게진 코밑으로 흐른 한 줄기 콧물이 불쌍한 몰골이었다.

지나가 코를 훔치며 말했다.

"죄송한데요, 아주머니. 제가 지갑을 잃어버려서 그런데 만 원만 꿔주시면 안 될까요? 택시비가 없어서……."

"잠깐만!"

주인아주머니가 얼른 들어가서 돈을 가지고 나왔다. 지나가 그 돈으로 택시비를 지불하고 돌아서는데, 그녀가 따뜻한 코코아 한 잔을 들고 나왔다.

"마침 차 마시려고 물 끓이고 있었거든. 마셔."

아주머니의 따뜻함에 지나의 눈에 다시 눈물이 맺혔다.

"왜 그래. 무슨 일 있었어?"

주인아주머니가 걱정 가득한 얼굴로 물었다.

"만나는 사람하고…… 잘 안 됐어?"

그 말에 지나는 왈칵 눈물을 쏟았다. 사실 잘되고 말고 할 사이도 아니었다. 그냥 혼자 북 치고 장구 친 기분이었다.

혼자 설레고, 혼자 두근대고, 혼자 좋아하고…….

"흑흑흑……."

그녀는 체면불구하고 코코아를 손에 든 채 흐느끼고 말았다. 주인아주머니가 딸을 대하듯 그녀의 눈물을 스윽스윽 닦아주었다.
갑자기 엄마가 생각이 나 그녀는 더 크게 울었다.

동민과 헤어질 때도 이렇게 가슴이 아프지 않았다. 하지만 지금
은 잔뜩 부풀었던 마음이 쪼그라져서 구겨진 것만 같은 기분이었
다. 심장이 조이는 것처럼 갑갑하고 아팠다.

"지나 씨……."

어쩐 일인지 안절부절못하는 아주머니 앞에서 그녀는 겨우 눈
물을 닦고 고개를 꾸벅였다.

"죄송해요, 아주머니. 저 올라갈게요."

어깨를 늘어뜨리고 눈물을 훔치며 올라가는 뒷모습이 짠했다.
주인아주머니는 그런 그녀를 근심 어린 눈으로 물끄러미 바라보
았다.

집으로 올라온 그녀는 일단 ARS로 카드 분실신고부터 접수했
다. 한 해의 마지막 날을 이렇게 비참하게 보내다니.

손때가 묻은 지갑은 잃어버리고 사랑으로 들떴던 가슴은 한 번
에 날아가버렸다. 사실 어떤 변명의 여지도 없는 상황이었다. 여
자하고 호텔에서 나오다니.

어떻게 병원 원장하고 약속이 있다는 거짓말을 할 수 있단 말인
가. 그렇게 태연한 얼굴로, 눈 하나 깜짝하지 않고. 도저히 믿을
수가 없었다.

점퍼만 겨우 벗고 이불 위에 앉은 그녀는 멍한 얼굴로 허공을
응시했다. 휴대폰에 찍힌 부재중 전화가 열 통이나 와 있었다. 모

두 승재였다.

하지만 줄기차게 오던 전화도 지금은 잠잠했다. 처음엔 어떻게든 변명을 하려고 했겠지. 그러다 말아버린 걸까?

그녀는 저도 모르게 휴대폰을 보고 있는 자신을 깨달았다. 이 와중에도 미련이 남아 있다니. 한심하다, 최지나.

스스로에게 화가 나 있던 그녀의 눈빛이 어느새 잠잠해졌다.

그에게 무슨 말이라도 들었어야 맞는 걸까? 변명이든 뭐든…….

하지만 그땐 아무 생각도 들지 않았다. 그가 자신을 속였다는 생각만이 지배적이었다.

"아, 모르겠다."

그녀가 무릎 사이로 얼굴을 묻었다. 그때,

위이잉.

휴대폰이 진동했다. 그녀가 번쩍 고개를 들었다. 모르는 발신번호였다. 그녀의 심장이 빨라졌다. 어쩌면 자신이 전화를 받지 않아서 그가 모르는 번호로 전화했을지도 모른다는 생각이 들었다. 망설이던 지나가 전화를 받았다.

"……여보세요?"

─최지나!

갑작스런 고함 소리에 지나가 전화를 떼었다가 다시 받았다.

"여보세요?"

─야! 최지나.

지나가 눈썹을 구겼다. 동민이었다.

─나 강혜리랑 헤어졌다.

그가 불분명한 발음으로 떠들어댔다.

—그 계집애 알고 보니까 나 말고도⋯⋯.

이게 도대체 무슨 지랄인가. 열이 확 올랐다.

"술 처먹었으면 들어가서 잠이나 자. 너랑 나랑 무슨 사이라고 전화해서 주접이야? 너 양아치니?"

—야아, 최지나아.

"에이 씨."

지나가 짜증스럽게 전화를 끊었다. 그리고 배터리를 뽑아버렸다. 씩씩대던 지나가 애꿎은 이불을 노려보았다. 미간을 찌푸린 채 정신줄을 놓고 있는데, 불현듯 문 두드리는 소리가 들렸다.

쿵쿵쿵!

지나가 퍼뜩 정신을 차렸다.

"누구세요?"

벌써 10시가 훌쩍 넘은 시간이었다. 찾아올 사람이 없었다. 주인아주머니밖에는.

"최지나 씨!"

문 너머로 들리는 익숙한 음성에 지나가 멈칫했다. 승재였다.

쿵쿵쿵!

"문 열어요."

다급한 그의 목소리. 그제야 지나는 놀란 눈을 깜빡였다. 도대체 여긴 어떻게 알고 올라왔을까?

뮤지컬을 본 날 그가 집 앞까지 바래다주긴 했지만 옥탑방에 산다는 말은 하지 않았다. 게다가 대문은 분명히 잠겨 있을 텐데.

그녀를 찾아왔다는 이유만으로 주인아주머니가 낯선 사람에게 함부로 문을 열어줬을 리도 만무했다.

문 앞에서 돌부처가 된 그녀를 알았는지, 그가 무거운 목소리로 말했다.

"최지나. 문 열어."

사뭇 위협적인 말투였다. 당장 열지 않으면 부수기라도 할 것처럼. 지나가 마른침을 삼키며 헝클어진 머리를 손으로 대충 빗어 넘겼다. 짧게 심호흡을 한 그녀가 문을 열었다.

덜컹.

지나의 눈이 커다래졌다. 그가 젖어 있었다. 밖에는 비가 오고 있었다. 지나를 본 그가 긴 한숨을 내쉬었다. 그 숨결이 차가웠다.

추워 보이는 그의 모습에 마음이 흔들렸지만 지나는 딱딱한 얼굴로 물었다.

"여긴 어떻게 알고 왔어요? 난 분명히……."

"들어갑시다."

"어, 어딜요? 여길요?"

그녀가 당황한 얼굴로 무뚝뚝한 그의 얼굴을 바라봤다.

안 돼. 지금 집 안은 엉망이다. 얼굴에 붙였던 팩이 방바닥에 붙어 있고 벗어서 던져놓은 옷가지랑, 빨아놓은 팬티와 브라가 방치되어 있었다.

"여기에서 말해요. 전 할 얘기……. 어, 어머!"

그가 막무가내로 밀고 들어왔다.

쿵.

그의 등 뒤로 문이 닫혔다. 그가 뿌옇게 김이 서리는 안경을 벗었다. 그러자 화가 난 눈빛이 드러났다.

"내가 그렇게 못 믿을 놈입니까?"

그 말에 지나가 입술을 깨물었다.

"못 믿게 행동했잖아요. 거짓말했잖아요, 나한테! H병원 내과 원장이 강혜리 씨예요?"

그가 흐트러진 머리를 쓸어 넘겼다.

"충분히 오해할 만한 상황이긴 한데 내 설명도 들어봐요. 내가 지나 씨한테 그 정도밖에 안 돼요?"

그가 곧은 눈으로 그녀를 직시했다.

"지나 씨 마음이 어떨지 이해는 하지만, 나를 장동민하고 같은 놈으로 취급하지 말아요."

그 말에 지나가 놀란 눈을 치떴다.

"무슨…… 말이에요? 장동민하고 내 사이, 알고 있었어요?"

그가 어둡게 가라앉은 눈빛으로 대답했다.

"일단 들어가요. 다 얘기할 테니까."

자신을 지나쳐서 안으로 들어가는 그의 뒷모습을 지나가 멍한 눈으로 바라봤다. 그러다 정신을 차리고 얼른 어지럽게 널려 있는 이불이며 옷가지를 구석으로 밀었다.

그녀가 한풀 꺾인 목소리로 물었다.

"커피 할래요? 아님 녹차?"

그가 고개를 저었다. 그는 지금 너저분한 집 안 꼴도 보이지 않고, 차가운 몸을 녹여줄 따뜻한 차 한 잔도 생각이 없는 듯했다.

그가 그녀의 손을 잡아끌어 앞에 앉혔다.

그리고 주머니에서 무언가를 꺼내어 방바닥 위에 올려놓았다. 그녀가 떨어트린 지갑이었다.

"고마워요."

"……."

침묵이 이어졌다. 하지만 어색한 분위기는 아니었다. 그가 자신의 손을 꼭 잡고 있었기 때문이었다. 그의 손은 듬직하고 따뜻했다. 화가 났던 그녀의 마음은 이미 누그러진 지 오래였다.

"자초지종을 듣지 않은 건 미안해요. 아깐 너무 화가 나서 눈에 뵈는 게 없었어요."

얘기는 들어보지도 않고 무턱대고 설레발을 친 게 지나는 뒤늦게 후회가 되었다.

"나랑…… 장동민 팀장 일은 어떻게 알았어요?"

정말 모를 일이었다. 그가 삼화제약에 스카우트된 건, 그녀가 장동민 팀장과 헤어진 직후였다. 게다가 사내에 소문이 났다면 소식통인 소영의 귀에 안 들어갔을 리가 없는데.

그녀가 조심스레 물었다.

"혹시…… 혜리한테 들었어요?"

그가 고개를 저었다.

"그럼……."

"알고 있었으니까."

"네?"

"내가 지나 씨를 그전부터 알고 있었어."

그녀의 눈이 커다래졌다.

"알고 있었다고요?"

그가 고개를 끄덕였다. 그녀의 미간이 좁아졌다. 그를 만난 기억이 전혀 없었다.

"도대체 어디에서……."

"작년 이맘때."

그가 입을 열었다.

"지나 씨를 처음 본 게 작년 이맘때야."

시작된 이야기에 그녀는 조용히 숨을 죽였다.

2막.

그 남자의 속사정

12월. 그날은 연일 이어진 눈 소식에 한파까지 불어닥쳐 거리는 곳곳이 얼어붙어 있었다. 사람들은 연말이라 들떠 있었고 코앞으로 다가온 크리스마스에 상점마다 트리 장식이 눈에 띄었다.

하지만 연말이고 크리스마스고 그와는 상관없는 일이었다. 그에겐 그저 평범하게 흘러가는 또 하루에 불과했다.

그가 다니고 있는 회사는 국내 제약회사 1위 기업 광남제약이었다. 처음에 그는 영업사원들을 서포트해주기 위해 뽑혔던 평범한 마케팅부 직원 중 한 명이었다.

하지만 한 해, 두 해, 시간이 지날수록 그는 점점 두각을 드러내기 시작했다. 그에게 화려한 언변 기술은 없었다. 대신 명석한 두뇌와 막힘없는 질의응답 능력을 가지고 있었다.

그리고 그것은 영업사원들의 매출 증진에 커다란 기여를 하기

달콤한 야누스 193

에 충분했다.

제품에 관련된 정보를 모두 외워버리는 뛰어난 암기력과 철저한 자기 관리. 그는 늘 짜인 시간에 충실했다. 출퇴근 시간이 남들보다 한 시간씩 빠르고 늦는 건 기본이었고, 업무 외에 쓸데없는 농담 따먹기 같은 건 일절 하지 않았다.

그건 회사에서는 적도 동지도 없다는 그의 철칙 때문이었다. 해서 입을 함부로 놀리는 일 따위 절대 하지 않았다. 자칫 생각 없이 흘린 말이 언제 독이 되어 돌아올지 모른다는 생각에서였다.

어쨌든 그는 입사 6년 만에 놀라울 정도로 성장했다. 마케팅부서에서 초고속 승진을 한 것은 물론이요, 영업사원들은 그의 서포트를 한 번이라도 더 받기 위해 늘 대기 상태였다.

그와 함께 나간 날은 못해도 신규 거래처가 두 군데 이상은 뚫리거나, 문제처였던 곳도 깔끔하게 정리되는 경우가 많았기 때문이었다.

하지만 그는 광남제약에서 한계를 느끼고 있었다. 국내 제약회사 1위라는 타이틀과 다르게 내부는 심각한 인맥관련 인사 문제로 골병이 들어 있었기 때문이었다.

그 말인즉, 자신이 더 이상 치고 올라갈 자리가 없다는 뜻이기도 했다. 아무리 능력을 알아주고 연봉을 높여준다고 해도, 날개를 펼칠 수 없는 자리에서 맴돈다면 소용이 없었다.

슬슬 준비를 해야 하나.

그가 싸늘한 자동차에 몸을 실었다. 크리스마스이브. 어제부터 내린 눈이 오늘까지도 이어지고 있었다.

직원들이 모두 퇴근한 후에도 그는 한참을 남아서 서류를 정리하고 나온 길이었다. 그리고 오늘은 오피스텔이 아닌 본가로 향했다.

어머니를 못 뵌 지 너무 오래되었다. 근 4개월 가까이를 한 번도 오지 못했으니.

그는 전봇대 앞에 차를 주차하고 잠시 의자 뒤로 몸을 기대었다. 익숙한 남색 대문이 눈에 들어왔다. 녹슨 구석 하나 없이 깨끗하고 반듯했다. 어머니의 부지런한 성격을 보여주듯이.

그가 피곤한 관자놀이를 문지르며 목을 조였던 넥타이를 풀었다. 회사 안에서는 결코 모를 갑갑함이 회사를 벗어나는 순간 느껴졌다.

셔츠 단추까지 풀어 헤친 그가 두꺼운 안경을 벗던 찰나였다. 저만치에서 사이좋게 걸어오는 연인들이 보였다. 연인들은 그의 자동차 앞에서 멈췄다.

전봇대에 달린 전등이 그리 밝지 않아서인지 연인들은 차 안에 있는 그를 발견하지 못한 듯했다. 그는 잠시 그들을 지켜봤다.

여자는 비교적 수수한 옷차림을 하고 있었지만 허리까지 오는 짧은 외투 때문에 애플힙이 돋보이는 빵빵한 몸매를 가지고 있었다. 소위 말하는 대문자 S라인이다.

남자 또한 서글서글한 인상이 다감하고 순해 보였지만 영락없는 바람둥이가 틀림없었다. 그것은 긴 시간 영업사원들을 직접 보고 겪어온 승재만의 촉이었다.

승재의 시선이 다시 여자에게로 향했다. 둥근 이마와 곧은 콧날. 생긋 웃을 때마다 살짝 접히는 눈웃음이 남자들 여럿 홀리게 생긴 얼굴이다.

잘 어울리는군.

여자를 잘 아는 선수와 남자를 잘 아는 여우만큼 완벽한 궁합이 어디 있겠는가.

승재는 그만 픽 입꼬리를 올렸다. 그사이 남자는 헤어지기가 아쉬운지 계속 여자의 손을 조물거리며 머뭇거리고 있었다.

자고 싶은 모양이었다. 그것이 녀석의 얼굴에 여실히 드러나 있었다. 하지만 그런 마음을 눈치채지 못한 건지 일부러 튕기는 건지, 여자는 끝끝내 남자의 손을 떼어냈다.

물론 후자 쪽이 분명하다. 남자라는 족속은 적당히 애를 태워야 더 달아오르는 법이니까. 여자가 그걸 아는 거겠지.

남자는 이내 아쉬운 걸음을 억지로 떼며 몇 번이고 뒤를 돌아봤다. 그런 남자를 향해 여자는 손을 흔들어주었다.

이윽고 남자의 모습이 사라지자 여자는 추운지 시린 손을 호호 불며 싹싹 비볐다. 그리고 대문을 열고 안으로 모습을 감췄다.

그런데 잠깐! 그녀가 들어간 곳이 남색 대문이었다.

승재가 부리나케 차에서 내렸다. 담 너머로 보니 여자가 통통통 계단을 올라 3층 옥탑으로 향하고 있었다.

그 모습을 물끄러미 바라보던 승재가 눈살을 찌푸렸다. 그가 차 문을 잠그고 그녀가 들어갔던 남색 대문을 열었다. 대문 열쇠는 항상 가지고 있었다. 언제라도 들르라고 어머니가 열쇠고리까지 달아주신 것이 있었다.

그는 여자가 사라진 자리를 바라보다 1층으로 들어갔다. 문을 열자마자 만복이가 짖었다.

멍멍멍!

"승재야!"

안방에 있던 윤 여사가 한걸음에 달려 나왔다.

"웬일이야. 연락도 없이!"

아들을 본 어머니의 얼굴엔 반가움이 그득했다.

"잘 지내셨어요? 별일 없으셨고요?"

"그럼."

윤 여사가 서늘한 그의 손을 두 손으로 감쌌다. 언제 봐도 사람 좋고 소녀 같은 어머니였다.

"저녁 먹었어? 차려줄까?"

"밥 있어요?"

"응. 손만 씻고 와!"

윤 여사는 간만의 방문이 신이 났는지 바람처럼 주방으로 달려가 국을 데우고 반찬을 꺼내기 시작했다. 겉옷만 벗고 간단하게 손만 씻은 승재가 주방으로 들어왔다.

"앉아. 너 올 줄 알았으면 밥 새로 해두는 건데."

"됐어요. 대충 주세요."

무뚝뚝한 아들에게도 늘 웃음꽃이 만발인 어머니였다. 승재는 콧노래를 부르며 반찬을 담는 윤 여사의 뒷모습을 물끄러미 바라봤다.

어머니를 사랑하지만 답답할 때가 더러 있었다. 밑도 끝도 없이 사람을 잘 믿는 그녀의 후덕한 천성은 그가 제일 닮고 싶은 부분이기도 했지만 그가 제일 싫어하는 부분이기도 했다.

그녀가 좀 더 독한 여자였다면 떠나는 아버지의 발목을 잡았을지도 모를 일이었다. 하지만 그녀는 그러지 못했고 결국 미혼모가 되어버렸다.

사실 그에겐 얼굴 한 번 본 적 없는 아버지에 대한 애틋함 따윈 없었다. 다만 '아비 없는 자식'이라는 말이 듣기 싫어 어떤 일을 하든 최선을 다해 노력했을 뿐이다.

그러한 것들이 지독한 강박관념들로 남아, 그를 회사 안과 밖이 철저히 구분되는 사람으로 만들어버렸다.

하지만 그는 그런 생활에 만족했다. 제 영역이 아닌 곳에선 누구보다 완벽한 사람으로 보이고 싶었다. 예의범절이 깍듯하고, 똑똑하고, 능력 있고, 약속과 신뢰로 똘똘 뭉친, 그런 흠 하나 없는 사람.

그래서 미혼모의 자식이라는 타이틀을 온전히 깨부수고 싶었다. 또한 그것은 자신을 꿋꿋이 키워준 어머니를 결코 욕보이고 싶지 않은 그의 마음이기도 했다.

따끈한 시금치된장국을 먹으며 승재가 위를 흘끔거렸다.

"옥탑방에 이사 온 사람은 어때요?"

"아아, 그 아가씨? 사람 괜찮아."

"저번에도 괜찮다고 하셨다가 보증금 다 떼먹고 도망갔잖아요. 제대로 알아보신 거예요?"

지금이야 연락이 닿지만, 예전엔 미혼모가 된 자식을 거들떠도 보지 않았던 외가였다. 해서 싸고 싼 월세방을 전전긍긍하던 게 떠오르는지, 어머니는 세입자에게 더없이 후한 인심을 베풀어주셨다.

그게 뒤통수를 칠 때가 많다는 게 함정이었지만.

승재의 미심쩍은 말에 윤 여사는 멋쩍은 웃음을 지었다.

"아가씨 되게 괜찮아. 싹싹하고 인사 잘하고. 걱정하지 마."

"혹시 집에 남자⋯⋯."

"응?"

"아니에요."

남자를 마구 끌어들이는 여자는 아니냐고 물으려다가 말았다. 좀 더 두고 보면 알 일이니까. 어쨌든 순하게 생긴 외모는 아니었다. 어디서 놀게 생겼으면 놀게 생겼지.

"혹시라도 일 있으면 바로 전화하세요."

"응, 알았어."

윤 여사가 생글생글 웃는 얼굴로 승재를 응시했다.

어머니가 정성스럽게 차려준 밥을 한 상 뚝딱하고 승재는 거실로 나왔다. 거실에 있는 가구들은 모두 다 오래된 것들이었다.

하지만 관리를 잘한 덕분인지 고풍스러워 보였다. 승재는 거실 벽에 걸린 커다란 액자를 보았다.

초등학교 6학년 졸업사진이었다. 어머니와 단둘이 찍은 사진 속에 승재는 아주 희미한 미소를 띠고 있었다.

생각해보면 아버지가 있는 아이들을 부러워한 적도 없었다. 그에게 아버지란 따뜻하고 듬직하다는 이미지가 아닌 무책임하고 가벼운 사람이었다.

"커피."

윤 여사가 커피를 내밀었다. 두 사람은 아주 오랜만에 거실 소파에 앉아서 차 한 잔을 함께하는 여유를 가졌다.

"요즘 젊은 애들은 옷도 참 예쁘게 입던데. 라식 수술해서 안경은 패션으로 쓰는 애들도 있고."

늘 그렇듯 아들의 옷차림에 대해서 윤 여사가 운을 뗐다. 당신이 보기엔 누구보다 잘난 아들이 옛날 아저씨들이나 할 법한 머리 스타일에 옷 스타일을 고수하고 있으니 보기 언짢은 것이다.

하지만 승재는 자신의 스타일이 회사에서는 최고라고 생각했다.

시력이 나쁜 그에겐 눈이 쉽게 피로해지는 렌즈 따윈 필요 없었다. 작은 실수도 찾아낼 수 있는 도수 높은 안경 하나면 충분했다. 매일 아침 5분 넘게 공들이는 머리도 비바람이 몰아쳐도 결코 망가지지 않는 강력한 그만의 스타일링이었다.

타이트한 양복 또한 모양새는 예쁠지 몰라도 활동하거나 장시간 책상 앞에 앉아 있기엔 불편했다. 그러니 한 치수 크게 입는 게 여러모로 편했다.

이처럼 그가 고집하는 스타일은 회사 안에서는 효율적이었지만, 거래처를 방문할 때도 큰 도움을 주었다.

답답하다 싶을 정도로 케케묵은 스타일은 권위감이 높은 의사들에게 위화감을 전혀 주지 않기 때문이었다.

직업적 프라이드가 높은 의사들, 특히 종합병원 과장들은 제약

회사 직원들이 자신보다 젊거나 잘생긴 걸 그다지 좋아하지 않았다. '갑'보다 잘나 보이는 '을'을 누가 반기겠는가.

그런 면에서 승재는 겉모습에 치중하는 다른 영업사원들과 달리 좀 더 부담 없이 그들과 가까워질 수 있었다.

그리고 칼같이 지키는 시간 약속과 한번 뱉은 말은 어떻게든 책임을 지는 진중한 성격 때문에, 지금은 무조건적으로 그를 믿어주는 병원 원장들도 적지 않았다.

이 모든 게 그가 노력해서 이룬 결과물이었다. 나이, 학벌, 모든 것을 떠나서 오로지 실력으로만 승부를 볼 수 있는 곳. 그가 영업계를 자신의 성공 무대로 선택한 것도 바로 그 이유에서였다.

묵묵히 커피만 마시는 승재를 보며 윤 여사가 남몰래 한숨을 내쉬었다. 닦달해봤자 소용없다는 걸 안 것이다. 대신에 윤 여사는 다른 이야기를 꺼냈다.

"승재야, 내년이면 너 서른넷이다?"

역시나 묵묵부답이다. 윤 여사가 뿔이 난 얼굴로 말했다.

"엄마도 손주 보고 싶어."

"옆집 이 씨 아주머니는 쌍둥이 보다가 얼굴 한쪽 마비 왔다면서요."

"이 씨는 이 씨고! 엄마는 허리가 부러져도 봐줄 자신 있어!"

윤 여사가 나이에 맞지 않게 말간 눈으로 승재를 바라봤다. 승재가 조금 난감한 얼굴로 눈을 피했다.

가족들이 다복한 걸 좋아하는 그녀였다. 그런 그녀가 친정 식구들과도 십여 년이 넘게 연락도 못 한 채 아들과 단둘이 살았으니 그 갈증이 오죽할까.

다른 건 프리하게 내버려두는 편인데, 유독 결혼 문제에서만큼은 독촉을 하곤 했다. 하지만 승재는 그것 또한 자신의 생각이 확고했다.

지금껏 여자를 만나본 적도 사귀어본 적도 없었다. 그 이유는 단순했다.

책임지지 못할 '씨'는 뿌리지 말자가 연애 모토였기 때문이다. 그에게 연애는 곧 결혼을 의미했다. 연애 대상자가 결혼 상대자가 되는 것이다.

그것은 아버지가 끼친 영향이 컸다. 한순간의 쾌락과 감정에 휩쓸려 책임지지도 못할 일은 만들지 않는 것. 그것이 아직까지도 그가 동정남인 이유였다.

물론 상대에게까지 그것을 강요할 생각은 없었다. 다만 자신의 결심이 그러할 뿐. 그러니 결혼을 하려면 그만큼 책임지고 싶은 여자를 만나야만 했다.

그저 스쳐 지나갈 여자가 아니라, 인생을 함께하고 싶은 그런 여자. 그 단 한 명을 위해 그는 지금껏 철벽남이 될 수밖에 없었다.

커피를 다 들이켠 그가 자리에서 일어났다.

"저 갈게요."

"벌써 가게?"

내일이 크리스마스 당일인데 하룻밤 자고 갈 줄 알았더니 실망한 기색이 역력했다. 그의 얼굴이 부드럽게 풀렸다.

"내일도 처리할 일이 있어요."

"너무 무리하는 거 아니야?"

"알아서 조절할게요."

"반찬 좀 가져갈래?"

"저번에 주신 거 있어요."

"그게 언제 준 건데. 밥은 해 먹는 거야?"

"굶지 않아요. 걱정 마세요."

승재가 윤 여사의 어깨를 어루만졌다. 그가 어머니에게 보여주는 최대의 애정표현이었다.

"바쁠 테니까 전화 안 할게. 그러니까 시간 날 때 먼저 전화해."

"그럴게요."

승재가 외투를 걸치며 밖으로 나갔다.

"나오지 마세요. 추워요."

"알았어. 운전 조심하고."

승재가 따라 나오지 말란 의미로 현관문을 닫아주었다. 그가 손목시계를 보았다. 10시가 조금 넘어 있었다. 그가 나가다 말고 무심코 옥탑방 쪽을 올려다보았다. 불이 모두 꺼져 있었다.

그가 다시 집에 들른 건 12월의 마지막 날이었다. 그는 늘 그렇듯 늦게까지 일을 마치고 저녁이 훌쩍 지나서야 본가에 도착했다.

들어가기 전 옥탑방 쪽을 쳐다봤다. 이제 9시 반이었는데 옥탑방의 불은 저번처럼 모두 꺼져 있었다.

하긴. 올해를 장식하는 마지막 날 누가 집에 있겠는가. 삼삼오오 모여서 술판을 벌이거나 연인과 함께 해돋이라도 보러 갔겠지.

그가 문을 열고 들어가니 아니나 다를까, 윤 여사보다 자신을 먼저 반기는 건 믹스견 만복이었다. 그는 주머니에서 소시지 하나를 꺼내어 주었다. 좋아서 꼬리를 흔드는 만복이를 윤 여사가 안아 올렸다.

"어이고, 형님이 웬일일까. 우리 만복이 간식을 다 사주고."

사실 사온 건 아니었다. 집에 먹다 남은 게 있어서 하나 가져왔을 뿐.

"저녁 먹었니?"

"네, 먹었어요."

"뭐, 다른 거 줄까? 과일 있는데."

"아니요. 괜찮아요."

승재는 주방으로 들어가 전기포트에 물을 끓였다.

"차 드실래요?"

"응. 메밀차."

승재가 찬장을 이곳저곳 뒤져서 차가 있는 곳을 찾아냈다. 집을 떠나 독립한 지 3년이 지나자 살림살이가 어디에 있는지 가물가물했다. 그가 윤 여사에게 머그잔을 내밀었다.

윤 여사가 고소한 메밀차 향기를 가득 음미했다.

"오늘 같은 날 집에나 오고 말이야."

윤 여사가 입술을 삐죽였다.

"이런 날은 예쁜 애인이랑 해돋이 보러 가야 하는 거 아니야?"

또 시작된 모양이다. 그놈의 결혼 타령. 종국엔 손주가 보고 싶다로 끝나겠지.

그녀가 더 닦달하기 전에 승재가 얼른 다른 화젯거리를 찾았다. 때마침 거실 한쪽에 쌓인 구슬 더미가 보였다. 승재가 눈살을 찌푸렸다.

"아직도 저거 하세요?"

"응."

승재는 그녀가 자잘한 부업을 하는 게 마음에 들지 않았다. 시력도 안 좋고 허리도 아플 텐데 왜 자꾸 저런 걸 하는지. 드리는 용돈이 부족하지도 않을 텐데 말이다.

"그만하세요. 해봤자 몇 푼이나 된다고."

"돈 벌려고 해? 소일거리로 하는 거지."

윤 여사가 타박하는 승재를 흘겨보았다. 그리고 생각이 난 듯 말했다.

"참! 오늘은 옥탑방 아가씨가 들러서 좀 해주고 갔어."

"옥탑방 여자가요?"

윤 여사가 고개를 끄덕였다. 승재가 탐탁지 않은 표정을 지었다.

"집에 함부로 들이지 마세요. 잘 알지도 못하는데."

"괜찮은 아가씨야. 오늘도 공구통 빌려준 거 고맙다고 고구마 찐 걸 가져왔더라고. 그거 먹으면서 같이 구슬도 꿰고 얘기도 했어. 젊은 아가씨답지 않게 싹싹하게 말도 잘해."

승재는 불이 꺼졌던 옥탑방을 떠올렸다.

"불, 꺼져 있던데."

혼잣말로 중얼거린 것을 들었는지 윤 여사가 대답했다.

"아마 자고 있을걸? 너 오기 직전에 자러 간다고 올라갔거든."

"그래요?"

"보니까 항상 일찍 자고 일찍 일어나는 것 같아. 아가씨가 부지런해."

윤 여사는 옥탑방 여자에 대한 인상이 좋은지 연신 떠들어댔다.

"오늘 같은 날 데이트 안 하냐고 물었더니 남자 친구가 말일 날 제일 바쁘대. 자긴 술도 잘 못 마시고 별로 안 좋아해서 일찍 들어왔다고."

윤 여사의 말을 들으며 승재는 조용히 차를 마셨다. 문득 그런 생각이 들었다. 자신이 너무 이미지만 보고 사람을 판단한 게 아닐까 하는.

그가 제일 싫어하는 게 눈에 보이는 조건이나 환경 따위로 사람을 단정 짓는 일인데. 그러고 보니 괜히 옥탑방 여자에게 미안해지는 기분이다.

승재가 차를 다 마시고 자리에서 일어났다.

"그만 갈게요."

"벌써?"

"아직 못 한 일이 있어요."

그 말에 윤 여사가 못마땅한 얼굴을 했다.

"일벌레."

"아시잖아요. 마무리 못하면 찝찝해하는 거."

일에만 매달리는 아들을 윤 여사는 늘 안타까워했다. 인생을 무슨 낙으로 사는 걸까 싶기도 했다. 이제 그만 좋은 여자 만나서 가정도 꾸리고, 아이도 낳고, 조금은 평이하게 살았으면 싶은데……

하지만 그런 아들이 안쓰러운 만큼 윤 여사는 그가 하는 일에 크게 관여하거나 잔소리하지 않았다. 어려서부터 워낙 혼자 알아서 하는 게 익숙한 아들이었다.

윤 여사가 승재의 외투를 툭툭 털어주었다.

"너, 내일이면 삼십 중반이야. 무리하지 마."

"아직 한창인 아들한테 무슨 말씀이세요."

승재가 픽 웃음을 터트렸다.

"아침마다 운동 꾸준히 다녀요. 걱정하지 마세요."

늘 그렇듯 대화의 마무리는 '걱정하지 마세요'로 끝났다. 승재는 문을 닫고 나오면서 옥탑방을 올려다보았다. 가지고 있던 편견을 놓고 보니, 불 꺼진 방이 새삼 다르게 보였다.

잠시 옥탑방을 바라보고 있던 그가 서둘러 걸음을 옮겼다. 아주 간만에 맑게 갠 밤하늘이었다.

시작된 새해는 여느 때와 마찬가지로 매우 바빴다. 회사 신년회에 봄에 있을 인사개편까지 쉴 새 없이 일이 밀려들었다. 광남제약은 어김없이 작년 매출 1위를 지켰고, 승재는 올해도 우수사원상을 받았다. 3년 연속이었다.

하지만 승재의 공이 이사진들에겐 그다지 반가운 일만은 아니었다. 나이도 젊은데 능력까지 출중하면 언제든 견제의 대상이 될 수밖에 없는 것이 이 바닥 생리였다.

게다가 포진되어 있는 이사진들이 죄다 임원진들의 인맥으로 이루어져 있다는 게 제일 큰 걸림돌이었다.

해서 승재는 슬슬 다른 곳에 둥지를 틀어야 할 때가 왔다고 생각했다. 그렇지 않아도 여기저기에서 승재를 스카우트하려는 움직임이 보였다. 좀 더 기다려보면 마음에 드는 곳이 분명 있을 터였다.

이래저래 일에 치이다 보니 어느덧 3월. 이른 곳은 벌써 봄꽃이 봉오리를 싹 틔우고 있을 때였다.

작년을 마지막으로 또 몇 개월간 집에 한 번도 들르지 못했다. 오늘 그는 작정을 하고 주말 낮에 집을 찾았다.

바쁘다는 핑계로 새해에 한 번도 못 뵈었으니 모시고 외식이라도 나가야지 싶었다. 날이 좀 풀렸다고 만복이는 마당에 나와 있었다.

멍멍멍!

머리 한 번 쓰다듬어주는 게 고작인데 녀석은 그를 볼 때마다 격하게 반겨주었다.

"왔니?"

윤 여사가 현관문을 열고 웃는 얼굴을 내밀었다.

"오늘은 무슨 바람이 불었어? 주말에 다 오고. 그것도 낮에."

뽀로통한 말투였지만 승재는 그것이 '척'이라는 것을 알고 있었다. 아들이 자주 오지 않아도 군소리 한 번 않는 분이셨다. 하나뿐인 혈육이라고 애지중지하기보단 자유롭게 풀어놓고 키워주신 그런 분이다.

"오늘 점심은 나가서 먹어요."

그 말 한마디엔 그동안 찾아뵙지 못해 죄송하다는 뜻도 포함되어 있었다. 그런 아들의 마음을 알기에 윤 여사는 웃는 얼굴로 대답했다.

"피곤한 거 아니야? 어제도 야근했을 텐데."

"괜찮아요. 잠 많이 잤어요."

"그럼 사양 않고 비싼 거 먹는다?"

"그러세요."

슬쩍 미소 지은 승재가 옥탑방을 올려다보았다. 조용했다. 대신 펄럭이는 옷가지가 보였다. 옥상 빨랫줄에 빨래를 널어놓은 모양이었다. 승재의 눈길을 보고 윤 여사가 말했다.

"지나 씨는 오늘 집에 갔어. 집이 지방이거든."

"지나 씨요?"

"응, 옥탑방 아가씨 말이야. 이름이 최지나야."

최지나.

승재가 저도 모르게 이름을 곱씹는 사이, 윤 여사가 집 안으로 들어갔다.

"좀 기다려. 화장해야지."

"뭐하러요. 옷만 입으면 되지."

"애 좀 봐. 나이 들수록 어디 나가려면 찍어 발라야 해."

승재는 하는 수 없이 윤 여사를 따라 집으로 들어갔다. 아주 오랜만에 외출이라 그런지 윤 여사는 평소보다 들떠 보였다. 윤 여사가 승재를 돌아보며 말했다.

"오늘은 귀티 좀 난다."

이마 위로 살짝 흐트러진 머리와 안경을 쓰지 않은 깨끗한 얼굴. 말끔한 남방 위에 걸쳐 입은 붉은색 니트 티셔츠와 베이지색 면바지는 승재에게 무척이나 잘 어울렸다. 어디 내놔도 아깝지 않은 모습이었다.

"회사 갈 때도 그러고 다니면 좀 좋아? 요즘 말쑥한 양복도 많더만. 백화점도 들를까?"

"어머니 옷 사실 거면 들러요. 제 양복은 됐어요."

단호하게 거절한 승재가 소파 위에 앉았다. 팔짱을 낀 그가 조용히 집 안을 둘러봤다. 초등학교 졸업사진 옆에 못 보던 액자가 하나 걸려 있었다.

승재가 가까이 다가가서 그것을 보았다. 자수였다. 숲 속에 있는 아담한 집이 정겨운 풍경이었다.

승재의 눈이 가늘어졌다. 자수에 대해 아는 바가 없었지만 한 땀 한 땀 눈여겨보니 전문가의 손길 같았다.

"사신 거예요?"

"응? 뭐가?"

"이거 액자요."

"아아, 그거 지나 씨가 만들어준 거야."

"옥탑방 여자가요?"

"응. 예쁘지? 재주도 좋아. 자수 놓는 거 취미래."

취미가 참, 뜻밖이다. 액자를 한참 바라보고 있던 승재가 시선을 돌리다가 멈칫했다. 이번엔 장식장 위에 꽃이 보였다. 승재가 걸음을 옮겨 그것을 살펴보았다.

초록색 플로랄폼에 여러 종류의 장미를 원형으로 촘촘히 꽂아 놓은 것이었다. 그 모양이 조금은 들쭉날쭉했지만 색깔이 워낙 화려해서 꽤 봐줄 만했다.

"어머니 문화센터 다니세요?"

"응?"

안방에서 화장을 하고 있던 윤 여사가 고개를 빼꼼 내밀었다. 승재가 꽃을 가리켰다.

"이거요."

"아니, 내가 아니라 지나 씨가. 이번 달부터 꽃꽂이 수강하는데 잘된 거라고 하나 준 거야."

자수에 이어 꽃꽂이라니. 생활이 참 아기자기한 그런 여자인가 보다.

문득 집 안을 둘러보니 자수 액자 하나와 꽃이 있는 것만으로도 단출한 거실이 확 사는 기분이었다. 게다가 풍기는 꽃냄새도 제법 좋고.

승재는 걸음을 옮겨 거실 창가에 섰다. 밖을 보니 아까까지 맑았던 하늘이 금세 꾸물거리고 있었다. 비가 오겠다고 생각한 찰나, 정말로 하늘에서 빗방울이 툭 하고 떨어졌다.

순간 승재는 옥상에서 얼핏 보았던 빨래가 생각났다. 그가 신발을 껴 신고 옥상으로 올라갔다. 아니나 다를까. 팬티며 브라며 갖가지 옷들이 널려 있었다.

아마 오늘 날씨가 쨍쨍할 줄 알고 널어놓고 간 듯 보였다. 승재는 주저하지 않고 얼른 옷을 걷었다. 양팔 가득 옷을 가지고 돌아오자 나갈 채비가 끝낸 윤 여사가 방에서 나오고 있었다.

"그게 뭐야?"

"밖에 비 와요. 이건 옥탑방…… 아니, 최지나 씨 빨래요. 오면 전해주세요."

"그래? 잘했네. 지나 씨가 고마워하겠다."

윤 여사는 들고 있던 가방을 내려놓고 거실 한쪽에 있던 건조대를 펼쳤다.

"이왕 주는 거 말려서 주면 더 좋잖아."

윤 여사가 작게 콧노래를 부르며 건조대에 빨래를 널어주었다. 그 모습을 물끄러미 지켜보던 승재가 물었다.

"좋으세요?"

"응?"

"최지나 씨요."

사실 그동안 많은 세입자가 저 옥탑방을 스쳐 갔지만 어머니가 이렇게까지 호의적인 건 한 번도 본 적이 없었다. 윤 여사는 따뜻한 얼굴로 대답했다.

"사실 사람이라는 게 마음을 베풀었을 때 그걸 알아주면 신 나고 기분 좋잖아. 지나 씨가 그걸 잘해. 살갑고 친절하고. 말 걸면 대답도 잘해주고. 작은 거 하나를 받아도 너무 고마워하고 좋아해."

어머니의 얼굴은 즐거워 보였다. 절친한 말동무라도 생긴 모습이었다. 하긴, 크진 않아도 이 오래된 주택에 아들까지 독립을 했으니 외로움이 적지 않았을 것이다. 그나마 그 아들이 자주 찾아오지도 않는다면 더더욱.

문득 옥탑방 최지나 씨한테 고맙다는 생각이 들었다. 그러면서 그는 건조대에 널린 팬티와 브라를 보며 생각했다.

속옷 취향도 수수하군.

그리고 그날 저녁, 8시쯤이었다. 오늘은 자고 가기로 작정한 터라, 승재는 거실에서 오랜만에 뉴스를 시청하고 있었다. 그 옆에서 윤 여사는 한가롭게 차를 마시며 행복한 얼굴을 하고 있었다.

이런저런 이야기를 간간이 주고받는데 대문이 열리는 소리가 들렸다. 찻잔을 내려놓은 윤 여사가 자리에서 벌떡 일어났다.

"지나 씨 왔나 보다!"

윤 여사가 얼른 낮에 말려놓았던 빨래를 들고 밖으로 나갔다. 승재는 소파에 앉은 채로 고개만 돌려 밖을 내다봤다.

현관 조명등이 켜지자, 그녀의 모습이 더욱 잘 보였다. 그녀는 두 손에 무언가를 잔뜩 들고 있었다. 그녀가 오자마자 집은 소란스러워졌다.

"지나 씨 왔어? 하루 자고 오지, 왜."

"그러려고 했는데 내일 오면 차가 너무 밀릴 것 같아서요."

"부모님이 서운해하셨겠어."

"네, 특히 엄마가요."

"낮에 비 왔었어."

윤 여사가 마른 빨래 더미를 내밀자 그녀의 눈이 휘둥그레졌다.

"걷어서 말려주신 거예요?"

"걷은 건 우리 아들이, 말린 건 내가."

"아드님 와 계세요?"

순간 그녀의 시선이 집 쪽으로 향했다. 승재는 저도 모르게 홱
고개를 돌리고 말았다. 그러다 다시 스윽 그녀를 바라봤다.

"너무 감사해요, 아주머니. 안 그래도 친구가 서울에 비 온다고
그러더라고요. 빨래 널고 온 게 생각나서 찜찜했는데……. 진짜
감사합니다."

그녀가 꾸벅 인사했다.

"올라가. 빨래는 내가 들어줄게."

"안 그러셔도 되는데."

"올라가 빨리. 지나 씨 짐 많잖아."

두 사람은 끊임없이 재잘대며 시야에서 사라졌다. 승재는 저도
모르게 목을 빼고 계단 쪽을 바라봤다.

잠시 후, 돌아온 윤 여사가 무언가를 가지고 왔다. 승재가 그것
을 받았다.

"뭐예요?"

"지나 씨가 줬어. 부모님이 농사하시나 봐."

쇼핑백을 열어 보니 갖가지 나물거리들과 빨간 딸기가 담겨 있
었다.

"그리고 이건 돼지감자즙인데, 부모님이 직접 하신 거라고. 너
랑 같이 먹으래. 몸에 좋대. 내일 좀 가져가."

참 인심 좋게도 온갖 것을 다 담아주었다.

"뭐라도 사줘야 되는 거 아니에요?"

"내일 어디 안 나간다고 하길래 내려와서 밥 한 끼 먹으라고 했어. 같이 먹을래?"

"아니에요. 전 내일 일찍 가봐야죠."

"그래, 그럼."

들고 온 것들을 그들은 함께 정리했다. 유기농 식재료를 얻은 윤 여사는 연신 싱글벙글이었다. 그 모습에 승재는 픽, 웃고 말았다.

다음 날. 그는 비몽사몽인 윤 여사에게 인사를 하고 이른 아침 집을 나섰다. 대문을 나서서 차에 오르기 전, 그는 습관처럼 옥탑방 쪽을 쳐다봤다.

옥상 위를 왔다 갔다 하는 실루엣이 보였다. 그녀였다. 일찍 자고 일찍 일어나는 게 사실인지, 일요일 아침 8시밖에 안 된 시간에 그녀는 빨래를 널고 있었다. 문득 어제 보았던 웃는 얼굴이 떠올랐다. 가식 없는 웃음이 상당히 예뻤었다. 승재는 조용히 미소 지으며 천천히 차에 올랐다.

아침 공기가 제법 쌀쌀했지만 물씬 봄이 다가온 기분이었다.

후로 승재는 집에 들를 때마다 윤 여사를 통해 그녀에 대해 하나하나 알게 되었다. 그녀가 이사를 온 후로 집에는 그녀가 남긴 흔적들이 하나씩 늘어갔다.

"이건 뭐예요?"

승재의 질문에 윤 여사가 뒤를 돌아봤다.

"아아. 그거? 지나 씨가 빌려준 거."

얼굴을 한 번도 제대로 맞닥뜨리지 않았지만 이제 그녀의 이름은 그에게도 상당히 익숙했다. 승재는 낡은 DVD를 살펴봤다.

"옛날 영화잖아요."

"응, 지나 씨가 고전영화 광팬이래. 보고 싶은 거 있으면 말하라고. 몇 개 빌렸어. 재밌더라."

참 알면 알수록 새롭다. 생긴 건 섹시한데 취미는 올드하다. 아니, 좋은 말로 하자면 클래식한 거지.

승재는 책장에서 몇 장의 DVD를 모두 낱낱이 살펴보았다. 영화를 보는 건 취미에 없었지만 문득 호기심이 생겼다.

몇 개 구입해볼까?

DVD를 제자리에 꽂아둔 그가 슬그머니 밖을 내다봤다. 오늘은 칼퇴근을 하고 저녁 일찍 집에 왔다. 해서 아직 7시 반밖에 되지 않았다.

아직 퇴근 전인가?

불쑥 궁금해진다.

"최지나 씨는 보통 몇 시에 퇴근해요?"

그저 날씨 얘기를 묻듯 대수롭지 않게 물었다.

"그러고 보니 올 시간이 지났네? 약속 없으면 늘 7시쯤 오는데. 오늘은 데이트라도 있나?"

데이트?

순간 한쪽 눈썹이 꿈틀했다. 잠시 잊고 있었는데 생각해보니 그녀에겐 애인이 있었다. 그것도 샌님처럼 아주 멀끔하게 생긴 바람둥이 같은 녀석이.

갑자기 기분이 좋지 않았다.

"승재야, 밥 먹자."

"네."

대답은 했지만 그는 창가에서 떨어지지 않고 한참 동안 대문을 노려보았다. 8시가 되어도 그녀는 오지 않았고 9시가 되어도 그녀는 오지 않았다.

시간이 흐를수록 승재의 기분은 더욱 바닥을 쳤다. 모를 일이었다. 처음 겪는 감정이었다. 당황스럽고 난감하다. 그녀의 퇴근 시간이 늦는 게 자신과 무슨 상관이라고.

시간이 10시에 가까워질 무렵, 그는 집을 나왔다. 차에 오른 그가 시동을 켠 채 우두커니 정면을 보았다. 골목 끝을 뚫어지게 바라보았지만 올라오는 사람은 아무도 없었다.

내가 지금 뭐 하는 거야.

헛웃음을 터뜨린 그는 빠르게 차를 몰아 골목을 벗어났다.

그로부터 정확히 2주 후, 작은 소동이 벌어졌다. 만복이가 집을 나간 것이다. 때는 바야흐로 꽃이 흐드러지게 핀 5월로 개들에게도 발정기가 찾아왔다.

평소에 대문을 꼭꼭 걸어 잠그는 윤 여사가 그날따라 깜빡한 것이다. 그 틈을 타 만복이는 집을 나가버리고 말았다.

—어떡해, 승재야! 우리 만복이 어쩌면 좋니.

여느 때와 마찬가지로 야근을 하는 중에 걸려온 어머니의 전화였다. 아마도 집을 나간 지는 몇 시간 된 것 같은데 일하는 아들에게 누가 될까 봐 참다참다 전화를 한 모양이었다.

어머니의 목소리가 하도 절절해서 승재는 하던 일을 덮었다. 오늘 해두면 좋았지만 그렇다고 급한 일도 아니었다.

승재는 그길로 본가로 향했다. 만복이는 그가 독립을 한 후 어머니가 이웃에게 얻어 온 개였다. 그가 없는 자리를 녀석이 어느 정도 채워주었기 때문에, 윤 여사에게 만복이는 이제 가족이나 다름없었다.

승재는 자신이 가면 늘 반갑게 꼬리를 치던 녀석이 떠올랐다. 평소에 크게 예뻐한 적은 없었지만 녀석이 없어졌다는 소리를 들으니 마음이 무거웠다.

승재는 차를 주차하자마자 만복이부터 찾았다. 그는 골목 여기저기를 다니며 어둑해진 길가를 구석구석 살폈다. 그때였다. 저 멀리서 커다란 목소리가 들렸다.

"만복아!"

승재가 골목 어귀를 바라봤다. 그녀였다. 그녀가 목이 터져라 만복이를 부르며 달려오고 있었다.

"만복아! 어딨니!"

그녀는 트레이닝복에 카디건을 걸친 차림이었다. 집에 있다가 만복이가 없어진 소식을 들은 모양이었다.

"만복아!"

그가 서 있는 곳을 그녀가 스치듯 지나쳤다. 얼핏 본 그녀의 표정은 절박했다. 금방이라도 울음을 터뜨릴 것처럼.

그길로 승재는 다시 본가로 돌아왔다. 그리고 인근에 있는 동물 병원 연락처를 죄다 검색했다.

"예. 눈이 땡그랗고 복슬거리는 하얀 털이요. 관절 수술한 적이 있어서 왼쪽 다리에 수술 자국이 있고요."

전화를 하고 있다 보니 녀석의 까만 눈이 자꾸만 떠오른다. 마음이 조급해지기 시작했다. 오늘 녀석을 찾지 못하면 영영 못 찾을 것만 같았다.

그제야 승재는 자신이 그 자그마한 털 뭉치 녀석을 꽤나 좋아했다는 것을 깨달았다.

윤 여사가 거실을 맴돌며 불안해했다. 이미 윤 여사도 동네를 몇 바퀴 돌고 온 참이었다.

"어떡해. 우리 만복이 어떡해."

그때였다.

"아줌마!"

밖에서 반가운 목소리가 들렸다. 윤 여사가 튕기듯 밖으로 나갔다. 승재도 자리에서 벌떡 일어났다. 창을 통해 밖을 보니 대문을 막 들어서는 그녀가 보였다. 그리고 그녀의 품에는 하얀 털 뭉치 만복이가 안겨 있었다.

"만복아!"

윤 여사가 만복이를 끌어안았다.

"어디 갔었어! 이 녀석! 집에 있어야지!"

꼬질꼬질한 녀석을 안고 윤 여사가 눈물을 터트렸다.

"지나 씨, 정말 고마워! 고마워!"

감격해하는 윤 여사를 보며 그녀가 작게 미소 지었다.

"세 정거장 떨어진 동물병원에서 보호하고 있더라고요. 누가 주인 잃어버린 개인 줄 알고 거기에 놓고 갔……."

말을 하던 그녀의 얼굴이 갑자기 일그러졌다.

"정말 다행……."

그러더니 이내 울음을 터뜨리고 말았다.

"만복아…… 으엉."

승재가 전화를 하는 동안, 그녀는 직접 병원을 찾아다닌 모양이었다. 참 대단하다 싶었다. 주인도 아니면서, 그것도 남의 집 개를……. 그로서는 상상도 할 수 없는 일이었다.

승재는 우두커니 서서 울고 있는 그녀를 바라보았다. 그가 창문 너머로 보이는 그녀에게 손을 뻗었다.

쿵, 쿵, 쿵, 쿵.

이상했다. 심장이 미친 듯이 두근거렸다. 순간 짜릿한 통증이 그의 가슴을 관통했다. 점점 더 격렬하게 뛰는 심장 때문에 그는 잠시 숨을 멈췄다.

낯설고도 생소한 감각.

뭐야, 이거.

지금 이 상황은 드라마나 영화에서나 나올 법한 일이었다.

남자주인공이 여자주인공한테 완전 넋이 빠져버리는…….

도무지 말이 안 된다고 생각했다. 직접 마주친 적도, 인사 한번 해본 적도 없는 그런 여자였다. 그런데 어떻게……!

그가 떨리는 시선으로 다시 그녀를 바라봤다. 입을 쩍 벌리고 우는 모습이 왜 이렇게 사랑스럽지?

아아, 어디선가 읽었다. 사랑에 빠지는 시간은 0.2초. 그걸 알아채는 시간은 약 50초라고. 그건 분명 머리로는 이해할 수 없는 감정 최고의 영역일 것이다.

"최지나 씨."

이내 흔들리던 그의 눈빛이 차분해졌다.

"나, 당신한테 반해버렸어."

그는 자신이 느끼고 있는 이 감정들을 논리로 생각하는 것을 포기해버렸다. 그러자 남는 건, 예고된 '짝사랑'의 시작이었다.

남자들에겐 평생 기억에 남는 여자가 2명 있다는데, 그중 하나가 첫사랑이었고 또 하나는 하고 싶었는데 못 해본 여자란다. 물론 우스갯소리로 떠도는 말이었지만 보통 남자들에겐 흔히 있을 법한 일이었다.

하지만 그는 달랐다. 그는 살면서 단 한 번도 이성에게 호감을 가져본 적이 없었다. 해서 여자를 보고 예쁘다는 생각도, 성욕을 느낀 적도 없었다.

그런 그에게 첫사랑은 곧 끝사랑. 연애와 결혼은 같은 의미였다.

그날 이후, 그의 심장은 고장이라도 난 것처럼 시도 때도 없이 뛰어댔다. 그뿐만이 아니었다. 뜬금없는 발기도 이어졌다. 평소엔 잠잠하던 녀석이 그녀의 얼굴만 떠올려도 영락없이 불끈거렸다. 특히 그 증상은 잠들기 직전에 심해졌다.

그는 애써 태연하려 했다. 하지만 자신에게 일어나고 있는 정신적 육체적 반응들이 적지 않게 당황스러웠다. 누구도 들어온 적이 없던 청정지역은, 단 한 번의 침입만으로도 붉게 물들어버리고 말았다.

"후우……."

어둠 속, 주차된 차 안에서 그는 깊은 한숨을 내쉬었다.

8월의 중순. 여름의 절정.

연일 이어진 열대야처럼 그의 마음도 새까맣게 타들어가고 있었다. 이미 사직서는 처리되었고 스카우트 제의는 물꼬를 텄다. 하지만 그는 쉽게 노선을 정할 수가 없었다.

이유는 모든 신경이 '최지나'한테 가 있기 때문이었다. 이런 적은 처음이었다. 일 말고 다른 것에 정신을 쏟다니.

그는 고민했다. 아니, 정확히 말하자면 고민이라기보다는 연구였다.

이 여자를 어떻게 하면 내가 가질 수 있을까.

애인이 있는 여자였다. 그런 여자를 내가 가질 수 있는 방법. 뭐가 있을까. 다른 남자한테 마음이 있는 여자를 내 걸로 만드는 방법이. 어떻게 다가가고 어떻게 접근해야 거부감 없이 차지할 수 있을까.

요 몇 달간 그의 머릿속을 지배한 생각들이었다.

그가 날카로운 눈으로 남색 대문을 노려보고 있을 때였다. 멀리서 다가오는 검은 실루엣이 보였다. 그녀였다. 승재가 재빨리 맹꽁이 안경을 추켜올렸다.

그녀 뒤로 누군가가 쫓아오고 있었다. 그 자식이었다. 겉만 번지르르한 날라리 같은 자식. 그러고 보니 그녀는 참 남자 보는 눈이 없는 것 같았다.

심상치 않은 분위기에 승재는 가는 눈을 치떴다. 싸운 모양이었다. 도착한 대문 앞에서 녀석이 그녀를 돌려세웠다.

"놔!"

"최지나!"

그녀는 잔뜩 화가 나 있었다. 그녀가 녀석의 손을 뿌리쳤다.

"왜 만날 그 소리야?"

"뭐가 만날 그 소리야."

"요즘 만날 때마다 그 말만 하잖아!"

"내가 언제."

"오늘도 안 그랬어? 어린애가 사탕 달라고 조르는 것도 아니고!"

그 말에 녀석도 발끈하기 시작했다.

"너 말이 좀 심하다? 내가 못 할 말 했어? 같이 좀 자자는데, 자고 싶다는데, 사귀는 사이끼리 그런 말도 못 해?"

"한두 번이 아니잖아. 자기 언제부턴가 계속 그 말만 하잖아."

"안 하는 게 이상한 거 아니야? 우리 사귄 지 반년도 넘었어."

"기간이 왜 중요해? 언제는 기다려줄 수 있다며. 내가 마음을 여는 게 제일 중요하다며!"

"그래서 언제 되는 건데?"

"뭐?"

"일부러 튕기는 거 알겠는데 그것도 지나치면 매력 없어."

"……무슨 말이야? 일부러?"

"다 해줬잖아. 네가 좋아하는 대로 맞춰주고 봉사해줬으면 너도 뭔가 있어야 되는 거 아니야?"

"장동민!"

"아니면 내가 우스워? 적당히 데이트메이트로 때우다 말 수 있는 그런 놈으로 보여?"

"너…… 그거 때문에 나 만났니?"

"그럼 내가 널 왜 만났을까? 너랑은 그냥 엔조이로……."

짜악!

소름 끼치는 소리가 어둠을 갈랐다. 그녀가 입술을 깨물며 부들거리고 있었다. 녀석이 돌아간 얼굴을 바로 하며 엄지로 입가를 훔쳤다. 상냥함으로 위장하고 있던 녀석의 얼굴은 싸늘하게 굳어 있었다.

"네가 이렇게 꽉 막힌 애였으면 시작도 안 했어. 그만하자. 더 이상은 시간 아까우니까."

끝이었다. 녀석은 그대로 돌아서버렸다. 멀어지는 녀석의 뒷모습을 보며 그녀는 꼼짝하지 않았다. 끝내 뒤 한 번 돌아보지 않는 녀석은 냉정했다. 크게 한 번 들썩이던 그녀의 어깨가 가늘게 떨리기 시작했다.

그 모습을 지켜보는 승재의 주먹 쥔 손에 힘이 들어갔다. 그녀가 당한 일에 분노가 치솟았지만 마음 한편으론 잘됐다는 생각이 들었다.

또한 이건 운명이란 생각이 들었다. 기가 막힌 타이밍에 헤어져 주다니. 저 여자는 분명, 제 여자가 틀림없다. 백승재의 것이 될 수밖에 없는 여자.

그녀가 대문을 열고 들어갔다. 그녀가 계단 끝으로 사라질 즈음, 그가 차 안에서 나왔다. 그가 조용히 문을 열고 들어가 옥탑으로 올라갔다.

"어어어엉."

문 앞에 서자, 그녀의 커다란 울음소리가 들렸다. 가슴이 아팠다. 시큰거리고 아려왔다. 하지만 그럴수록 그녀가 더, 더 상처받길 원했다. 그래서 그 개 같은 자식이 마음에서 깨끗하게 사라지길.

그놈은 당신 짝이 아니야.

그가 입술을 굳게 다물며 아래층으로 내려갔다.

밤 10시가 넘어서 찾아온 아들을 보고 윤 여사가 깜짝 놀란 표정을 지었다.

"승재야, 이 시간에 웬일이야."

윤 여사의 얼굴에 근심이 떠올랐다.

"무슨 일 있어?"

"아니요."

"그럼?"

승재가 잠시 말없이 윤 여사를 바라봤다.

"어머니."

"응."

"최지나 씨 어때요?"

"지나 씨? 지나 씨는 왜?"

"며느리로요."

그 말에 윤 여사의 두 눈이 커다래졌다. 차분한 아들의 얼굴을 보며 윤 여사의 눈빛도 곧 잠잠해졌다.

"지나 씨, 남자 친구 있어."

"헤어졌어요."

"뭐?"

"방금 전에. 들어오다 봤어요."

윤 여사가 잠자코 있더니 조용히 입을 열었다.

"자신 있니?"

"당연하죠."

살면서 처음으로 여자 얘기를 꺼내는 아들을 만류할 필요 따윈 없었다. 아니, 오히려 반가웠다. 목석같은 아들이 평생을 짝도 없이 지낼까 봐 얼마나 노심초사했던가. 미혼모의 자식이라는 딱지가 여자를 만나는데 트라우마로 작용한 건 아닌지 내심 걱정도 했었다.

그런데 최지나 씨라니. 마음에 쏙 들었다. 늘 보면서 저런 싹싹하고 다정한 아이가 며느리가 되면 얼마나 좋을까, 내심 바라고 아쉬워했더랬다.

"그저께 들으니까 지나 씨 다니는 회사가 삼화제약이래."

"삼화제약이요?"

"응."

"영업부에 속해 있는 경리팀이라던데?"

윤 여사는 들은 정보를 털어놨다. 승재의 두 눈이 가늘어졌다.

"저에 대해 따로 얘기하신 건 없죠?"

"없어."

"말씀하지 말아주세요."

윤 여사가 고개를 끄덕였다. 창가 앞에 선 승재가 턱을 매만지며 무언가를 생각했다.

높은 연봉에, 파격적인 직책. 보수적이지만 그만큼 한번 신임을 얻으면 끝까지 밀어준다. 물론 외국계 회사보다 복리후생이 딸리는 게 흠이라면 흠이지만.

승재가 딱, 손가락을 튕겼다. 더 고민할 필요가 없었다. 최지나란 여자가 자신의 노선까지 확실하게 정리해주었다.

"삼화제약으로 가야겠어요."

윤 여사를 돌아보는 승재의 입가로 미소가 번졌다.

1장. 꿀 바른 내 여자

이른 아침. 그는 거울에 비친 자신을 보며 만족스러운 표정을 지었다. 스프레이로 딱딱하게 굳힌 이대팔 머리는 머리카락 한 올 튀어나온 곳 없이 완벽했다.

게다가 입사 선물로 회장님에게 받은 값비싼 감색 양복 또한 여전히 한 치수 크게 맞추어 품과 어깨가 남아돌았다. 편했다. 하루 종일 걷고, 뛰고, 굴러도 문제가 없을 만큼.

그는 올해 말까지 이 양복을 자주 입어줄 계획이었다. 볼 때마다 회장이 흐뭇한 미소를 짓게 말이다. 처세술이라는 게 별거 있나. 그런 건 꼭 값싸게 입을 털지 않아도 가능했다. 무엇보다 실적으로 보여주면 될 일.

옷매무새를 다시 한 번 살핀 그가 마지막으로 안경을 썼다. 알이 두꺼운 맹꽁이 안경은 그의 기다란 눈매를 3분의 2가량으로 줄

어들게 하는 착시 효과를 발휘했다.

됐다. 부족함이 없어.

가면과 전투복장을 완전히 갖춘 그가 집을 나섰다. 오늘따라 얼굴에 닿는 바람이 산뜻했다. 상쾌한 새벽 공기를 마시며 그가 미소 지었다. 발걸음이 가벼웠다.

9월 1일. 그는 오늘부로 삼화제약에 출근한다.

그리고 늘 그렇듯 그는 한 시간 일찍 회사에 도착했다. 첫 출근이라고 예외는 없었다. 정각 8시에 그는 사무실 문을 열었다. 순간 그가 멈칫했다.

아무도 없을 거라고 예상했는데 음악 소리가 들렸다. 정확하게는 라디오 소리였다. 승재가 조용히 걸음을 옮겼다. 기둥 옆으로 무언가 실룩이는 게 보였다. 그녀의 엉덩이였다.

그녀가 흘러나오는 옛날 가요에 맞추어 엉덩이를 흔들고 있었다. 한 손엔 커피를 쥔 채.

승재는 깜짝 놀랐다. 형편없는 그녀의 율동은 둘째 치고 저 요염한 엉덩이가 때문이었다. H라인의 유니폼 치마가 덩실거리는 그녀의 애플힙을 적나라하게 드러내고 있었다. 저 핵폭탄급 섹시를 누가 볼까 무서웠다.

급한 대로 옆에 세워져 있던 화이트보드 판을 두드렸다.

탕탕탕!

"엄마야!"

뒤를 돌아본 그녀가 소스라치게 놀라며 급하게 라디오를 껐다. 사무실은 금세 적막해졌다. 그녀가 휘둥그레진 눈으로 그를 바라봤다.

뚜벅. 뚜벅.

그가 천천히 걸음을 옮겨 그녀에게 다가갔다. 드디어 그녀를 제대로 대면하는 첫날이었다. 그녀가 가까워질수록 심장이 미친 듯이 뛰었다. 순간, 흔해빠진 멜로디가 환청처럼 들려왔다.

'You! Are! My! Destiny~'

우뚝.

그녀 앞에 멈춰선 그는 마른침을 삼키고 말았다.

맙소사. 밝은 LED빛 아래에서 본 그녀는 옅은 초콜릿빛 피부를 가지고 있었다.

마치…… 꿀을 바른 것처럼.

게다가 갈색 웨이브 머리에 갸름한 얼굴. 고양이처럼 관능적인 눈매와 그 아래 찍힌 작은 점 하나. 오똑한 콧날과 분홍립스틱을 바른 탐스러운 입술은 눈앞이 아찔할 정도였다.

순간 모든 피가 쏠려 코끝으로 터질 것만 같았다.

안 돼. 정신 차려!

굳은 얼굴로 서 있는 승재가 이상했는지 그녀가 조심스럽게 입을 열었다.

"누구……."

"처음 뵙겠습니다. 오늘부로 서울영업팀 총괄을 지휘하게 된 백승재 본부장입니다."

"아!"

그녀가 얼른 인사했다.

"안녕하세요, 본부장님. 처음 뵙겠습니다. 경리담당 최지나 주임입니다."

"그래요, 최지나 주임. 잘 부탁해요."

그가 손을 내밀었다.

찌릿.

그녀가 손을 맞잡은 순간 전율이 올랐다. 마치 전기가 통한 것처럼.

악수한 손을 딱 두 번 흔든 그는 재빨리 그녀의 손을 놓아버렸다.

"본부장님 방은 여깁니다."

지나가 그를 안내했다.

"고마워요."

"탕비실은 저기고요, 화장실은 나가시면 왼쪽이에요. 직원들은 보통 8시 45분이나 50분쯤이면 출근 완료합니다."

큰일이었다. 눈앞에서 종알대는 저 생기발랄한 얼굴을 보고 있자니 그녀를 향한 마음이 더 크게 확장되는 기분이었다.

하지만 요동치는 마음과 달리 그의 포커페이스는 무너지지 않았다.

"최 주임은 늘 이 시간에 출근해요?"

"네, 저는 7시 반쯤이요."

나와 같은 아침형 인간. 진짜 좋다.

그가 본부장실로 들어가기 전 그녀를 돌아봤다.

"참, 최지나 주임."

"네, 본부장님."

"라디오 듣는 건 좋은데, 율동은 하지 말아요."

"아."

그녀의 눈이 동그래졌다. 그러더니 이내 축 처졌다.

"……네."

부끄러워서 어쩔 줄 모르는 모습이 제대로 귀여웠다.

쿵.

본부장실에 들어온 승재가 잠시 문에 기대어 섰다. 픽, 웃음이 흘러나왔다. 온몸에 엔도르핀이 도는 기분이었다. 서른넷 동안 한 번도 가동되지 않았던 레이더망은 그녀를 첫 타깃이자 마지막 타깃으로 지목했다.

앞으로의 회사 생활이 무척이나 즐거울 것 같았다.

입사한 지 3개월째. 역시 이곳에서도 그를 좋아하는 직원들은 없었다. 시대를 거스른 촌스러운 패션은 여직원들의 비웃음을 샀고, 하나부터 열까지 잔소리 일색에 부서 남직원들은 학을 떼고 말았다.

게다가 임원들만 보면 90도로 인사를 하는 그의 모습에, 그는 단숨에 지문이 없는 아부 왕으로 등극했다.

윗사람을 보면 깍듯이 대하고 무조건 인사 예절을 지켜라. 그건 바깥 생활에서 어떠한 흠도 잡히지 않겠다는 그의 굳은 생활신조였다. 어느 누구의 입에서도 미혼모의 자식, 아비 없는 자식이라는 소리를 듣지 않겠다는 철저한 자기 관리.

어쨌든 그는 전 직장에서 쌓아왔던 경력과 실력을 유감없이 발휘했다. 직원들의 뒷담화를 살지언정 그에 대한 임원들의 신임도는 점점 높아만 갔다.

하지만 확실한 자리매김을 해놓는 동안, 정작 지나에게는 이렇다 할 만큼 효과적으로 접근하지 못하고 있었다.

사실 그는 사무실에서 지나를 보는 것만으로도 뿌듯하고 흐뭇했다. 그녀는 보면 볼수록, 알면 알수록 너무 예쁜 사람이었다.

말하는 것도 싹싹하지, 인사성도 바르지, 웃는 것도 잘하지. 물론 섹시한 외모도 좋았지만 무엇보다도 그가 제일 좋아하는 건 그런 외모와 상반되는 순수한 눈망울이었다.

그 사슴 같은 눈망울이 또렷한 이목구비와 쭉빵 몸매에 가려져서 안타까울 뿐. 하긴, 안타까워할 필요도 없었다. 오히려 자신에겐 행운이다. 누군가가 그녀의 진가를 알았다면 벌써 채가고도 남았을 테니까.

게다가 그녀는 은근히 챙김이 필요한 여자이기도 했다. 뭐랄까. 일은 잘하는데, 가끔 사소한 실수들이 종종 발견된다고나 할까?

하지만 그런 건 둘째 치고 종종 돌보아주어야 할 것들이 발견됐다. 예를 들면 요 며칠 갑자기 추워진 날씨 덕에 그녀가 발밑에 미니 히터를 켜두는데, 그건 심각한 안구건조증을 불러올 수 있었다.

실제로 근래 들어 그녀가 계속 뻑뻑한 눈을 문지르는 것을 자주 목격했다. 때마침 오늘 그는 아침에 그녀를 불러서 일을 핑계 삼아 그 얘기를 꺼냈다.

"최지나 주임."

"네?"

"발밑에 히터 꺼요."

"……네."

저 초롱초롱한 눈이 안구건조증이라니. 말도 안 됐다. 저 눈망울은 지켜져야만 했다.

그날 오후, 임원들과 점심을 먹고 올라오는데 누군가가 그를 불렀다.

"본부장님!"

장동민 팀장이었다. 안 그래도 무표정한 승재의 얼굴이 더욱 딱딱해졌다. 사실 모든 것이 만족스러웠지만 딱 하나 옥의 티가 있다면 바로 이 인간이다.

그녀의 전 남친.

그녀가 사내연애를 했었다는 것은 정말이지 뜻밖의 사실이었다. 그는 걱정이 되었다. 괜히 그녀가 이 녀석과의 쓰레기 같은 추억 때문에 사내연애에 대해 반감이라도 가지고 있을까 봐서. 조만간 자신과 해야 할 텐데 말이다.

아무튼 걸림돌인 만큼 녀석은 마음에 드는 구석이 하나도 없었다. 능력이 없다 할 순 없지만 그가 보기엔, 팀장 자리에 앉아 있을 수준은 아니었다.

"전 요새 본부장님 덕분에 회사 다닐 맛이 납니다. 매출도 팍팍 오르고 직원들 사기도 덩달아 오르고. 역시 모든 조직은 수장을 잘 만나야죠."

픽.

입꼬리가 올라갔다. 가소로워서. 하지만 녀석은 그게 먹혔다고 생각하는지 연신 입술에 침도 안 바르고 사탕발림을 계속했다.

그는 그 말들을 한 귀로 듣고 한 귀로 흘렸다. 아마 실력보다 높은 자리를 꿰찬 건 이 입 털어대는 능력 때문인가 보다. 하지만 그런 걸로 버티기엔 이 바닥이 그리 녹록지 않다는 것을 조만간 알게 될 것이었다.

그는 동민의 말에 대꾸를 하지 않았다. 이곳에서도 역시, 그는 일에 관련된 것을 빼고는 직원들과 말을 섞어본 적이 없었다. 불필요할 에너지 낭비라는 생각이 들었다.

점심시간이 끝나기 10분 전. 그는 지나의 자리가 비어 있는 걸 발견했다. 그녀의 단짝인 김소영 주임도 없었다. 그의 눈이 가늘어졌다.

그가 알기론 두 사람은 삼화제약 입사 동기로 6년을 함께해온 막역한 사이였다. 회사 안에선 실과 바늘처럼 움직이는 그들이 오늘은 한꺼번에 자리에 없었다.

어딜 간 거지?

그는 습관처럼 그녀를 찾았다. 그리고 옥상으로 향했다. 한 번씩 그들이 옥상 야외 휴게실에서 커피를 즐기는 게 떠오른 것이다. 추운 겨울, 그곳을 찾는 직원들은 거의 없었다.

해서 김소영 주임이 가끔 그곳에서 담배를 피운다는 것도 알고 있었다. 회사에서 지나와 관련된 모든 인간들은 백승재의 레이더망 안에 있었다.

비상계단을 통해 옥상을 올라간 승재가 입구에서 멈췄다. 도란 도란 이야기 소리가 들렸다. 무슨 말을 하는지 제대로 들리지 않아 결국 문턱을 넘고 말았다. 기둥 뒤로 얼핏 지나의 뒷모습이 보였다.

아니나 다를까, 김소영 주임은 담배를 물고 있었고, 자신의 지나는 난간에 기대어 커피를 마시고 있었다. 승재는 조용히 숨을 죽이며 그들의 이야기에 귀를 기울였다.

내 여자의 동태를 살펴야 한다. 이제 본격적으로 그녀에게 접근을 해야 할 때니까.

"소영아, 오늘 약속 있어?"

"아니, 왜?"

"나이트 가자고."

나이트?

그 말을 들은 승재의 미간이 좁아졌다.

웬 나이트? 물론 사내에서 들리는 소문에 의하면 그녀에 대한 평판이 가히 좋은 건 아니었다. 하지만 그건 일에 대한 게 아닌 사생활에 관련된 것들이었다.

뭐, 연애를 할 때는 양다리라느니, 술을 좋아한다느니, 어디 클럽을 자주 간다느니, 회사 남자 직원들에게 추파를 잘 던진다느니.

모르는 사람들이라면 믿겠지만 그는 아니었다. 그는 이미 그녀의 조신한 사생활을 눈으로 본 사람이었다.

그건 아마도 그녀의 극강 외모를 시기 질투하는 호박 같은 여직원들이 떠들어댄 헛소리가 분명했다. 원래 추측성 말들이 사실처럼 번져서 진실이 되어버리는 곳이 회사니까.

그녀가 나이트를 찾는 게 뜻밖인지 김소영 주임의 눈도 둥그레져 있었다.

"너 나이트 질색하잖아. 시끄럽다고."

"응. 근데 가보려고."

"어차피 춤도 안 출 거면서."

"춤은 됐고."

"그럼 뭐? 원나잇이라도 하게?"

"응. 까짓것, 한번 해보지, 뭐."

그 말을 들은 승재의 눈이 부릅떠졌다.

원나잇이라니…… 원나잇이라니!

처음으로 저 여자가 미쳤나란 생각이 들었다. 하지만 무슨 이유에서인지 그녀의 표정은 매우 진지했고 확고했다. 무슨 일이 있는 게 분명하다.

잠깐! 그런데 피우지도 못하는 담배는 또 왜 달라고 하는가.

그녀가 담배를 입에 물자 승재의 얼굴은 더욱 창백해졌다.

오늘은 왜 자꾸 안 하던 짓을 하는 거지? 커다란 심경의 변화라도 생긴 건가?

안 돼!

담배에 불이 붙는 순간, 승재가 한 걸음 나갔다. 그때, 그녀가 경기를 일으키듯 심하게 기침을 토했다.

"이런 걸…… 컥! 왜 피우는 거야! 크학!"

담배가 날아왔다. 그녀가 던진 담배가 포물선을 그리며 떨어지고 있었다. 승재는 반사적으로 튀어나가 그것을 가슴으로 받았다.

나이스 캐치.

그는 타들어가는 담배 끝이 옷에 흠집을 낼 때까지 기다렸다. 결과는 성공적이었다. 의도를 알 리 없는 그녀는 뜨악했지만 그는 침착하게 포커페이스를 유지했다. 그리고 생각했다.

그래, 최지나 씨. 원나잇이 해보고 싶으면 얼마든지 해. 단, 나하고만.

도망치듯 달아나는 그녀를 보며 그는 음흉한 미소를 지었다.

"입구에서 보면 왼쪽 스테이지 세 번째 테이블에 앉아 있는 여자. 기가 막히게 예쁘게 생긴."

"아! 원피스 입은 여자 분이요?"

승재가 엉뚱한 여자를 가리키는 젊은 웨이터를 노려보았다.

"그 여자가 어딜 봐서 기가 막히게 예쁘다는 겁니까? 잘 봐요. 폴라티에 스키니진. 물결치는 웨이브 머리에 벌꿀처럼 매혹적으로 생긴 저 여자 말입니다."

장황하게 설명을 덧붙이자, 그제야 웨이터가 지나를 쳐다봤다. 하지만 그는 곧 난감한 표정이 되었다.

저런 여자가 이런 촌티 나는 남자를 상대해줄까? 괜히 해주다간 욕만 바가지로 먹을 텐데.

웨이터는 애써 입꼬리를 올렸다.

"솔직히 저분은 어려울 것 같습니다. 벌써 여러 번 부킹하셨는데 전부 퇴짜 놓으셨거든요."

착.

반응을 짐작하고 있었기에 승재는 준비했던 돈을 꺼냈다. 웨이터의 눈이 달라졌다. 그가 주먹을 꼭 쥐며 파이팅을 다졌다.

"잠시만 기다리세요. 기필코 모셔오겠습니다."

호기롭게 나가는 웨이터를 보며 승재는 등을 기댔다. 그가 안경을 벗어서 양복 안주머니에 넣었다. 잠시 후, 문이 열리고 그녀가 들어왔다.

"좋은 시간 되십시오!"

승재에게 찡긋 눈인사를 건넨 웨이터가 문을 닫고 사라졌다. 싸늘한 침묵 후, 자신을 알아본 그녀의 표정은 역동적으로 변했다.

경악. 의아. 난감.

"잠깐 앉았다가 가요."

"아닙니다. 전 이제 막 나가려던 참이었거든요."

그녀가 도망이라도 칠세라 그가 얼른 말을 붙였다.

"밖에 남자라도 기다립니까?"

"네에?"

놀란 그녀가 손을 저었다.

"아니요! 그게 아니라……."

"그럼 앉아요. 서로 모르는 사이도 아닌데 어색할 거 없잖아요."

더 이상의 거절이 미안했는지 그녀가 적당히 거리를 두고 앉았다.

"술 잘해요? 주당으로 소문나 있던데."

"그냥 조금 하는 편이죠."

얼씨구, 이 여자가 오늘따라 왜 이렇게 허세를 부리실까.

그 모습이 귀엽기도 하고 기가 차기도 했다. 하지만 잘됐다. 어색한 분위기를 완화시키는 데 알코올만큼 좋은 건 없으니까.

그녀의 선명하던 눈빛이 약간 흐려졌다. 몸에서 열이 나는지 티셔츠 목 부분을 그녀가 살짝 잡아당겼다. 그 모습이 미치도록 에로틱했다.

아직은 아니야. 정신 차려.

"더워요?"

"네, 조금 덥네요."

취기가 도는 목소리는 귀를 녹여버릴 만큼 달콤했다.

이 여자는, 술 먹으면 안 돼.

이건 마치 눈이 마주치는 남자들마다 굴비처럼 엮일 태세였다. 순간 조바심이 올라왔다.

빨리 데리고 나가고 싶었다. 둘만 있는 곳으로.

사실 원나잇에 대한 얘기를 어떻게 꺼내야 할까 골똘히 생각도 해봤지만 답은 없었다. 그냥 무작정 밀고 나가는 수밖에.

그때, 일어나던 그녀가 휘청거렸다.

"……어!"

승재가 그녀의 등허리를 받쳤다. 심장이 두근대기 시작했다. 여자에게 면역이 없는 그의 육체는 그녀와 닿은 것만으로도 격한 반응을 보였다. 애써 뜨거운 숨을 누르자 더 굵고 낮은 목소리가 흘러나왔다.

"괜찮아요?"

"괘, 괜찮아요. 고맙습니다."

제 품에서 벗어나려는 그녀를 붙잡았다. 그녀가 놀란 눈으로 자신을 바라봤다. 그 눈빛을 바로 코앞에서 마주하는데, 그만 불쑥 숨길 수 없는 감정이 올라왔다.

"오늘 밤 나랑 있는 거 어때요."

이미 터진 마음이었다. 그러니 그냥 내버려두는 수밖에.

"계급장 다 떼고 남자 대 여자로 제안하는 겁니다."

더 이상 감출 재간도 없다.

"오늘 최지나 씨가 무척 매력적이니까."

자신의 제안에 그녀는 당황한 듯 보였다. 순진한 눈망울이 일순 혼란으로 가득했다.

선택은 그녀의 몫이었지만, NO라는 대답을 한다 해도 물러날 생각이 없었다. 그럴 거면 애초에 시작도 안 했다.

흔들리던 그녀의 눈빛이 조금씩 차분함을 되찾았다.

"좋아요, 나가요."

그리고 허락이 떨어지는 순간, 그녀를 향한 수컷으로서의 본능이 여지없이 깨어났다.

사실 그녀에겐 단순한 하룻밤일지 몰라도 오늘은 그에게 동정

남의 꼬리표를 떼는 역사적인 날이었다. 해서 그는 나이트 주변에 널려 있는 모텔에 가지 않았다. 좋아하는 여자하고의 첫날밤을 그런 곳에서 보내고 싶지 않았다.

게다가 모텔이라니. 가당키나 한 얘기인가. 이 여신 같은 여자를.

도착한 호텔 스위트룸은 적당히 엔틱하고 분위기가 좋았다. 야경을 보고 서 있었지만 눈에 하나도 들어오지 않았다. 아까부터 손바닥 안에서 식은땀만 계속 났다.

긴장감 때문이 아니라 빨리 하고 싶어서 안달이 난 상태를 억누르고 있었기 때문이었다.

이 몹쓸 육체.

쏟아지는 도심의 불빛들을 보며 그는 속으로 군가를 불렀다. 그리고 그녀와 배턴 체인지를 해서 욕실로 들어간 순간, 초인적인 속도로 움직였다.

머리끝부터 발끝까지 바디클렌저 하나로 모든 걸 끝내버린 원킬 샤워였다. 마지막으로 찬물을 끼얹자, 녀석이 조금 수그러들었다. 하지만 여전히 팔팔한 녀석을 보며 눈살을 찌푸렸다.

진정해, 밤은 길어.

하지만 역시 분신은 주인을 닮는 게 틀림없었다. 그녀와 입술이 닿는 순간, 그의 인내심은 저 멀리 안드로메다로 날아가버리고 말았다.

"음……."

그녀가 가는 신음을 내뱉자, 한 가닥 남아 있던 이성마저 뚝 끊어지고 말았다. 순간 딱! 앞니가 부딪쳤다.

"아야!"

무작정 혀부터 밀어 넣고 보니 그럴 수밖에. 하지만 키스를 글로 배우고 말로 배운 자의 한계였다. 첫술에 배부른 자가 어디 있을까.

입술은, 그것도 사랑하는 여자의 입술은, 이렇게나 달고 맛있는 거로구나. 그는 키스만으로도 황홀한 기분이었다.

"자, 잠깐만요. 목걸이!"

성급하게 옷을 벗기려다가 폴라 부분에 목걸이가 걸렸다. 자꾸만 침착하게 하자며 다짐해도 소용이 없었다.

불 한 번 끄는 데도 여러 번 헛손질을 해야만 했다. 게다가 브래지어 후크는 또 어떤가. 산 넘어 산이었다. 다행히 그녀가 서투른 자신을 잘 받아주어 고마웠다.

그녀의 가슴은 탐스러웠다. 그의 손에 가득 잡힐 만큼 풍만했다. 힘 조절이 불가능했다. 해서 아플 만큼 움켜쥐고 있는지도 몰랐다.

"……아!"

마치 어린아이가 된 것처럼 그는 커다랗게 입을 벌려 그녀의 가슴을 최대한 많이 삼켰다. 이렇게 몸을 겹치고 만지고 먹고 있는데도 자꾸만 자꾸만 갈증이 났다.

욕망이 점점 커다래지기만 했다. 그는 눈에 보이는 그녀의 몸구석구석을 입술로 훑었다. 마냥 달기만 했다. 정말 꿀이라도 바른 것처럼. 혀끝을 세워 깜찍한 그녀의 배꼽을 찔렀다.

"하응."

그녀의 몸이 크게 움찔했다. 더 이상 참을 수가 없을 것 같았다. 그는 급히 허리에 걸치고 있던 타월을 풀어 던졌다. 성이 난 녀석이 맹렬하게 고개를 쳐들고 있었다.

이 녀석이 바라는 건 오직 하나다. 그녀 안에 들어가 자신을 완전히 새겨놓는 것. 이 여자가 내 것이라는 영역표시를 확실하게 해두는 것.

정말 원초적인 본능이었다. 오로지 감정과 육체만 있는.

그는 자신이 그녀를 배려하지 못할 거라 생각했다. 느긋함도 없을 테고 테크닉 또한 없을 것이 분명했다. 무작정 무기 같은 녀석을 찔러 넣고 짐승처럼 움직이고 말 것이라 생각했다.

이건 그걸 위한 마지막 애무였다. 투박하고 서투른 자신을 잘 받아달라는 은밀한 거래. 그녀의 다리 사이, 그 깊은 곳에 감추어져 있는 살점은 아주 연약하고 부드러웠다.

그의 가운데 손가락이 그것을 스윽 갈라 다정하게 어루만졌다.

"흐읏."

그녀가 억눌린 신음 소리를 내뱉었다. 이제 보니 입을 막고 있었다.

이런.

그가 입술을 겹쳐 그녀의 입안으로 혀를 밀어 넣었다. 동시에 그 귀여운 살점 윗부분을 손으로 꾸욱 누른 채 원을 그렸다.

"……으음!"

실전이 없는 행위임에도 불구하고 그의 모든 움직임은 오직 그녀와 자신의 쾌락을 쫓아 자동으로 움직였다.

그녀의 가쁜 숨이 헐떡임으로 변했다. 때가 왔다는 것을 느꼈다. 또한 이제 한계라는 것도.

그는 망설임 없이 단번에 그녀 안으로 파고들었다.

"으읍!"

헉.

숨이 멎을 것만 같았다. 그녀의 좁은 입구가 그의 아랫도리를 묵직하게 압박했다. 눈이 돌 만큼 아찔한 쾌감에 그는 정신없이 움직였다.

한 번도 느껴보지 못한 가장 강력한 쾌락이 그를 머리끝부터 발끝까지 지배했다. 자신이 그녀를 삼키는 게 아니라 그녀가 자신을 삼키고 있는 것만 같았다.

"아, 읙!"

쉴 새 없이 허리를 튕겼다. 놀라웠다. 이렇게 일정한 속도로 강력하게 움직일 수 있다는 사실이. 마치 머신이 된 기분이었다.

그는 도착점이 어딘지도 알 수 없는 절정을 찾아 좀 더 강하고 빠르게 치고 빠졌다.

"아, 아, 아, 훗!"

그럴수록 그녀의 교성 또한 높아졌다.

"하으읙!"

마침내, 그녀의 몸 깊은 곳까지 도달했다는 희열이 온몸을 강타했다. 눈앞이 하얗게 부서졌다. 날 선 근육들이 곤두서더니 이내 엉덩이가 바짝 조여졌다. 해방이었다.

이 미칠 것 같던 몸부림의 끝.

그는 그대로 쓰러지듯 그녀의 몸 위로 엎어졌다. 서로의 맞닿은 가슴이 극심하게 요동치고 있었다. 그가 그녀의 목덜미에 입술을 비볐다.

향긋한 땀내음이 달기만 하다. 그는 행복했다. 그리고 이런 천상의 맛을 보여준 그녀에게 진심으로 감사했다. 나른하다. 그는 결국 그녀 품에서 녹아내리고 말았다.

아침, 평소에 자신을 깨워주는 휴대폰 알람이 울렸다.

흠칫.

그가 눈을 뜨고 자리에서 일어났다. 문득 옆자리가 휑하다는 것을 느꼈다. 비어 있었다. 그녀의 옷가지도 가방도 모두 없었다. 그가 허탈한 눈으로 허공을 노려봤다.

마치 신기루 같았다. 그렇게 좋았던 순간이, 그녀가 모두 연기처럼 사라져버린 것만 같았다. 비몽사몽. 꿈을 꾼 것도 같다.

"하아……."

그가 머리를 쓸어 올리며 한숨을 내쉬었다. 관계만 맺고 도망가 버린 이 여자를 어쩌면 좋단 말인가.

아침에 일어나서 눈을 마주치면, 근사한 조식이라도 먹으며 둘 사이를 좀 더 친밀하게 만들고 싶었는데.

그가 찌푸린 눈으로 그녀가 누워 있던 자리를 돌아봤다. 그의 눈가가 움찔했다. 시트 위를 물들인 무언가가 보였다. 그가 이불을 들춰 봤다.

맙소사.

하얀 시트 위엔 숫처녀의 도장이 선명하게 찍혀 있었다.

"하."

갑자기 헛웃음이 터져 나왔다. 뭐랄까. 기대하지 않은 선물을 받은 것만 같은 그런 기분? 마치 그녀가 자신을 위해 준비해둔 서프라이즈인 것만 같은.

물론 그녀가 가벼운 여자는 아닐 거라 믿었지만 설마 경험이 아예 없을 거라곤 전혀 생각지도 못한 일이었다.

"아, 이런."

알 수 없는 기쁨에 그가 작게 키득거렸다. 그리고 굳어버린 그 자리를 손으로 매만졌다.

"내가 당신 책임질게. 당신도 나 책임져."

혼잣말을 중얼거리는 그의 눈빛이 더욱 뜨겁고 다정하게 빛을 발했다.

그는 제시간에 출근했지만 그녀는 지각을 했다. 서둘러 자리에 앉는 그녀의 표정은 매우 피곤해 보였다. 그는 혀를 끌끌 찼다.

함께 아침을 맞이하고 따뜻한 조식을 먹고 같이 출근을 했다면 저렇게까지 피곤해하지 않아도 됐을 텐데.

블라인드 사이로 그녀를 훔쳐보던 승재가 의자에 기대앉으며 긴 한숨을 내쉬었다. 그나저나 걱정이 됐다. 컨디션은 괜찮은 걸까? 처음인 걸 알았으면 조금 더 조심하고, 조금 더 참고, 조금 더…….

"아, 젠장."

그가 낮게 욕설을 뱉었다. 처음인 여자를 처음인 자신이 안았으니 얼마나 서툴렀을까. 하지만 그는 좋았다. 지금도 나사가 빠진 사람처럼 정신을 못 차리고 있으니까.

자신이 좋았던 만큼 그녀 역시 좋았을까?

뒤늦게 걱정이 되었다. 너무 막무가내로 밀어붙인 것 같아 후회스러웠다. 허둥댔던 자신이 떠오르자 민망함과 함께 심기가 불편해졌다.

때마침 밀상 장동민 팀장이 들어와서 터무니없는 소리를 하니 더 열이 받을 수밖에. 엄연히 회사 '안'과 '밖'을 철저히 구분하던 이성이 잠시 흔들렸다. 그래서 평소보다도 날 선 목소리가 튀어나가고 말았다.

장동민 팀장에게 일침을 가하고 본부장실을 나갔다. 찬바람을 쐬면 좀 나아질까 싶었다. 하지만 사무실에서 본 그녀의 반응 때문에 그의 기분은 더욱 바닥을 치고 말았다.

모니터만 뚫어지게 보고 자신에게 눈길조차 주지 않는 것이다.

뭐야, 저 반응은. 하룻밤으로 끝이란 건가?

그의 미간이 좁아졌다. 갑자기 반듯하게 맨 넥타이가 목을 조르는 것처럼 답답하게 느껴졌다. 그가 굳은 얼굴로 그녀를 스치듯 지나쳤다.

그리고 밖으로 나갔다. 야외에 마련된 흡연실엔 남자직원 몇 명이 담배를 피우고 있었다. 총무과에서 근무하는 소 대리와 진 대리었다.

"아까 최지나 주임 봤어?"

지나에 관련된 얘기였다. 승재의 귀가 쫑긋 올라갔다.

"최 주임? 왜?"

"다리 끝내주더라. 스타킹 안 신었어."

진 대리가 키득거리며 연기를 뿜었다.

"난 겨울이 제일 싫어. 여자들 검정 스타킹 보기 싫잖아."

"난 그게 좋던데."

"뭐가 좋아. 매끈한 맨살이 더 보기 좋지."

"하긴. 최 주임 다리는 그걸로 가리기 좀 아깝지."

"내 말이. 근데 주당이라고 소문은 자자한데 왜 사내에서 스캔들이 한 번 안 나냐."

"진짜 한 명도 없었을까? 술 먹고 사고 친 사람?"

"회식도 참석 잘 안 한다는데 건수가 있겠어?"

"그런 거 보면 최 주임이 프로는 프로네. 공과 사 구분이 철저한 거 보니까."

"그렇지. 회사 안에서 잡소문 나봤자 뭐 하겠어."

소 대리가 담배를 꺼서 바닥에 버리며 기지개를 켰다.

"으, 어제도 달렸더니 죽겠다. 해장술 해야 되는데."

"영업부 들를 일 있으면 가봐. 최 주임 다리 한번 보면 피로가 싹…… 으억!"

말하던 진 대리가 기겁을 하며 뒷걸음질을 쳤다. 소리 없이 튀어나온 승재 때문이었다. 놀란 그들이 얼른 인사했다. 새로 부임한 영업 총괄 본부장이 지랄맞은 성격을 갖고 있다는 소문이 이미 사내에 파다했기 때문이었다.

승재가 그들 앞에 우뚝 섰다. 말없이 앞을 가로막고 있는 그를 향해 그들이 어색한 웃음을 지었다.

"저…… 그럼."

그들이 슬금 자리를 피하려 하자 승재가 입을 열었다.

"성희롱이란 건."

그들이 걸음을 멈췄다. 승재가 안경을 추켜올리며 날카롭게 말했다.

"이성에게 상대편의 '의사'에 관계없이 '성적'으로 수치심을 주는 '말'이나 행동을 하는 일, 또는 그 행동을 의미합니다."

승재가 천천히 걸음을 옮겨 다시 그들 앞에 섰다.

"낮말은 새가 듣고 밤말은 쥐가 듣고, 상대가 없다 한들 같은 회사에 몸을 담고 있는 사람들이고, 거미줄처럼 얽히고설켜 있는 이 이해관계 속에서 누군가가 내 몸을 보고 그런 '음흉'하고도 '성적'인 농담을 했다."

왠지 모르게 음산한 기운이 도는 승재의 분위기에 그들은 긴장한 표정이 되었다. 승재가 안경 위로 눈을 치떠 그들을 노려봤다.

"그러면 기분이 어떨까요? 응? 산뜻하고 유쾌하고 역시 난 섹시해, 그럴까요?"

"배, 백 본부장님. 그건 그냥……."

"그냥 그런 농담이 상대에게 수치심을 줄 수도 있고, 기분이 더

러울 수도 있고. 모르면 모를까, 언제 어디서든 마주칠 수 있는 사람들끼리."

승재가 진 대리의 헐렁한 넥타이를 바짝 조였다.

"입 잘못 놀렸다간 성희롱 직원으로 회자되는 수가 있어요. 적어도 회사 안에서만큼은 값싼 농담은 하지 맙시다. 내가 또 내 직속부하 직원들 뒷담화 까이는 건 별로 좋아하질 않아서."

그가 바닥에 떨어진 꽁초들을 보며 소 대리의 어깨를 탁탁! 털어주었다.

"청소하는 사람, 버리는 사람 따로 있는 것도 아닌데 내가 피운 꽁초는 내 손으로 내가 좀 버립시다. 휴지통이 십 리 밖에 있는 것도 아닌데."

말을 끝낸 승재가 돌아섰다. 그 모습을 지켜보던 그들이 넋 나간 표정을 지었다. 승재가 멀어지는 그를 보며 넥타이를 끌렀다.

"와, 쟤 뭐야?"

얼마나 꽉 조인 건지 숨이 다 막힐 지경이었다. 그 옆에 서 있던 소 대리도 얼얼한 어깨를 만지며 중얼거렸다.

"나 방금 쫄았잖아."

두 사람의 눈이 마주쳤다.

"생긴 건 완전 촌티 나는 샌님처럼 생겨가지고."

정리벽에 잔소리 융단 폭격기라는 소문이 무색하게 방금 전 그가 뿌린 분위기는 격투기 선수 같은 위압감이었다.

"저거 알고 보면 또라이 아니야? 막 이중인격에……."

"쉿!"

소 대리가 재빨리 진 대리의 옆구리를 찔렀다. 걸어가던 승재가 그들을 노려보고 있었다. 입을 다문 그들이 얼른 바닥에 떨어져 있는 담배꽁초를 주웠다.

승재가 열 받은 얼굴로 걸음을 옮겼다. 회사만 아니었으면 턱주 가리를 갈겨주는 건데. 화가 치밀었다. 그나저나 이 여자는 왜 스 타킹을 안 신었단 말인가.

제정신인가? 남직원들이 자신을 어떤 눈으로 보는지 알고나 있 는 건가?

여자들이 생각하는 것보다 남자들은 훨씬 더 응큼하고 음흉하 고 늑대 같은 족속들이었다. 그게 본능이라 어쩔 수 없다 해도 자 기 여자가 다른 남자들 입에 안줏거리로 오르내리는 걸 반길 남자 는 없었다.

그는 신경질적으로 편의점 문을 열었다.

"어서 오십시오."

"여자 스타킹 어디 있습니까."

"예?"

"여자 스타킹 말입니다."

당황하던 편의점 알바생이 스타킹이 진열된 곳으로 그를 안내 했다. 그가 심기 불편한 음성으로 말했다.

"제일 새까만 걸로 골라주시죠. 학생용도 괜찮습니다."

그가 정해놓은 오전 업무에 대한 결재 시간은 정각 11시였다.

회사 안에서의 그는 시간이 철저한 사람이었다. 급한 결재사안이 아니면 일일 결재는 정해진 시간이 따로 있었다.

그것이 모든 업무를 좀 더 효율적으로 만들어준다고 생각했다. 원래 인간이란 건 정해진 시간이 있으면 긴장하게 되는 법이니까.

그는 11시가 되기 전부터 계속해서 블라인드 너머로 그녀의 동태를 살폈다. 조바심이 생겼다. 빨리 얼굴을 보고 이 관계를 어떻게든 지속시켜야만 하는데 말이다.

그녀가 자리에서 일어나는 것을 보고 그는 재빨리 검토했던 서류를 다시 펼쳤다. 쓸데없이 펜을 놀리고 있는데 노크 소리가 들렸다.

"들어와요."

"일 매출금액과 작성된 신규보고서입니다."

그녀가 책상 위에 결재판을 올렸다. 쳐다본 그녀의 표정은 굉장히 싸늘했다. 마치 어젯밤 일은 하나도 기억이 안 난다는 그런 얼굴. 너무도 무심한 그녀의 태도와 눈빛에 그의 마음에 작은 불길이 일었다.

이 여자, 왜 이렇게 내 마음을 애태우지.

결재가 끝나자 부리나케 나가려는 그녀를 그가 붙잡았다. 결재판을 못 들게 손으로 누르자 그제야 그녀가 눈을 마주쳐왔다.

"다른 하실 말씀이라도 있으십니까?"

여전히 차가운 목소리였다.

"최지나 주임."

"네."

"매너가 그렇게 바닥인 줄은 몰랐네요."

"네?"

그 말에 그녀의 딱딱하던 표정이 흔들렸다. 때를 놓치지 않고 그가 말을 이었다.

"어떤 관계로 만난 사람이든 말도 없이 사람을 버리고 가는 건 매너 중에서도 똥매너라고 하죠."

"버리고 간 게 아니라……."

"버리고 간 게 아니면 뭡니까."

그녀는 당황한 기색이 역력했다.

"그냥, 아침에 일어나면 어색……."

"아아, 알몸으로 눈 마주치기가 부끄러웠다?"

일부러 조금 크게 말하자 그녀가 얼른 그의 입을 막으며 소리쳤다.

"목소리가 너무 크잖아요!"

그가 그 손을 움켜잡았다.

"뭐 하시는 거예요. 놔주세요!"

아니, 절대, 못 놔.

그는 더욱 세게 그녀의 손목을 붙들었다. 이 모습을 누군가 보게 된다 해도 상관없었다. 이대로 그녀와의 관계를 지속시킬 수 없다면 사내에 소문이라도 나게 할 수밖에.

물론 그녀를 구설수에 오르게 하는 건 싫었지만 정말 안 되면 그렇게 할 수밖에 없었다. 나머지는 자신이 책임지면 된다. 그녀가 최대한 상처받지 않는 쪽으로.

자꾸만 손을 빼내려는 그녀가 제게서 도망치려는 것처럼 보여, 그는 마음 한쪽에 묵직한 통증을 느꼈다.

어젯밤의 그 열정이 정말 꿈이었나. 당신도 좋아한다고 생각했는데.

승재가 무언가에 홀리듯, 붙잡은 그녀의 손바닥에 입술을 비볐다.

"……아!"

움츠리는 그녀가 느껴졌다. 새벽에 보았던 그 표정이, 몸짓이 다시 보고 싶은 마음이 치솟았다. 그가 살짝 안경을 내리고 그 너머로 그녀를 보았다.

"최지나 씨, 우리 이 관계 좀 더 유지합시다."

NO라는 대답이 돌아온다면?

그럼 될 때까지 끈질긴 구애작전을 펼칠 작정이다. 그녀가 K.O 될 때까지.

이런 간절한 자신의 마음을 그녀는 알까?

"말해봐요. 나랑, 싫었어요?"

"아니요."

순간 긴장했던 마음이 맥이 탁 풀리는 것만 같았다. 하지만 그는 애써 태연한 낯빛을 유지했다. 그녀의 붉어진 볼을 보며 그는 아까 사왔던 스타킹을 재빨리 결재판에 끼웠다.

"주말엔 집에서 봅시다."

그녀가 나가자마자, 그는 긴 한숨과 함께 의자 뒤로 몸을 기댔다.

2장. 내 거인 듯, 내 거 아닌, 내 거 맞는 너

그녀를 집으로 초대한 건 오직 한 가지 이유였다. 자신의 모습을 가식 없이 보여주는 것. 가면을 벗고 전투복장까지 벗은 완벽한 무장해제된 자신을 그녀에게 가감 없이 보여주는 것.

그리고 그런 자신의 공간에서 그녀에게 따뜻한 밥 한 끼를 대접하는 것. 물론 독립한 이후로 밥 한번 안 해본 자신이 뭘 제대로 할 수 있을지 모르지만 어쨌든 마음만은 대한민국 일류 셰프 못지 않았다.

그가 시계를 확인했다. 6시가 되기 10분 전이었는데 그녀에게서 연락이 없었다. 그는 어제 그녀에게 보낸 문자를 다시 확인했다. 집 주소와 시간을 제대로 찍어주었다.

왜 안 오지.

그가 초조한 얼굴로 거실을 맴돌았다. 그러다 참지 못하고 그녀에게 전화했다. 전화를 받지 않았다.

뭐야. 왜 안 받아. 설마 안 오는 거 아닐까?

밖에 나가서 기다려볼 작정으로 현관 쪽으로 걸어가는데, 벨이
울렸다. 그가 냉큼 문을 열었다. 그녀가 서 있었다.

"아, 안녕하세요."

순간 안도의 한숨이 튀어나오는 걸 간신히 막았다.

"들어와요."

"네."

그녀가 들어오자마자 무언가를 내밀었다.

"저, 이거."

"이게 뭡니까?"

"디퓨저요. 뭘 사올까 하다가."

쇼핑백을 열어본 그는 감동했다. 빈손으로 오기 뭐해서 선물을
사온 모양이었다. 그 마음이 너무도 예뻐 그는 금세 기분이 좋아
졌다. 그는 저도 모르게 다정한 미소로 답했다.

"고마워요. 잘 쓸게요."

그가 디퓨저를 장식장 안에 고이 넣어놓고 주방으로 향했다.

"잠깐 앉아서 기다려요. 지금 밥하는 중이었으니까."

"저도 도울게요."

"아, 됐어요. 오지 말아요."

그가 손을 뻗어 그녀를 막았다.

"앉아 있어요. 금방 되니까."

그녀가 소파에 앉는 걸 보고 그는 재빨리 식사를 준비하기 시작

했다. 얼마 전 집에서 가져온 생선을 팬 위에 올렸다. 그리고 호박, 양파, 두부 등을 썰었다.

오늘 메뉴는 그냥 백반이었다. 딱히 할 줄 아는 것도 없고 건강에 좋은 걸 찾다 보니 그게 최선이었다.

배가 고플 그녀를 위해 빨리해야 한다고 생각하니 마음이 급해졌다. 하지만 그는 최대한 열심히 준비했다.

비록 육수로 끓이지 않은 된장찌개는 맹맹하고 차마 때를 놓쳐 뒤집지 못한 생선구이가 새까맣게 타버렸지만, 또 죽처럼 되어버린 밥도 실패작이었지만, 어쨌든 소화는 잘될 거라며 스스로를 위로했다.

그리고 그런 그의 마음을 알아준 것처럼 그녀는 무리 없이 천천히 그가 정성껏 준비한 밥 한 끼를 잘 먹어주었다. 마음이…… 뿌듯했다.

저녁을 먹은 후, 그는 그녀가 좋아하는 고전 영화 DVD를 꺼냈다. 역시. 그녀는 그걸 보자마자 무척이나 반가워했다.

"어? 이 영화! 본부장님, 저랑 영화 취향이 비슷하시네요?"

그녀가 활짝 웃었다. 완전 흐뭇했다. 옛날 영화라 구하기가 어려웠다. 하지만 수소문 끝에 구해놓은 보람이 있었다.

거실에 조명등 하나만 켜둔 채, 그들은 나란히 앉아서 영화를 감상했다. 이런 고전 영화는 처음이었지만 생각보다 재미있었다. 무언가 생각을 하게 만들기도 했다. 프랑스 예술 영화 특성상 파격적인 정사 신도 등장했지만 그들은 개의치 않고 영화에 빠져들었다.

영화가 중반부로 넘어갈 무렵, 그녀가 질문을 해왔다.

"저 장면 말이에요. 왜 눈동자 안에 사람이 비치는 장면으로 연출했을까요?"

"음, 글쎄."

영화 하나에도 무척이나 진지한 그녀의 표정이 미치도록 귀여웠다.

이런 순수한 여자 같으니라고. 그런 얼굴을 하면 내가 덮치고 싶어지잖아.

불쑥 늑대 같은 마음이 올라왔지만 애서 아무렇지 않게 대답했다.

"내가 봤을 땐 노라의 시선에 비친 레오의 모습을 통해, 결국 내가 보는 상대의 마음이 진실이 아닐 수도 있다는 걸 뜻하는 것도 같은데."

"어! 그럴 수도 있겠구나."

그저 자신이 느낀 점을 말했을 뿐인데도 그녀는 무언가 새로운 해석을 들은 것처럼 눈을 반짝였다. 키스하고 싶었다. 저 예쁜 입술에.

그녀가 녹차가 든 잔을 잡으려는 순간 그가 그녀의 얼굴을 붙잡아 돌렸다. 그리고 진하게 입술을 맞댔다. 그녀에게서 자신과 같은 민트향이 났다.

아까 그래서 욕실에 들어갔구나. 이 깜찍이.

그때처럼 그녀의 입술은 부드럽고 감미로웠다. 아니, 더 달콤하고 황홀했다. 키스 하나만으로도 절정을 맞을 수 있을 정도로.

그는 서두르지 않기 위해 침착했다. 그나마 한 번의 경험이 그에게 조금의 여유를 가져다주었다. 그는 자신보다 그녀에게 집중했다.

어떻게 해주어야 그녀가 기분 좋아할까.

그는 방금 전 함께 보았던 영화를 떠올렸다. 남자가 여자에게 오럴을 해주던 장면이었다.

그는 소파 아래로 내려가 바닥에 앉았다. 그리고 그녀가 입고 있는 레깅스와 속옷을 한 번에 벗겼다.

놀란 그녀가 부끄러운 듯 티셔츠를 끌어 내려 자신의 중심부를 가렸다. 그 모습을 보고 있으니 걷잡을 수 없는 흥분이 올라왔다.

그녀의 다리 한쪽을 들어 복숭아뼈가 있는 부근에 입술을 댔다. 가는 발목과 탄력적인 살결을 입술에 머금자 다른 어떤 곳을 애무하는 것보다도 야릇했다.

그녀에게서 좋은 향기가 났다. 그가 잠긴 목소리로 속삭였다.

"혹시 기대했나?"

부디 기대하고 왔기를.

"난, 했는데."

자신이 그랬던 것처럼.

그가 입술을 미끄러트려 그녀의 허벅지 안쪽을 깊게 빨았다.

"아, 읏!"

그녀의 반응이 확실하자, 그는 단숨에 제일 안쪽까지 파고들었다. 소중하고 귀한 그녀의 여성이었다. 그곳이 이미 젖은 채 그를 반기고 있었다.

"본, 본부장님!"

소스라치며 다물어지려는 그녀의 다리를 그가 가로막았다. 자신의 어깨를 떠미는 그녀의 손길이 느껴졌다. 하지만 아랑곳하지 않았다.

"잠…… 승재 씨!"

그녀가 자신의 이름을 불렀다. 처음으로. 갑자기 감전이라도 된 것처럼 발끝까지 찌릿해져 왔다. 그가 입술을 떼고 웅얼거렸다.

"듣기 좋아."

그리고 더 과감하게 움직였다. 혀끝을 세워 붙어 있는 얄팍한 살점 사이를 갈랐다.

"……아!"

파르르 떠는 그녀가 느껴졌다. 자신을 밀어내던 그녀의 두 손이 어깨를 꽉 틀어쥐는 것이 느껴졌다. 그녀가 흥분할수록 그의 흥분 지수도 높아졌다.

그녀에게서 향긋한 냄새가 났다. 남자를 유혹하는 향기가. 혀끝으로 느껴지는 여린 살은 마치 따뜻한 푸딩을 입안에 넣고 굴리는 것처럼 부드럽고 달콤했다.

"하읏!"

그녀가 그의 머리카락을 움켜잡았다.

"승, 승재 씨……!"

가쁜 숨소리에 섞여 내뱉는 자신의 이름. 그가 입술을 떼고 그녀를 올려다보았다. 그녀의 얼굴이 완벽한 관능에 젖어 자신을 응시하고 있었다.

순간 참을 수가 없어졌다. 침대로 그녀를 데려갈 겨를도 없었다. 그는 재빨리 바지를 벗고 그녀에게 달려들었다.

"승······ 아윽!"

주저하지 않았다. 할 수가 없었다. 그냥 한 번에 끝까지 밀어 넣었다. 더 들어갈 수 없을 만큼.

"앗!"

그녀가 비명을 지르며 그의 등허리를 끌어안았다. 넘치는 힘을 감당할 수가 없었다. 여유도 사라지고 말았다. 그저 미친 듯이 그녀 안을 휘젓고 자신을 분출하고 싶은 견딜 수 없는 욕구만이 남아 있었다.

강하게 밀어붙이자 소파가 뒤로 밀렸다. 그가 소파 등받이를 세게 움켜잡았다.

"아! 하으······!"

"지······ 나야!"

그녀를 불렀다. 이 기분을, 이 쾌락을 뭐라고 감히 전달할 만한 말이 떠오르지 않았다.

그저 미칠 것 같았다. 너무 좋아서.

"하으윽!"

아찔한 절정 끝에 짜릿한 전율이 발끝을 관통했다.

"아······ 하아."

순간 그는 재빨리 그녀 밖으로 나와 사정했다. 주체할 수 없는 흥분 속에서도 피임을 하지 않았던 사실이 떠올랐다. 자신의 욕심만 챙겨선 되지 않겠는가. 이렇게 소중한 사람에게.

역시나 거칠었던 자신을 잘 받아준 그녀가 기특해, 그는 다정한 손으로 그녀의 이마를 쓸어주며 입을 맞췄다. 심장이 쿵쾅거렸다.

완벽했던 섹스의 여운과 함께 그녀를 향한 마음이 그를 몸서리 칠 정도로 행복하게 만들었다. 잠시 후, 자신에게 깔린 채 잠이 들어버린 그녀를 그는 조용히 침대로 데려갔다.

선잠이 들었다. 그녀가 그때처럼 자신을 두고 갈까 봐서. 아니나 다를까. 그녀가 벌떡 일어나는 것이 느껴졌다. 그런 그녀를 강하게 끌어당겼다.

"가지 마. 일요일이잖아."

저도 모르게 투정을 부렸다. 오늘만큼은 못 보낸다. 그녀와 보내고 싶은 시간들이 있었다. 그저 대답 없이 가만히 품에 안겨 있는 그녀의 가슴을 움켜잡았다. 가슴에 맞닿은 그녀의 등이 움찔하는 것이 느껴졌다.

그녀를 보자마자 다시 욕정이 올라왔다. 뒤늦게 배운 도둑질에 날 새우는 줄 모른다는 그 말은 딱 자신에게 해당되는 말이었다.

그는 느리게 입술을 움직여, 그녀의 목 언저리와 어깨를 핥았다. 발기가 시작된 아래를 그녀에게 바짝 갖다 붙이자 그녀가 작게 신음했다. 문득 꼿꼿하게 서 있는 그녀의 꼭지가 귀여워 웃음이 났다.

"귀엽네."

"……으응."

이를 세운 그가 그녀의 귓불을 깨물었다. 생각해보니 아직 귀를 먹어보지 못했다. 촉촉한 혀를 내밀어 그녀의 귓바퀴를 훑자 그녀의 숨이 거칠어졌다.

"하아…… 승재 씨."

"끝까지 가도 되나? 콘돔 없이."

욕심이 났다.

"안에다 하고 싶은데."

"해요. 괜찮은…… 날이야."

가늘게 떨리는 대답 소리가 끔찍할 정도로 사랑스러웠다.

동시에 불쑥 치솟는 이 심리는 뭘까. 그녀를 흐느낄 정도로 흥분시키고 싶다는 이 못된 생각. 문득 따뜻한 그녀 안을 손끝으로도 느껴보고 싶은 욕구가 생겼다. 해서 제일 긴 중지를 그 안으로 넣었다.

"앗!"

처음엔 서서히 움직이다가 안에 깊게 묻은 채 빠르게 떨었다.

"하으으!"

순간 그녀의 입구가 바짝 조여지는 것이 느껴졌다. 조금 더 이 상태를 즐기고 싶었건만, 역시 못 참겠다. 그는 수축된 그녀를 놓칠세라 바로 자신의 남성을 찔러 넣었다.

"아! 승재 씨…… 잠깐!"

그녀가 숨을 헐떡였다. 생소한 자세라 그런지 쉽게 들어가지 않았다. 그가 그녀의 엉덩이를 벌려 끝까지 파고들었다.

"아! 윽!"

또 다른 쾌락이었다. 앞으로 밀리는 그녀를 도망갈 수 없게 바짝 끌어당겼다.

"하읏! 학!"

머릿속이 아찔해졌다.

"흐으!"

다시금 찾아온 절정 앞에 그들은 또 한 번 무너졌다. 가쁜 숨을 내쉬는 그녀의 입술에 그가 부드럽게 키스했다. 아직 나가고 싶지 않았다.

그는 그녀 안에 그대로 머물러 남아 있는 여운을 좀 더 느꼈다. 저절로 만족의 미소가 지어졌다.

정오가 넘은 시간.

그녀가 샤워를 하러 들어간 사이에 그가 냉장고를 열었다. 이런, 이럴 줄 알았으면 간단한 거라도 사다 놓는 건데.

사실 어제 저녁밥을 그렇게까지 망칠 거라고는 생각을 못했기 때문에 따로 준비해둔 게 없었다.

"식빵 있는데."

샤워를 끝내고 나오는 그녀를 향해 말했다.

"씻고 나와요. 내가 구울게요."

다행히 빙긋 웃어준 그녀가 자신이 빵을 굽겠단다.

"토스트기 여기."

그가 찬장을 열어 토스트기를 꺼내주며 그녀에게 입을 맞췄다.

뜨거운 녹차에 구운 식빵이 전부였지만 그녀와의 분위기는 전에 없이 살갑고 따뜻했다.

"도대체 뭐 먹고 살아요?"

주방을 둘러보는 그녀의 표정이 웃겼다.

"밥."

"집에서 안 해 먹죠?"

승재가 고개를 끄덕였다.

"집에서 끼니를 때울 일이 거의 없어요. 아침엔 선식, 점심은 회사. 기껏해야 저녁인데, 그것도 회사에서 먹을 일이 많고."

"시력이 많이 나쁘지 않은가 봐요?"

안경을 안 쓰고 있는 자신이 궁금한가 보다.

"나빠요. 지금도 지나 씨 빼고는 뿌옇게 보이니까."

그 말에 그녀가 멋쩍은 표정을 지었다.

하지만 사실인데. 지금 이 순간 정말로 눈에 뵈는 건 그녀뿐이다.

그녀가 헛기침을 하더니 다시 물었다.

"근데 밖에서는 왜 안 쓰고 다녀요?"

"운전할 때 빼고는 불편한 게 없으니까."

"그럼 회사에서도 안 써도 되잖아요."

"이건 내 가면이에요."

"가면이요?"

갸우뚱한 그녀의 모습에 승재의 입매가 부드럽게 풀렸다. 그녀의 질문이 그는 즐거웠다. 그건 자신을 향한 그녀의 관심을 뜻 하는 거니까.

그는 곧 먹은 접시를 치우며 자리에서 일어났다. 그녀와 가고 싶은 곳이 있었다.

"나갑시다."

"네?"

"어제가 월급날이었잖아요. 내 옷, 안 물어냅니까?"

"치, 안 그래도 그 말씀 드리려고 했거든요?"

입술을 삐죽이는 그녀가 귀여워서 소리 없이 웃었다. 겉옷을 챙겨 입은 둘은 나란히 집을 나섰다.

그가 그녀를 데리고 간 곳은 집에서 얼마 떨어지지 않은 D백화점이었다. 사실 그녀에게 회장님께 받은 감색 양복 상의를 물어내라고 한 건 억지였다.

애초에 그걸 그녀에게 물어내라고 할 생각도 없었다. 그건 만에 하나, 아주 만에 하나라도 그녀와의 원나잇이 실패했을 경우 그녀를 만날 구실을 만들기 위해 했던 말일 뿐이었다.

하지만 회장님이 선물한 옷을 그대로 둘 수 없어 며칠 전 이곳에 들러 똑같은 상의를 한 벌 더 구매했다. 그러다 문득 얼마 남지 않은 크리스마스가 떠올랐고, 그녀에게 예쁜 쥬얼리를 선물하고픈 마음이 들었다.

누구나 할 수 있는 흔한 선물이었지만, 그가 어머니를 제외한 누군가에게 그것도 쥬얼리를 선물한다는 것은 크나큰 의미였다.

당연히 남성복 매장으로 가려는 그녀의 손목을 그가 낚아채듯 움켜잡았다.

"본부장님?"

"아까 말했죠? 회사 안과 밖이 철저히 구분되는 사람이라고. 밖에선 우리 계급장 좀 뗍시다."

"네, 백승재 씨. 남성복은 4층인데요?"

"……."

"저기요? 백승재 씨? 승재 씨!"

복잡한 인파를 뚫고 다양한 브랜드를 가진 쥬얼리 코너로 왔다.

"여긴 왜요? 뭐 맡긴 거 있어요?"

당신 선물 사주려고, 라고 말하면 틀림없이 부담스러워 도망가겠지?

그는 적당히 둘러댔다.

"도움 좀 받읍시다."

"무슨 도움이요."

"선물 살 거예요. 그러니까 예쁜 걸로 하나 골라줘요."

그러자 그녀는 곧 순순히 진열장 앞에 섰다.

"어…… 머니 드릴 건가요?"

"아니요. 어머니 나이에 이런 디자인과 브랜드는 어울리지 않죠. 젊은 아가씨 줄 겁니다. 지나 씨 나이 또래."

그 말에 그녀가 다시 쥬얼리들을 살펴보기 시작했다.

"귀걸이가 무난할 것 같아요. 이거."

기대했던 것처럼 그녀는 그녀 자신에게 어울릴 만한 귀걸이 한 쌍을 골랐다. 그는 즉시 포장을 부탁하고 결제를 했다.

그가 그녀의 손을 잡고 바깥으로 향했다. 순간 그녀가 걸음을 멈췄다.

"잠깐만요!"

무슨 일인지 그녀의 얼굴이 아까와 달리 굳어 있었다.

"지금 어디 가는 거예요? 양복 사러 안 가요?"

"근처에 좋은 카페가 있어요. 날 추우니까 거기 가서 차 한잔해요."

얼마 전 발견한 분위기 있는 카페에서 건네주고 싶었다. 하지만 그녀는 고개를 저었다.

"아니요. 집에 갈래요."

"왜?"

"피곤해요. 졸립기도 하고."

이런. 너무 자기 페이스대로만 하려고 했던 걸까. 이제 보니 그녀의 표정이 좋지 않았다. 그녀가 걱정스러웠다.

"집까지 바래다줄게요."

"혼자 가도 돼요. 멀지 않으니까."

멀쩡한 차를 두고 그녀를 버스를 타고 가게 하고 싶진 않았지만, 그녀의 표정은 확고했다. 하는 수 없이 한발 물러나주는 수밖에 없었다.

그는 들고 있던 선물을 그녀의 손바닥 위에 올려주었다.

"크리스마스 선물."

순간 그녀의 표정이 멍해졌다. 그녀가 커다란 눈을 깜빡였다.

"그러니까 이걸 왜 저한테……."

그녀의 얼굴 위로 여러 가지 표정이 얽혔다.

"나 좋……."

그때, 그녀의 등 뒤로 회계과 강혜리 씨가 보였다. 놀란 그가 그녀와 함께 구석으로 숨었다. 저 여우 같은 여자한테 들키면 그녀에 대해 안 좋은 소문이 먼저 돌 것이 틀림없었다.

요 몇 달간, 그는 그녀가 영업부 남자들끼리의 개인적인 술자리에 몇 번 참석한 적이 있다는 사실을 알고 있었다.

순진한 척, 청순한 척 얌전을 떨지만 저런 여자들이 부뚜막에 먼저 올라가는 법이다.

"왜, 왜 그래요?"

영문을 알 리 없는 그녀가 놀란 눈으로 물었다. 그러곤 그가 가리킨 곳에 혜리가 있는 걸 보고 급하게 얼굴을 숨겼다.

"후우."

사라지는 혜리를 보며 그녀가 안도의 한숨을 내쉬었다. 그도 덩달아 한숨을 내쉬며 웃는 얼굴로 말했다.

"들키면 곤란하니까."

"그렇죠. 들키면 곤란하니까."

그녀가 받은 선물을 들어올렸다.

"선물, 고마워요. 그런데 이렇게 비싼 거 받아도 될까 모르겠어요."

혹시라도 그녀가 거절할까 봐 그가 얼른 대답했다.

"부담 갖지 말고 받아요. 별거 아니니까. 아, 양복도 신경 쓰지 말아요. 진짜 물어내란 말 아니었으니까."

"아, 네. 감사합니다."

그녀의 표정에서 무언가 씁쓸함이 느껴졌지만 그는 미소 짓고 말았다. 그녀가 웃고 있었으니까.

아침부터 그는 기분이 아주 산뜻했다. 얼마 전 임원회의 때 건의했던 여직원들의 유니폼 바지 제작에 대한 승낙이 떨어졌기 때문이었다.

성희롱 예방교육이니 뭐니 무언가 거창한 말을 늘어놓으며 건의했지만, 결국 핵심은 내 여자 다리를 다른 직원들이 공유하게 둘 수 없다는 속내였다.

어쨌든 앞으로 그 매끈한 다리를, 함부로 볼 수는 없을 것이다. 물론 바지를 입는다 해도 그녀의 몸매가 감춰지진 않겠지만.

결혼하면 살을 팍 찌워볼까? 하긴, 그래도 그 외모가 사라지진 않겠지. 타고난 미모를 못생기게 역성형할 수도 없고. 참 문제였다.

아무튼 그는 흐뭇한 마음으로 외근을 나갔다. 내일은 크리스마스이브였고, 오늘은 부서 회식이 있었다. 말일이 가까워져서 일이 많았지만 그는 그녀와 이브를 함께 보낼 생각에 행복했다.

그가 지갑 안에 들어 있는 뮤지컬 티켓 2장을 꺼내 봤다.

얼마 전 우연히 길가에 걸려 있는 현수막을 보고 그것이 그녀가 좋아하는 고전 영화의 뮤지컬이라는 것을 알게 되었다.

첫 내한 공연이라 예매가 치열할 거란 생각이 들었다. 그래서 예매가 시작되자마자 번개같이 구매해놓은 귀중한 티켓이었다.

그가 설레는 마음으로 그녀에게 문자를 보냈다. 그녀가 좋아하는 얼굴만 상상해도 마음이 뿌듯했다.

[내일 시간 어때요?]

그런데 그녀에게서 온 답문은 그의 기대를 산산조각 냈다.

[미안해요. 선약이 있어요.]

그는 돌처럼 굳은 채, 그녀에게 온 문자에서 눈을 떼지 못했다.

이건 뭐지? 이 반응은 뭔데?

방문한 거래처 정문 앞에서 그가 머리를 쥐어뜯었다.

당최 어디로 튈지 모를 여자였다. 분명 그만큼 가까워졌다고 생각했는데 왜 또 이러는 건데!

미치겠군, 정말.

그녀는 마치 언제라도 도망갈 채비를 하고 있는 것만 같았다. 한 발 다가가면 두 발 멀어지는. 덕분에 애간장이 녹아든다.

그가 눈을 빛내며 휴대폰을 움켜쥐었다.

그래. 잡힐 때까지 붙잡아줄게.

그래서 그는 부서 회식에서 빠지려는 그녀를 반강제로 참석시켰다. 강압적인 상사의 권유로 빼도 박도 못하게.

회식 장소 '청기와'에 들어오자마자 그는 그녀부터 찾았다.

저기 있다!

그는 주저 없이 그녀의 맞은편에 앉았다. 그녀가 놀란 눈으로 자신을 바라봤다.

회식이 시작된 지 한 시간을 넘기자 다들 취기가 올랐는지 목소리들이 커졌다. 중간에 장동민이 그녀를 향해 멍멍 짖길래 몇 마디 일침을 가해주었다.

덕분에 그의 곁에 진을 치고 있던 팀장들은 화장실을 갔다 오는 척하며 한 명 두 명 다른 테이블로 자리를 옮겨 앉았다.

주위를 둘러본 그가 테이블에 그녀와 자신밖에 없는 것을 확인했다. 직원들이 예의적으로 건넨 술을 꽤 마셨지만 정신만은 멀쩡했다.

그녀를 다시 한 번 자신의 울타리 안으로 낚아채려면 멀쩡해야 하지 않겠는가.

아까부터 그녀는 한 손으론 가방을, 한 손으론 애꿎은 소주잔을 매만지고 있었다. 계속해서 일어날 기회를 노리는 것 같았다.

그녀가 자리를 뜨기 전에 잡아야 한다!

그가 대뜸 술을 권하자, 그녀의 눈이 동그래졌다.

"네? 저는 안 마신다고……."

"잡고 있길래."

그는 그녀가 이유 없이 만지고 있었던 소주잔 탓을 했다. 그러면서 자연스레 술을 권했다.

"한잔해요."

망설이던 그녀가 술 한 잔을 시원하게 비웠다. 아무래도 한 잔 정도는 마셔주는 게 상사에 대한 예의라고 생각한 모양이었다. 하지만 그는 이 기회를 놓칠 생각이 없었다.

"한 잔 더 해요."

"아니에요! 전⋯⋯."

"한 잔은 정 없으니까."

꼴꼴꼴. 술잔을 채우는데 그녀가 문득 진지한 얼굴로 자신을 바라봤다.

"저기요, 본부장님."

그녀의 표정이 아이처럼 새침해져 있었다.

"제가요, 술을 잘 못하거든요?"

주당이라는 오해를 받아왔던 게 억울한 눈치였다.

"그때 나이트에서는⋯⋯."

"알아요, 양주를 물처럼 마셨지."

해서 은근히 약을 올렸다. 역시나 그녀가 말을 잇지 못했다.

"기억나네요."

그때를 회상하듯 그가 아련한 얼굴로 고개까지 끄덕이자 그녀가 벙한 표정을 지었다. 가끔 이 여자는 쓸데없는 오기로 욱할 때가 있는 것 같은데, 그게 그의 눈엔 참 귀여워 보였다.

저 봐. 또 얼굴이 붉으락푸르락하잖아.

그녀가 애써 침착하게 입을 열었다.

"저희 부모님이요, 두 분 다 술을 못하세요. 그래서 저도⋯⋯."

"아까도 말했듯이 난 눈으로 본 것만 믿습니다."

'글쎄, 난 네 말을 믿지 못하겠는데?'라는 표정으로 보자, 그녀의 미간이 잔뜩 찌푸려졌다.

"그럼 제가 취해서 뻗어야지 믿으시겠어요? 한 병 마시기도 전에 갈걸요?"

그래주면 나야 고맙지. 곱게 모시고 갈게.

미심쩍게 말끝을 흐리자 그녀가 기가 막힌 듯 코웃음을 쳤다. 그리고 알아서 술병을 땄다.

"좋아요. 직접 봐야 믿겠다는 거죠? 보여드릴게요. 대신 책임지셔야 될 거예요. 저도 제가 어떻게 될지 모르거든요."

책임지는 건 필수 아닌가? 걱정 말아요. 베이비.

그녀가 꿀꺽 소주를 털어 넣는 걸 보고, 그가 얼른 불판 위에 남아 있는 고기 한 점을 그녀의 앞접시에 놓아주었다.

이런, 속 버릴라.

미역냉채국이 담긴 그릇을 앞으로 슬쩍 밀어주었더니 그녀는 그것까지 통으로 원샷을 했다.

그렇게 다섯 잔을 마시자 그녀의 눈빛이 흐려지기 시작했다. 술기운이 오른 모습이 역력했다. 그때 나이트에서 두 잔의 양주를 마셨을 때보다 조금 더 가 있는 상태였다.

그녀가 살짝 뭉개진 발음으로 중얼거렸다.

"보세요, 제가 지금 취하고 있거든요?"

"잘 모르겠는데."

"모르겠다고요? 참나."

그녀가 긴 한숨을 내쉬며 머리를 감싸 쥐었다. 그녀에게서 소주향이 확 풍겼다.

잠자코 있던 그녀가 갑자기 자리에서 일어났다. 넘어질까 걱정스러웠지만 다행스럽게도 그녀가 벽을 짚은 채 조심스레 발을 디뎠다.

"잠깐만요. 화장실 좀⋯⋯."

그녀가 가게 밖으로 사라졌다. 그는 바로 자리에서 일어나 그녀의 가방과 코트를 챙겨 들었다.

그리고 벌게진 얼굴로 웃고 떠드느라 정신이 팔린 장동민 팀장에게 법인카드를 내밀었다.

"영수증 확실히 챙기고, 카드 분실하면 끝장입니다."

카드를 받아 든 장동민이 일어나려 했지만 그는 잽싸게 만류했다.

"인사 필요 없어요. 내일 봅시다."

그는 재빨리 밖으로 나갔다. 주위를 둘러보니 그녀가 도로가에서 정처 없이 손을 흔들고 있었다. 그는 그대로 그녀의 코트를 펼쳐 그녀의 어깨를 감쌌다.

"본⋯⋯ 부장님?"

아까보다 더 취한 눈빛이었다. 그는 서둘러 택시를 잡았다. 오늘은 회식 때문에 차를 가져오지 않았다.

택시에 탄 그녀의 고개가 한쪽으로 기울어져 있었다. 흐느적흐느적 몸에 기운이 없는 모양이었다. 그는 그녀의 얼굴을 살포시 감싸서 제 쪽으로 기대게 했다.

그녀가 제 가슴에 온전히 안겼다. 그 몸을 따뜻하게 한 팔로 꼭 감쌌다.

너무 마시게 했나. 뒤늦게 후회가 밀려왔다.

"조금만 참아요. 금방 가."

머리를 쓰다듬으며 속삭였지만 그녀는 눈을 꼭 감고 잠들어 있었다.

오피스텔 앞에 도착할 즈음 그녀가 정신을 차렸다. 술이 어느 정도 깬 모양이었다. 하지만 여전히 알딸딸한 취기는 남아 있는 듯 보였다.

"일어날 수 있겠어요?"

"……네."

그가 천천히 그녀를 부축해 내렸다. 술기운이 조금씩 날아가는지 그녀가 바들바들 몸을 떨었다. 그가 너른 품에 그녀를 가득 안아주었다.

"많이 추워요?"

이를 딱딱거리며 떠는 모습이 안쓰러웠다. 빨리 욕조에 따끈한 물을 받아주어야겠다고 생각했다.

"따뜻한 물 받아줄 테니까……."

그때, 집에 들어오자마자 그녀가 자신을 와락 끌어안았다. 그가 숨을 멈췄다.

그녀가 자신을 먼저 안아주는 건 처음이었다. 심장이 흥분으로 팔딱거리기 시작했다. 알 수 없는 기대감과 긴장으로 손끝까지 떨렸다.

그가 조심스런 손길로 그녀의 등허리를 어루만지자, 허리를 끌어안은 그녀의 팔에 힘이 들어가는 게 느껴졌다.

"따뜻하게…… 해줘요."

말과 함께 그녀가 까치발을 들어 입을 맞췄다. 순간 몸 전체로 커다란 울림이 진동하는 것 같았다.

이 사랑스러운 여자를 어쩌면 좋단 말인가.

그냥 다 삼키고 싶었다. 모조리 다 꿀꺽.

순간 떨어지려는 그녀의 입술을 와락 덮쳐버렸다. 끓어오르는 흥분을 주체할 수가 없었다. 누가 먼저랄 것도 없이 입술이 벌어지고 혀가 뒤엉켰다.

입술이 얼얼할 정도로 격렬한 키스가 이어졌다. 그녀의 적극적인 반응에 벌써부터 아랫도리가 묵직했다. 그녀가 입술을 떼더니 지긋한 눈으로 그를 응시했다.

"안경…… 벗어요."

너무나 유혹적이었다. 정신을 혼미하게 만드는.

그는 안경을 벗자마자 그녀에게 달려들었다. 발정난 개 같은 꼴이었지만 상관없었다.

빨리 그녀를 안고 싶었다. 그냥 마음대로 해버렸으면!

그런 마음 때문인지 평소보다 거친 키스와 애무가 이어졌다.

"아!"

살짝 일그러진 그녀의 미간이 미치도록 섹시했다.

있는 힘껏 가슴을 빨고 그 끝을 아프도록 물었다. 힘 조절이 안 됐다. 하지만 다행스럽게도 그녀는 충분히 흥분하고 느끼고 있는 듯했다.

"승재 씨……!"

그녀가 그의 머리를 감싸 쥐었다. 바짝 선 꼭지를 그가 이로 잘근거리자 그녀의 고개가 뒤로 꺾였다.

"하읏!"

한 템포 느리게, 그리고 조금 부드럽게 입술을 놀렸다. 그녀의 숨이 점점 거칠어졌다.

그가 자리에서 일어나 그녀의 다리를 들었다. 벗겨지지 않은 발목양말을 보자 웃음이 났다.

"귀여워."

복숭아뼈에 입을 맞추자 그녀가 파르르거렸다. 좀 더 섬세하게 깊은 곳으로 애무를 옮겨갔다.

"아, 으…….."

그때, 그녀의 손이 미끄러지듯 내려와 그의 남성을 잡았다.

흠칫.

몸이 경직됐다. 움직임이 멈추자 그녀가 천천히 밑에서 빠져나와 그를 옆으로 넘어트렸다. 맥없이 그냥 누워버렸다. 남성을 잡고 있는 그녀의 손에 꼼짝을 할 수가 없었다.

포로가 된 기분이었다. 그녀는 신기한 것을 만지고 경험하는 어린아이처럼 그의 것을 쓰다듬고 어루만졌다. 뿌리 아래쪽부터 쭈욱 잡아 올릴 땐 그만 신음이 터져 나오고 말았다.

"흣!"

점점 더 대담해지는 손길에 그는 더 이상 참을 수 없음을 느꼈다. 이대로 더 가다간 정말 거칠게 굴어버릴 것만 같았다. 참다못한 승재가 그녀의 손을 잡았다.

"이 이상 자극하면 책임 못 져."

저도 모르게 위협적인 말투가 나갔다. 하지만 묘하게 반짝이는 그녀의 눈은 조금도 주눅 들지 않았다. 순간 그녀가 입을 벌려 그의 남성을 담았다.

"허!"

말 그대로 별이 번쩍했다. 혼자 가버릴까 봐 그는 다급히 그녀
를 제 위에 앉혔다.

"올라와!"

그리고 한 번에 그녀에게 자신을 꽂아 넣었다.

"아윽!"

왈칵 젖어드는 그녀가 느껴졌다. 승재는 거침없이 허리를 튕겼
다.

"아……! 아아!"

천장이 빙글빙글 도는 것만 같았다. 제 위에 올라탄 채 신음하
는 그녀가 마치 꿈처럼 느껴졌다. 지상낙원에 와 있는 것만 같은
착각이 들었다.

"흐! 웃! 승재…… 씨!"

"허억! 헉! 미치겠다, 지나야……!"

그가 경련하듯 빠르게 몸을 떨었다.

"아으으으!"

절정을 향해 달려가는 몸부림은 믿을 수 없을 만큼 거칠고 빨랐
다. 마지막으로 세차게 허리를 밀어 올리는 순간, 두 사람은 동시
에 쾌락의 정점에 섰다. 그녀의 몸이 뒤로 휘어지는 것을 보며 그
는 뜨거운 욕망을 그녀 안에 분출했다.

"하웃! 하아…….."

커다랗게 숨을 몰아쉬던 그녀가 쓰러지듯 그의 가슴 위로 엎어

졌다. 내려가려는 그녀를 그가 꼭 끌어안았다.

"빼지 마. 이대로 있어."

떨어지고 싶지 않았다. 이대로 조금만 더 있고 싶다. 그녀와 하나라는 이 느낌을 좀 더 즐기고 싶어.

문득 제 맨가슴에 뺨을 맞대고 있는 그녀가 아기처럼 느껴졌다. 그가 그녀의 볼을 부드럽게 꼬집고 쓰다듬으며 속삭였다.

"아기 같아."

그 말에 그녀가 살짝 눈을 들어 그를 쳐다봤다. 그녀는 쑥스러워하고 있었다.

"그런 말 처음 들어봐요."

"무슨."

"아기 같다는 말."

"어째서?"

"사실 아기처럼 생기진 않았잖아요."

그는 살며시 미소 지었다. 그가 생각하는 그녀는 최고의 여자였다. 섹시한 외모와 달리 순수한 눈빛. 여성스럽고 조신한 취미를 가진 반면 이렇듯 잠자리에선 화끈하게 즐길 줄도 알고. 게다가 꼼꼼한 이면에 가끔 덜렁대기도 해서 챙겨주는 재미도 쏠쏠하다.

이 정도면 정말 완벽하지 않은가?

"지나 씨는 하는 짓이 예뻐. 눈빛도 순수하고. 그래서 아기 같지."

그 말이 그녀는 의아한 모양이었다. 무언가를 골똘히 생각하는 듯하더니 그녀가 진지한 얼굴로 눈을 빛냈다.

"저기요, 본부장님."

그녀가 커다란 눈을 끔뻑였다.

"내가 하는 말 무조건 다 믿어줄 수 있어요?"

"무슨 말?"

"나…… 정말 술 못해요."

그건 진즉에 알고 있었고.

"나, 담배도 안 피워요. 진짜예요."

그럼. 너란 여자는 폐도 깨끗하지.

"나이트 죽순이도 아니에요. 그날도 정말 백만 년 만에 가본 나이트였어요."

첫 출근날 본 그 춤 실력으론 민폐야, 당신.

"그리고 나…… 원나잇 막 하고 다니는 그런 여자 아니에요."

알아, 당신 가볍지 않은 여자라는 거. 그런 당신이 지금 내 위에 올라가 있지. 정말 영광이야.

그녀가 조금 긴장한 얼굴로 그를 바라봤다.

"요즘 남자들…… 숫처녀는 부담스러워한다고 들었거든요."

"그럼 지나 씨는 어때요? 동정남, 싫어요?"

"글쎄요? 그게 꼭 싫을 이유가…….

순간 그녀가 말끝을 흐렸다.

"그건 왜 물어요?"

"글쎄, 왜 물을까?"

"혹시 뭐, 승재 씨가 동정남이라느니 그런 말이에요?"

"그게 왜? 이상한가?"

지나가 벌떡 상체를 일으켰다.

"말도 안 돼!"

"말이 안 된다고 생각하는 이유는?"

"그……."

이유를 생각하듯 골몰하는 그녀의 표정이 귀여워 작게 웃음을 터트렸다.

자신이 가지고 있는 연애관과 왜 그런 연애관을 갖고 살았는지에 대해 얘기하려면 조금 더 시간이 필요할 것이다. 그러려면 자신이 편모 가정에서 자란 사람이라는 것과 어머니의 버림받은 과거까지 모두 말을 해주어야 할 테니까.

그러니까, 나는 오직 내 인생에 하나뿐인 여자를 위해 내 순정과 순결을 지켜왔다고. 그리고 그게 바로 최지나 당신이라고.

다음 날 아침. 따로 출근을 하겠다는 그녀를 붙잡아 억지로 같이 출근을 했다. 그녀는 혹여 직원들에게 들킬 것이 염려되는 듯했다.

그는 이미 아무 상관 없는데. 그녀만 괜찮다면.

하지만 자신만 생각할 수는 없는 노릇이었다. 이 사회는 남자보다는 여자한테 박하다는 것을 그는 어머니를 보며 수없이 느껴왔기 때문이었다.

아침 일찍 나선 출근길 버스는 한산했다. 기분이 좋았다. 그녀와 나란히 앉아 있다는 것이. 차가 있는 건 편리했지만 사실 운전을 하면 그녀에게 온전히 신경을 쏟을 순 없었다.

지금은 그저 함께 창밖을 보면서 도란도란 이야기를 나누고 그녀에게 집중할 수 있다. 그는 결혼하면 가끔 이렇게 함께 버스를 타고 출근하는 것도 나쁘지 않겠다는 생각을 했다.

하지만 그녀의 웃는 얼굴은 조금 피곤해 보였다. 왜 아니겠는가. 술도 못하는 사람이 어제 과음도 했고, 또 늦게 잠들었으니. 그럴 만도 했다.

"지나 씨, 안 피곤해?"

"안 피곤해요. 승재 씨는요?"

그녀가 '승재 씨'라고 불러줄 때마다 가슴이 간지럽다.

"나도."

두 사람은 마주 보고 빙그레 웃었다. 밖을 보던 지나가 문득 생각이 난 듯 그를 돌아봤다.

"참! 그러고 보니 오늘이 이브예요."

"지나 씨 오늘 선약 있다고 그랬지? 누구랑?"

"아, 그건……."

그녀가 말끝을 흐렸다. 그가 그녀의 손을 더욱 꼭 잡았다. 누구랑 약속이 있든 오늘은 결코 양보할 수 없었다. 좋아하는 여자와의 첫 크리스마스이브인데.

"있으면 취소해요. 뮤지컬 예약해뒀으니까."

"뮤지컬이요?"

그녀의 눈이 휘둥그레졌다.

"퇴근하고 지하철역 근처 카페에서 기다려요."

멋대로 약속을 정해버렸지만 다행히 그녀는 거절하지 않았다. 한결 마음이 편해진 그는 여유로운 눈길로 창밖을 바라봤다.

이런. 출근길이 이렇게 짧았던가. 회사가 벌써 코앞이었다. 너무나 아쉬웠다.

사실 이렇게 들뜬 적은 한 번도 없었다. 그에겐 365일이 매번 같은 날의 연속일 뿐이었는데.

그는 이제야 왜 연인들이 그런 날에 집착을 하는지 알 것만 같았다. 그날 자체가 특별한 것이 아니라, 사랑하는 누군가와 함께 보내는 날이기에 특별해진다는 것을.

그는 일찌감치 바쁜 일을 모두 마치고 집으로 향했다. 오늘 같은 날은 차가 많이 밀릴 게 분명했다. 하지만 사람 많은 대중교통에 그녀를 치이게 하고 싶지는 않았다.

안 그래도 피곤할 텐데.

게다가 오늘 같은 날은 레스토랑도 만원사례일 것이 틀림없었다. 차를 타고 가는 시간도 적지 않고, 뮤지컬까지 보려면 근사한 식사는 포기해야 하는 상황.

그는 하는 수 없이 가까운 김밥집으로 향했다. 가끔 그가 야근을 하고 집에 들어갈 때 들르는 곳이었다.

인테리어도 카페같이 깔끔하고 청결해 보이는 맛 좋은 곳이었다. 생각해보니 그녀가 어떤 김밥을 좋아하는지 몰라서 종류별로 구매했다.

음료는 뜨끈뜨근한 보리음료로 준비했다. 차가운 탄산보단 추운 겨울엔 이게 나을 테니까.

그는 서둘러 그녀에게로 향했다.

그녀가 기다릴 카페 근처에 잠시 차를 정차시켰다. 백미러로 카페 입구를 보는데 그녀가 나오는 것이 보였다.

출근도 함께하고, 사무실에서도 봤는데 다시 보니 왜 이렇게 새삼 반갑고 좋은지.

"미안. 차 가져오는데 길이 좀 밀려서."

"오래 안 기다렸어요."

시간보다 조금 늦었는데도 그녀는 빙긋 웃어주었다.

"뮤지컬은 몇 시예요?"

"8시. 앞에 열어봐요. 표 있어."

글로브박스를 열어본 그녀의 눈이 휘둥그레졌다.

"어! 이거! 어떻게 예매했어요? 구하기 힘들었을 텐데. 첫 내한 공연이라 홍보도 엄청 하고 난리였거든요!"

어린아이같이 완전 흥분한 그녀를 보고 승재는 짜릿한 기분을 느꼈다.

그래, 바로 이 맛이다.

사랑하는 사람이 가장 좋아하는 선물을 준비하고, 그걸 받은 그 사람의 반응이 기가 막히게 터져줬을 때. 그럴 때 느낄 수 있는 이 희열감.

승재는 깨달았다. 훌륭한 뮤지컬 백 편보다 더한 감동이 바로 이 순간이라는 것을.

함께 본 뮤지컬은 만족 그 자체였다. 그녀는 아직도 짙게 남은 여운 속에서 허우적거리고 있었다. 그녀가 촉촉한 눈으로 그를 바라봤다.

"진짜 멋졌어요. 이렇게 스케일이 큰 뮤지컬은 처음이에요."

"좋았어요?"

그녀가 격하게 고개를 끄덕였다.

"승재 씨는요? 어땠어요?"

"나도 괜찮았어요. 화려하고 볼거리도 풍부하고. 무엇보다 배우들도 뛰어났고."

"고마워요. 좋은 시간이었어요. 정말 즐거웠어."

승재가 흐뭇한 표정으로 그녀의 코트를 여며주었다.

"추우니까 단추 잠가요."

밖으로 나가자 하얀 눈송이가 흩날리고 있었다.

"어! 눈 와요."

그녀가 몇 걸음 뛰어가 하늘을 바라보았다. 그 모습을 보는 승재의 가슴으로 무언가 뭉글뭉글 피어올랐다.

이건 뭘까. 뭔가 현실에 있는 것 같지 않고 마치 꿈속에 있는 것만 같은 묘한 느낌.

내가 밟고 있는 땅이 폭신한 구름 같기만 하다.

그리고 저만치 서 있는 나의 최지나는…….

그는 홀린 듯 휴대폰을 꺼냈다. 그리고 카메라를 켜고 그녀를 비췄다. 그를 발견한 그녀가 난감한 표정을 지었다.

"나 지금 엉망인데."

아니, 걸작이었다.

바람에 나부끼는 머리카락. 행복해 보이는 얼굴. 하늘에서 뿌려지는 눈송이는 그녀만을 위한 멋진 배경이었다.

"그대로 있어요. 지나 씨 너무 예뻐. 눈하고 잘 어울려."

그는 그대로 휴대폰 안에 그녀를 담았다. 그리고 그녀가 있는 곳으로 걸음을 옮겼다.

그러자 꿈처럼 느껴졌던 순간은 현실이 되고, 두 사람은 서로를 마주 보고 서 있었다. 부끄러운 듯한 그녀와, 그런 그녀를 향해 누구보다 다정한 미소를 짓고 있을 자신.

그들 사이로 예쁜 눈송이가 흩날렸다.

그날 이후, 본격적인 회사 마감이 시작되었다. 그는 정신없이 일에 쫓겼다. 이번엔 마감 말고도 그가 준비해둔 일이 있었다. 사실 삼화제약에 입사를 하는 순간부터 물밑 작업을 계속해두었던 일이었다.

그는 바쁜 와중에도 그녀에게 최대한 틈틈이 문자와 짧은 통화를 계속했다. 바쁘면 바쁠수록 그녀가 보고 싶고, 생각나고, 빨리 일을 마무리해야겠다는 조바심이 생겼다.

아침에 사왔던 김밥 한 줄로 점심을 때우고 그는 커피 한 잔을 마시기 위해 탕비실로 향했다.

점심시간이라 그런지 그녀가 자리에 없었다. 오늘은 김소영 주임이 감기몸살로 병가를 냈다.

점심은 누구랑 먹으러 갔지?

그가 주위를 두리번거리며 그녀를 찾았다. 하지만 그가 커피 한 잔을 타서 다 마셔갈 때까지도 그녀는 자리에 돌아오지 않았다.

그는 남은 커피를 원샷하고 서둘러 옥상으로 향했다. 설마 옥상에 있는가 싶었다. 그럼 잠깐이라도 얼굴을 보고 얘기할 수 있을 테니까.

비상구 계단을 훌쩍 뛰어오르는데, 희미한 말소리가 들렸다. 쨍쨍거리는 여자 목소리였다.

그가 입구에서 멈칫했다. 회계과 서 과장이었다. 그 마녀가 지나를 향해 무어라 쏴대고 있었다. 순간 눈에 불꽃이 팍 튀었다.

평소에도 지나와 김소영 주임을 자기네 부서 아랫사람 대하듯 구는 꼬락서니가 꼴 보기 싫었었는데.

"무슨 일입니까."

가까이 가보니 회계과 혜리가 호박 같은 얼굴로 울고 있었다. 엄청 가련한 척.

그에 반해 자신의 지나는 억울한 얼굴이었다. 그렁그렁한 눈이 안쓰러웠다. 점점 더 열이 뻗친다. 하지만 참았다.

이성. 이성.

"최 주임, 무슨 일이에요."

"그게…….."

지나가 말을 하려는데 저 히스테리 마녀가 그걸 가로챘다.

"최 주임이 우리 강혜리 씨를 쥐 잡듯이 잡고 있어서 한마디 했어요. 아무리 강혜리 씨가 마음에 안 들게 했어도 그렇지, 사람을 울리고 넘어뜨리고! 회사가 군대도 아니고 이게 말이 된다고 생각하세요? 이제 다닌 지 고작 3개월 된 신입사원이 뭘 얼마나 잘하겠어요!"

따닥따닥.

층간소음보다 더 시끄러운 목소리가 옥상 야외 휴게실을 쩌렁쩌렁하게 울렸다. 그는 차분히 숨을 골랐다.

이성! 이성!

"정말, 그랬어요? 최 주임이 넘어뜨리고 울렸어요?"

지나가 고개를 저었다.

"아니에요. 사적인 문제로 서로가 몇 마디 주고받은 건 맞지만, 제가 일방적으로 군 건 없었어요."

"그렇다는데요?"

승재가 마녀를 빤히 쳐다봤다. 마녀의 얼굴이 벌겋게 달아올랐다.

"무슨 말이에요! 내가 분명히 봤는데!"

"보셨다고요?"

"그래요! 내가……."

"전후 앞뒤 사정 모두 다 보셨다고요?"

"그……."

"확실하지 않은 건 함부로 말하는 게 아닙니다. 막말로 강혜리 씨가 자기 발에 자기가 걸려 넘어져서 울고 있었는지 누가 압니까. 안 그래요?"

"백승재 본부장님!"

그는 마녀를 향해 장전해두었던 말을 일정한 억양으로 탕탕탕! 뱉어내기 시작했다.

"서 과장이 편애를 하니까 나도 편애를 좀 해야겠네요. 우리 영업부 경리팀 최지나 주임, 그렇게 막무가내로 후배 갈구는 막돼먹은 사람 아닙니다. 같은 부서 사람이라고 무조건 감싸는 것도 보기 좋지 않아요. 막말로 신입 3개월이면 대충은 분위기 파악하고 기본적인 업무는 익힐 땝니다. 그 기본이 안 돼서 우리 최지나 주임하고 김소영 주임이 배로 신경 쓰고 있다는 거 알고는 계십니까? 그러고 보니 텃세도 안 부리는 고마운 선배들한테 따뜻한 커피 한 잔 사주는 감동적인 모습도 본 적이 없네요."

한 마디만 더 해봐. 말싸움으로 배틀 떠서 남자도 지지 않는다는 걸 보여주지.

그런 표정으로 쳐다봤다. 그러자 몇 번 들썩거리던 마녀의 입술이 이내 다물리고 말았다. 다시 듣기 싫은 소음을 지껄일까 봐 그는 얼른 지나를 돌아봤다.

"뭐 해요, 최지나 주임. 점심시간 끝나가는데."

그를 따라 비상구 계단을 내려오던 그녀가 멈춰 섰다. 그녀의 눈은 젖어 있었다.

"고맙습니다, 본부장님."

그 모습을 보는데 꼭 안아주고 싶었다. 승재가 그녀가 있는 곳으로 몇 계단 올라갔다.

그녀가 울먹한 입술을 꼭 깨물고 있었다. 마음이 쓰리다.

"울어요?"

"아니요."

거짓말하긴.

"우는데, 뭘."

"안 울어요."

더 말했다간 그녀가 눈물을 터트릴 것 같아 그는 우스갯소리로 물었다.

"단 커피 사줄까요?"

"네?"

"달달한 거."

그가 슬쩍 입꼬리를 올리자, 그녀도 어이가 없는지 픽 웃어버렸다.

성공.

"저, 본부장님."

그녀가 물끄러미 그를 바라봤다. 그 눈길이 무언가 긴장된 듯 초조해 보였다.

"마감 끝나고 31일 날, 뭐 하세요?"

아, 이런.

"저녁 약속이 있어요. H병원 내과 원장하고."

"아…… 그래요?"

그는 속으로 탄식했다. 하지만 한편으론 고마웠다. 안 그래도 그날, 늦더라도 그녀를 만나고 싶었기 때문이다. 그날은 무슨 일이 있어도 자신의 마음을 그녀에게 꼭 말해주고 싶었다.

조금 실망한 듯 보이는 그녀를 보며 그는 희망을 걸었다. 그녀의 마음도 자신과 같을 거라는.

"술도 못하는 양반이라 계약서에 사인만 받으면 끝나요. 최 주임만 괜찮으면 내가 최 주임 집 앞으로 갈게요."

"저희 집에요?"

"왜? 부담스러워요?"

"아니에요. 기다릴게요."

"기다린다는 말, 설레는데."

정말로 심장이 간질거려 미칠 지경이었다. 그가 비상구 문을 열어주며 말했다.

"앞으로 부당한 일로 누가 뭐라고 하면 숨기지 말고 바로 보고해요."

"부당한 일인지 아닌지 어떻게 알아요?"

그거야 쉽지.

"지나 씨를 믿는 거지. 지나 씨가 하는 말을."

그래. 누군가를 사랑한다는 건, 완벽한 내 편을 얻는 것이나 다름없었다. 누가 뭐래도 나를 믿어줄 단 한 사람을 얻는 것.

그녀에게 그런 사람이 되어주고 싶었다. 그리고 그녀 또한 자신에게 그런 사람이 되어주길 바랐다.

사르르, 마음이 녹아간다. 방금 전 옥상에서 있었던 불쾌한 일들이 순식간에 날아가버리고 말았다.

하지만 엄청난 기대감과 적당한 긴장감으로 잔뜩 들떠 있던 그날. 그는 생각지도 못한 난관에 봉착하고 말았다.

H병원 내과 원장과의 약속은 서초구에 있는 M호텔 1층에 있는 전통한식당이었다. 그런데 원장 옆자리에 떡하니 자리를 잡고 앉은 여자가 있었다.

회계과 호박 강혜리.

"우리 큰형님에 하나뿐인 외동딸이네. 같은 회사에 다닌다던데."

"아."

사실 원장의 얼굴에도 난감한 기색이 역력했다. 아마도 저 못생긴 여우가 이 자리에 데리고 나가달라고 조른 모양이었다. 그녀는 선을 보러 나온 사람처럼 대놓고 조신한 척 눈을 깜빡이고 있었다.

순간, 이 무슨 개수작이냐! 라며 상을 뒤엎고 싶은 걸 눌렀다. 아직 계약서에 사인을 못 받았다. 이건 아주 중요한 거였다. 절대 망쳐서는 안 되는.

불쑥 계약서부터 내밀면 속 보이는 짓이라 일을 그르칠 수도 있으니 일단 그는 원장과 주거니 받거니 이야기를 진행하며 나온 음식을 먹었다.

"작은아버지."

대뜸 호박이 입을 열었다. 그러곤 가식적인 눈웃음을 살살거렸다.

"백 본부장님 알고 보면 매력남이에요."

"응?"

역시나. 원장이 미심쩍은 눈으로 승재를 바라봤다. 호박의 눈

시력을 의심하는 것 같았다.

왜 안 그럴까. 지금의 그는 가면과 전투복장을 완벽하게 갖춘 회사 '안'의 백승재인걸.

호박이 모두 알고 있다는 듯 앙큼한 미소를 지었다.

"얼마 전 백화점에서 봤는데 그때는 스타일이 완전 다르더라고요. 저 반했잖아요."

대놓고 하는 작업질에 원장도 멋쩍은 웃음을 터트렸다.

"그랬구나. 그래서 우리 혜리가 그렇게 따라 나온다고 했던 거구나?"

딱 보아하니 집에서 속깨나 썩이는 날라리인가 보다. 적당한 사람이 있으면 빨리 치워버리고 싶을 정도로.

그는 인내를 갖고 자리를 지켰다. 그리고 식사를 거의 마쳐갈 즈음, 서류를 내밀었다. 멍청한 호박은 그게 뭔지도 모르고 생글생글 자신을 향해 웃고 있었고, 원장은 그것을 대충 눈으로만 훑었다.

몇 개월간의 물밑 작업으로 이미 그는 승재에 대한 신뢰도가 매우 높은 상태였다. 시원하게 사인을 하고 서류마다 인감까지 찍은 그가 승재에게 손을 내밀었다.

"잘 부탁하네."

"저야말로 잘 부탁드립니다. 삼화제약이 원장님 병원 매출에 큰 도움이 되어드릴 수 있도록 최선을 다하겠습니다. 감사합니다."

깍듯이 인사를 했더니 원장이 호탕하게 웃었다. 승재가 예의 그

차분한 미소로 답했다.

"다음엔 술 한잔하시죠."

"그래. 그땐 내가 사지."

화기애애한 분위기에서 자리는 정돈되었다. 일어나는 승재를 보고 혜리가 따라 일어났다.

"전 백 본부장님께 바래다달라고 할게요."

"그럴래?"

이 호박이 어딜 엮이려고.

승재는 침착한 얼굴로 공손히 말했다.

"죄송합니다만 원장님."

"응."

"혜리 씨가 입사한 지 얼마 안 돼서 모르는 모양인데, 저 와이프가 있습니다. 아직 혼인신고는 안 했지만."

"으응?"

원장의 눈이 휘둥그레졌다. 호박의 표정은 볼 것도 없었다.

"그럼 이만. 새해에 연락드리겠습니다. 조심히 들어가십시오."

승재는 마무리 인사를 하고 자리를 벗어났다. 그제야 승재는 불쾌한 얼굴로 주머니에 있는 휴대폰을 꺼냈다. 그의 눈이 커다래졌다.

부재중 전화가 여러 통 와 있었다. 발신인은 모두 '꿀 바른 지나'였다.

무슨 일이지?

그가 얼른 그녀에게 전화를 했다. 신호가 얼마 가지 않아 기다렸다는 듯이 그녀가 전화를 받았다.

−승재 씨!

무척이나 반가워하는 목소리였다. 그는 걱정이 되었다.

"무슨 일 있어요? 전화 여러 번 했던데."

−아니에요. 그냥…….

로비를 막 나오던 승재가 걸음을 멈췄다. 택시에서 내리는 그녀를 본 것이다.

"지…….."

그때, 뒤에서 호박이 나타났다.

"최 주임님?"

정말이지 기가 막힌 타이밍이었다. 오해를 사기 딱 좋은. 아니나 다를까. 지나가 굳은 얼굴로 그들을 바라보고 있었다.

"지나 씨, 여긴 어떻게……."

다가가서 손을 잡으려는데 그녀가 홱 돌아섰다. 그리고 부리나케 달려가 택시를 잡아탔다.

"지나 씨!"

쫓아갔지만 무리였다. 그녀를 태운 택시는 도망치듯 달아나버렸다.

젠장!

돌아서는 그의 눈에 땅에 떨어진 지갑이 보였다. 그녀의 것이었다. 그걸 냉큼 줍자마자 주차장 쪽으로 달렸다. 그때, 갑자기 튀어나온 호박이 앞을 가로막았다.

"본부장님! 그게 무슨 소리예요? 와이프라니! 설마……."

"비켜, 호박아!"

그가 혜리를 밀쳐버렸다.

얼마나 기다렸는데. 당신이 나와 같은 마음이길. 수십 수백 번을 되뇌면서 그렇게 바라고 또 바라고! 고백할 오늘을 얼마나 기다렸는데!

그는 정신을 바짝 차리고 운전에 집중했다. 이럴 때일수록 사고 거리를 만들면 안 된다. 인생 최대로 중요한 날이었다.

"제발, 좀!"

하지만 전화를 받지 않는 그녀 때문에 속은 벌써 새까맣게 타들어가고 있었다.

도착한 집 앞에서 그는 아무렇게나 차를 세우고 급하게 내렸다. 가지고 있던 열쇠로 대문을 열고 우다다 옥탑방으로 향했다.

쾅쾅쾅!

"최지나 씨! 문 열어요!"

그녀가 뜸을 들일수록 그의 심장은 쪼글쪼글해진다.

쾅쾅쾅!

"최지나, 문 열어."

결국 위압적인 목소리가 튀어나갔다.

그리고, 덜컹.

드디어 보게 된 얼굴. 정말이지 나를 환장하게 만드는, 내 심장을 쫄깃하게 만드는 이 얼굴.

안도의 한숨이 흘러나왔다. 그만 맥이 탁 풀어지는 기분이었
다.

3막.

눈뜨자마자 신혼

이야기를 끝으로 방 안은 다시 고요해졌다.

"그러니까…… 나를……."

지나가 말끝을 흐렸다. 순간 뭐라고 해야 좋을지 알 수가 없어졌다. 머리가 멍했다. 그 상태로 침묵이 이어졌다.

툭. 투둑.

창문을 두드리는 빗소리만이 적막한 공간을 울렸다. 습관처럼 지키고 있던 승재의 포커페이스가 잠시 흔들렸다. 입술이 말라왔다.

최대한 차분히, 또 진지하게 설명했다. 자신이 그녀를 처음 본 순간부터 지금까지의 일들을.

하지만 지금 이 상황이 썩 마음에 드는 건 아니었다. 이렇게 떠밀리듯 전하고 싶은 마음이 아니었기 때문이다.

말없이 자신을 바라보기만 하는 그녀의 눈빛에 심장이 조이는 것만 같았다.

무슨 생각을 하는 걸까?

알 수가 없었다.

자신을 미친놈이라고 생각하는 건 아닐까?

그럴지도 몰랐다. 삼화제약을 선택했던 것도 그녀 때문이었고, 이별의 아픔으로 상처받은 그녀를 보며 오히려 더 아프길 바랐던 것도 자신이었으니까.

결국 그녀를 알게 된 건 우연이었지만 그 이후는 모두 자신이 만들어낸 필연일 뿐이었다. 그녀의 침묵이 길어질수록 그는 초조 해졌다. 마치 재판 결과를 기다리는 피의자가 된 기분이었다.

그녀가 싫다고 해도 어쩔 수 없지만, 그래도 포기하지 않을 거지만, 당장 거절의 말을 듣는다면 심장이 남아나지 않을 것만 같았다.

침묵을 견디지 못한 그가 먼저 입을 열었다.

"놀랐어요?"

"……조금요."

대답하는 그녀의 목소리가 유독 차분하게 들렸다. 승재가 마른 입술을 적셨다.

"내 마음은…… 진심이에요. 난 지나 씨가 좋아. 사랑해."

그는 긴장한 기색이 역력했다. 처음 보는 모습이었다.

무언가를 갈구하는 눈빛.

새까맣게 타들어가는 그의 마음이 보이는 것만 같았다. 자신을 향한 이 남자의 진심이 그대로 느껴지고 있었다. 그래서…… 기뻤다. 심장이 짜릿해질 만큼.

그런데 어떻게 저런 마음을 감쪽같이 숨기고 있었을까? 그렇게 태연하고도 능글맞게.

살짝 약이 오른 그녀가 새침한 얼굴로 말했다.

"내가, 거절하면요?"

그 말에 그의 표정이 눈에 띄게 흔들렸다. 지키고 있던 포커페이스가 무너지는 순간이었다. 그가 굳은 얼굴로 대답했다.

"방 빼요."

"뭐라고요?"

"내 오피스텔로 들어와."

순간 말문이 막혔다. 황당한 대답에 웃음이 났지만 그는 너무도 진지했다.

"빈말 아니야. 그만큼 지나 씨가 좋다는 얘기야. 당장 거절당한다고 해서 포기하고 싶지 않아. 안 해."

정말 그랬다. 아주 어릴 때부터 다짐하고 또 다짐했다. 내 여자는 내가 지켜줘야지. 항상 사랑해줘야지. 아껴줘야지. 오직 그 사람만…… 바라봐야지.

아닌 척해도, 가끔 외로워 보이는 어머니의 등을 보며 그는 그렇게 결심했다.

그런 여자를 만나지 못한다면 평생을 혼자 살 각오도 되어 있었다. 나이에 떠밀려 주변에 흔들려, 적당히 누군가를 선택해서 인생을 함께하고 싶진 않았다.

그런 자신이 선택한 여자인데, 백 번이고 천 번이고 될 때까지 해보는 건 당연한 일 아닌가?

지나를 바라보던 그의 얼굴이 어두워졌다. 그가 유일하게 걸리는 한 가지가 있었다.

"혹시 내가 편모가정이라는 게……."

"무슨 소리예요?"

지나가 그의 말을 끊었다.

"날 그렇게 보면 진짜 곤란해요."

그녀가 억울한 표정을 지었다.

"물론 승재 씨만큼은 아니겠지만 나도 내 나름대로 고민 많이 했다고요. 시작은 원나잇이지, 승재 씨는 날 엔조이 상대로만 생각하는 것 같지. 그래도 오늘은 정말 용기내서 고백하려고…… 읍!"

그가 입을 맞췄다. 그리고 살짝 입술을 맞댄 채 낮게 속삭였다.

"미안. 너무 좋아서."

말하는 그의 숨결이 떨리고 있었다.

"그거, 지나 씨도 나 좋다는 말이잖아. 그렇지?"

순간 자신의 마음을 확인받고자 하는 애타는 그의 눈빛이 못 견디게 사랑스러웠다. 지나가 그의 양복 깃을 꼬옥 움켜잡았다.

"맞아요. 나도 승재 씨를 좋아한다는 얘기예요."

이번엔 지나가 먼저 그에게 입을 맞췄다. 맞붙은 입술에 뜨거운 불이 붙었다. 벌어진 입술 사이로 서로의 혀가 뒤엉켰다.

그의 손이 정신없이 그녀의 등허리를 더듬었다. 티셔츠 안으로 손이 들어왔다. 이번엔 한 번에 실수 없이 브래지어 후크를 끌렀다. 그가 아플 만큼 그녀의 가슴을 움켜잡았다.

"……으음!"

낮게 신음한 그녀의 손이 다급하게 그의 양복을 상의를 벗겨내고 넥타이를 풀었다. 셔츠를 벗겨주고 싶었지만 단추가 너무 많았다.

할 수 없이 그녀는 단추 2개쯤을 풀고 그대로 그의 목에 매달렸다. 그를 꽉 끌어안고 격렬한 키스에 화답했다.

"……하아!"

몸이 금세 더워졌다. 열이 올랐다. 승재가 그녀의 티셔츠와 브래지어를 한꺼번에 벗겨냈다. 그리고 키스를 멈추고 그녀의 가슴을 물었다.

"아!"

그녀의 몸이 뒤로 젖혀졌다. 뒤로 기울어지는 그녀를 조심스레 눕히고 그 위로 몸을 겹쳤다. 탐스러운 그녀의 가슴이 그의 입안을 가득 채웠다. 강하게 빨아 당기자 그녀의 손이 그의 머리를 감쌌다.

"승재 씨!"

그녀가 들뜬 목소리로 그를 불렀다. 바짝 일어선 꼭지를 그가 이로 자근거렸다.

"아…… 아!"

가쁜 숨이 간헐적으로 튀어나왔다. 젖은 그의 입술이, 뜨거운 혀가 그녀의 몸 구석구석을 훑었다. 그리고 닿는 곳마다 짙은 키스 마크를 새겨놓았다.

"……읏, 아."

그 느낌이 아릴 만큼 아팠지만 묘하게 흥분되었다. 그녀의 날씬한 옆구리와 탄탄한 복부를 돌아다니던 그의 혀가 아랫배 쪽을 부드럽게 핥았다.

"하으……."

그녀의 아랫배에 단단하게 힘이 들어갔다. 그가 그녀의 바지와 팬티를 같이 끌어 내렸다. 알몸이 되어버린 그녀가 형광등 불빛 아래 적나라하게 노출되었다.

그녀가 붉어진 얼굴로 그의 목을 끌어당겼다. 남은 셔츠 단추를 여는 그녀의 손을 그가 잡았다. 그가 그녀의 손가락 마디마디에 입술을 비볐다.

부드러운 입술은 맥박이 뛰는 곳에서 멈췄다가 천천히 위로 올라가 그녀의 팔 안쪽 깊은 살을 물고 빨았다.

"하아, 아!"

견딜 수 없는 흥분이 올라왔다. 아래쪽이 뜨거워지는 것 같았다. 그의 입술이 목덜미를 타고 귓불을 깨물었을 때, 그녀는 헐떡이는 목소리로 그의 이름을 외쳤다.

"승…… 재 씨!"

그가 거친 숨을 몰아쉬며 물었다.

"어떻게 해줄까."

낮은 목소리가 섹시하게 그녀의 귓가를 울렸다.

"말해봐, 지나야. 응?"

아기를 달래듯 그녀의 뺨을 간질이며 그가 속삭였다. 지나가 부끄러운 듯 눈을 감고 웅얼거렸다.

"······줘요."

"응?"

"만져줘요······ 여기."

그녀가 그의 손을 끌어 내려 자신의 중심부 깊은 곳에 갖다 댔다. 뺨에 닿는 그의 입술이 살짝 올라가는 것이 느껴졌다.

"아아, 여기."

그의 기다란 손가락이 그녀의 속살을 헤집었다. 끈적하게 젖어서 딱 붙어 있는 곳을 부드럽게 가르고 그 사이를 쓸어 올렸다.

"아, 아아······."

그가 원을 그리듯 빠르게 손을 돌리며 그녀의 감은 눈과 벌어진 입술에 키스했다.

"예쁘다."

자신의 손길에 흥분한 그녀의 모습이 너무도 예쁘고 사랑스러웠다. 무언가에 홀린 듯, 그는 몽롱한 눈으로 그녀를 바라봤다. 남성으로서의 지배욕이 불끈 솟아올랐다.

그의 손가락이 이미 흠뻑 젖은 그녀의 입구 쪽으로 내려갔다. 살짝 진입을 시도하자 바짝 수축되는 그녀가 느껴졌다.

미칠 것 같은 흥분이 올라왔다. 그가 찢듯이 셔츠를 벗어던졌다. 후두둑 사방으로 단추가 날아갔다. 바지를 벗자 이미 팽팽하게 부푼 남성이 고개를 치켜들었다.

그가 그 끝을 그녀의 입구에 갖다 댔다. 그녀의 몸이 크게 움찔하는 것이 보였다. 그가 제 것을 그녀의 젖은 입구에 문질렀다.

"승재 씨……!"

자신을 원하는 그녀의 목소리는 최고의 자극제였다. 그녀가 감았던 눈을 살짝 뜨며 그를 끌어당겼다.

"승재 씨 빨리……. 흐윽!"

그의 남성이 거칠게 그녀 안으로 들어갔다. 예고 없는 침입에 탄력적인 속살이 잔뜩 움츠러들었다. 승재의 입에서도 억눌린 신음이 터져 나왔다.

"으음!"

승재는 깊게, 더 깊게, 그녀 안으로 파고들었다. 몸집을 잔뜩 불린 제 것이 뿌리까지 보이지 않을 정도로 끝까지 밀어붙였다. 마침내 뜨거운 내벽이 자신을 완벽히 감쌌다고 느꼈을 때야 비로소 천천히 몸을 움직이기 시작했다.

"하아, 아……."

그가 상체를 일으켜 세우며 그녀의 다리를 활짝 벌렸다. 그리고 천천히 물러났다가 다시 세게 들이받았다.

"앗!"

비명 같은 신음이 터져 나왔다. 그녀의 찡그려진 미간이 보였다. 그가 거친 숨을 내쉬며 물었다.

"아파?"

그녀가 고개를 도리질 쳤다. 그녀가 느끼고 있다는 것을 깨달은 그가 계속해서 같은 템포를 유지했다.

"아! ……음! ……읏!"

그녀가 커다랗게 신음하며 허리를 비틀었다. 느린 동작이었지만 끝까지 뺐다가 찌르는 힘이 몸이 밀릴 만큼 강력했다. 순간 그가 빠져나가는가 싶더니 그녀를 돌려 눕혔다.

"……승재 씨?"

그의 손길에 따라 그녀는 엎드린 자세가 되었다. 그녀가 뒤를 힐끔 보자 무릎을 꿇고 선 그가 그녀의 엉덩이를 벌리고 있었다.

"핫!"

순식간에 거대한 남성이 그녀를 꿰뚫었다. 휘청, 팔이 꺾였지만 간신히 지탱했다. 체위를 바꾼 그는 방금 전까지와는 다르게 격렬하고 빨라졌다.

"아! 아, 아, 아, 아!"

몸 부딪치는 소리가 적나라하게 방 안을 울렸다. 그녀의 신음도 부서질 듯 끊어졌다. 격한 움직임에 정신을 차릴 수가 없었다. 마치 모터라도 단 듯 온몸이 진동하는 것만 같았다.

마침내 끝을 향해 질주하던 승재의 몸부림이 마지막을 향해 세차게 경련했다. 두 사람은 쾌락의 절정에서 함께 신음했다.

"흣! 흐음……."

그가 거친 목울림을 토하며 뜨거운 욕망을 그녀 안에 쏟아부었다. 본능적으로 끝까지 몸을 밀어붙였지만 새어 나온 잔재가 바닥을 적셨다.

"하아, 하……."

가슴에 맞닿은 그녀의 등이 쌔근거리는 숨으로 들썩이고 있었다. 하복부에 느껴지는 그녀의 풍만한 엉덩이가 귀엽고 사랑스러웠다.

그가 그녀의 목덜미와 땀에 젖은 뺨에 자잘한 키스를 퍼부었다.
눈을 감은 채 희미하게 미소 짓고 있는 그녀의 입술이 보였다.

"잠들지 마."

그가 낮게 속삭였다.

"조금만 쉬었다가 다시 하자."

하지만 녹초가 된 그녀는 잠의 나락으로 떨어지기 일보 직전이
었다.

"이봐, 최지나 씨."

"응……?"

"자지 마. 명령이야."

"으응…….."

작은 웅얼거림을 끝으로 그녀가 고른 숨을 내쉬었다. 금세 잠들
어버린 그녀를 보며 그가 픽 입꼬리를 올렸다.

"거 봐. 아기 같다니까."

그가 구석에 밀쳐져 있는 이불을 끌어다 덮었다. 그리고 그녀를
꼬옥 끌어안았다. 세상을 다 가진 것만 같았다. 사랑하는 여자를
품에 안은 것만으로도.

다음 날 아침. 숨 막히는 답답함 속에 그녀는 눈을 떴다. 일어나
보니 그가 자신을 있는 힘껏 안은 채 잠들어 있었다. 그녀가 꼼질
꼼질 몸을 움직여 주위를 둘러봤다.

머리맡에 휴대폰이 보였다. 시간을 확인한 그녀의 눈이 커다래
졌다.

"어떡해!"

벌떡 일어난 그녀가 서둘러 그를 깨웠다.

"승재 씨! 승재 씨!"

"으음……."

몸을 뒤척이던 그가 실눈을 떴다.

"얼른 일어나요!"

그녀가 속옷을 입으며 외쳤다. 승재가 부스스 머리를 털며 자리에서 일어나 앉았다. 그녀가 흩어져 있는 승재의 옷을 모으고 있었다. 그가 끌어안으려 하자 그녀가 몸을 피했다. 그리고 단호한 눈으로 말했다.

"안 돼요. 좀 있으면 아주머니 일어나실 시간이란 말이에요."

"그게 뭐, 어때서."

승재의 뻔뻔함에 지나가 기가 찬 표정을 지었다.

"승재 씨는 어떨지 몰라도 난 당장 삼자대면하기 창피하단 말이에요."

지나가 주운 그의 옷가지를 내밀었다.

"그러니까 빨리요."

하는 수 없이 승재도 옷을 입기 시작했다. 마음 같아선 하루 종일 함께 뒹굴고 싶었지만 그녀의 마음을 이해 못 하는 것도 아니었다. 하루아침에 집주인 아주머니가 남자 친구의 어머니가 되어버렸으니.

"아야야!"

바지를 입던 그녀가 작게 비명을 질렀다.

"왜?"

승재가 냉큼 다가가니 그녀가 아픈 무릎을 가리켰다.

"멍들었어요."

맙소사.

그녀의 양쪽 무릎에 시퍼런 멍이 들어 있었다. 승재가 미간을
구겼다.

"도대체 어디서……."

말을 하던 승재가 멈칫했다. 이제 보니 자신의 양 무릎도 시퍼
렇게 멍이 들어 있었던 것이다. 간밤, 그들은 딱딱한 방바닥에서
무릎을 꿇고 설쳤던 것을 떠올렸다.

너무 좋아서 아픈 줄도 몰랐던 상황이 민망하고도 어이가 없었
다. 눈이 마주친 두 사람은 그만, 웃음을 터트리고 말았다.

밖으로 나오자마자 하얀 입김이 퍼졌다. 새벽 공기는 싸늘했다.
승재가 그녀를 돌아봤다.

"나오지 말아요. 추우니까."

"대문 앞까지만요."

두 사람은 손을 잡고 함께 계단을 내려왔다. 아직 조용한 걸 보
니 다행히 윤 여사는 일어나지 않은 모양이었다. 대문 앞에서 두
사람은 손을 맞잡은 채 서로를 바라봤다.

"조심히 가요."

"옷만 갈아입고 다시 올게. 같이 출근해."

그녀의 이마에 입을 맞춘 승재가 조용히 나가려는 순간,

멍멍!

뒤에서 희미하게 만복이 소리가 들렸다. 놀란 두 사람이 뒤를 돌아보자 현관문이 열렸다. 그리고 그 사이로 빼꼼, 윤 여사가 고개를 내밀었다.

"떡국…… 같이 먹지 않을래?"

그제야 그들은 오늘이 1월 1일 신정인 걸 기억해냈다.

약 두 시간 후. 그녀는 단정한 모습으로 아래층에 내려갔다. 벨을 누르자 그가 나왔다. 집에 여벌이 있었는지 그도 말끔한 모습을 하고 있었다.

"들어와요."

집에 들어가자마자 맛있는 냄새가 났다. 지나가 긴장한 얼굴로 집 안을 둘러봤다. 한 번씩 놀러 왔던 이 집이 오늘따라 달라 보였다.

소파에 앉아 구슬을 꿰고 고구마를 먹고 웃으며 이런저런 이야기를 했던, 마치 부모님이 계시는 집에 온 것만 같은 그런 편안함이 있었는데.

그러고 보니 벽에 걸려 있는 초등학교 졸업사진 속 남자아이가 그와 많이 닮아 있었다. 몰랐을 땐 동일인물일 거라고 생각도 못 했지만.

"지나 씨, 왔어?"

주방에서 나온 윤 여사가 그녀를 반겼다.

"승재랑 앉아 있어."

지나가 그녀를 따라 주방으로 들어갔다. 그녀는 이제 막 끓고 있는 냄비에 떡을 넣고 있었다.

"저도 도울게요."

"아니야, 도울 거 없어."

"주세요."

"괜찮대도."

행여나 들고 있는 국자를 빼앗길까 봐 윤 여사가 몸을 틀었다. 그때, 실랑이를 하는 둘 사이로 승재가 끼어들었다.

"제가 할게요."

그리고 윤 여사의 손에서 국자를 빼앗았다. 승재가 윤 여사를 돌아보며 말했다.

"그냥 끓이기만 하면 되는 거 아니에요?"

"응."

"두 분 다 나가 계세요. 다 되면 부를게요."

승재의 단호한 한마디에 그녀들은 하는 수 없이 거실로 나갔다.

소파에 나란히 앉은 그들은 조용히 정면을 응시하고 있었다. 지나가 맞잡은 손을 꼼질거렸다. 난감했다. 생각할수록 민망하고 부끄러웠다. 문득 어젯밤, 지갑을 잃어버린 채 택시비를 빌렸던 것이 떠올랐다.

미쳐, 정말.

쥐구멍이라도 있으면 숨고 싶은 심정이었다. 밀려드는 창피함에 발가락을 오그리는데, 윤 여사가 먼저 말을 걸었다.

"승재한테…… 얘기 다 들었지?"

"네."

"많이 당황스러웠지."

"조…… 금요."

"미리 말 못해서 미안해."

"아니에요."

"근데 나…… 지나 씨가 참 좋았어. 밝은 표정도, 성격도, 같이
얘기하고 있으면 즐겁고, 행복하고. 그래서 저 녀석이 지나 씨한
테 마음 있는 거 알았을 때 잘됐다고 생각했어. 생전 여자라고는
거들떠도 안 보던 녀석이 콕 집어서 지나 씨를 말하잖아."

윤 여사의 얼굴에 잔잔한 미소가 번졌다.

"물론 그렇게 키우지 않으려고 노력했지만 승재도 꽤 외로웠을
거야. 엄마 하나로는 채울 수 없는 것들이 분명 있었을 테니까."

윤 여사가 애틋한 눈으로 지나의 손을 감싸 쥐었다.

"그러니까 우리 승재…… 잘 부탁해. 난 둘만 좋으면 다 좋아."

지나는 윤 여사의 따뜻한 손을 물끄러미 바라봤다. 승재의 손도
항상 따뜻했다. 딱딱해 보이지만 말랑한 그의 속내는 아마도 어머
니인 윤 여사를 닮은 모양이었다.

지나가 윤 여사의 손 위에 제 손을 포갰다. 그리고 용기를 내어
그녀의 눈을 마주 보았다. 온화한 눈빛엔 약간의 긴장과 걱정이
서려 있었다.

"저도…… 잘 부탁드립니다, 어머님."

'어머님'이라는 말에 윤 여사의 눈이 커다래졌다. 그리고 이내
함박웃음을 지었다. 지나도 빙그레 미소를 지었다. 무언가 맥이
탁 풀리는 것 같으면서 훨씬 마음이 편안해지는 기분이었다.

잠시 후, 국자를 든 승재가 고개를 내밀었다.

"다 된 것 같은데. 오세요."

윤 여사와 지나는 손을 잡고 주방으로 향했다.

다음 날 아침. 어느 때와 마찬가지로 지나는 이른 출근 준비를 마쳤다. 계단을 내려가자 윤 여사와 만복이가 그녀를 반겼다.

"지나, 잘 잤니?"

"네, 어머님. 안녕히 주무셨어요?"

"응. 기분 되게 상쾌해."

어제부로 그들은 더욱 가까워졌다. 그래서인지 윤 여사의 표정은 어느 때보다도 부드럽고 다정했다.

"밖에 승재 왔어."

"벌써요?"

"응. 나가봐."

문을 열고 나가니 승재가 그녀를 기다리고 있었다.

"승재 씨!"

그가 손을 들며 웃어 보였다. 그는 평소와 같은 차림이었다. 이대팔 가르마에 헐렁한 양복. 그리고 두꺼운 맹꽁이 안경까지. 하지만 지나의 눈에는 이제 누구보다 멋진 내 남자의 모습이었다.

대문 앞까지 나온 윤 여사를 향해 손을 흔들어주고 그들은 서둘러 차에 올랐다. 골목을 벗어나서 도로로 진입하자, 승재가 라디오를 틀었다.

밝은 가요가 흘러나왔다. 지나가 허밍으로 가볍게 따라 불렀다. 승재가 깍지 낀 그녀의 손을 꼭 잡아왔다. 눈이 마주쳤고 함께 웃었다. 승재가 그녀의 얼굴을 곁눈질했다.

"앞으론 이 시간에 늘 데리러 올게요."

"매일이요?"

"응."

"승재 씨 피곤하잖아요. 회사랑 반대 방향인데."

"일찍 보고 싶어."

그 말에 주책없이 입꼬리가 자꾸만 올라갔다. 문득 시선을 돌리던 지나가 그들이 함께 갔던 D백화점을 보고 혜리를 떠올렸다.

"참. 혜리가 소문낼까요? 우리 둘이 사귄다고?"

"걱정돼요?"

"걱정이라기보다는⋯⋯."

사실 걱정이 되는 건 자신이 아니라 그였다. 입사한 지 얼마 되지도 않았는데 괜히 사내연애를 한다고 임원들한테 찍히는 건 아닌지.

승재의 입가에 미소가 스쳤다. 그녀만 괜찮다면 그는 아무렇지도 않았다. 젊은 청춘남녀가 눈이 맞아서 사랑을 나누는 게 막는다고 되는 일인가.

하지만 회사 입장에서는 그다지 반길 만한 일은 분명 아니었다. 해서 그가 준비해둔 것이 있었다. 그저께 만났던 H병원 내과 원장에게서 받은 거래약정서가 바로 그것이었다.

H병원은 서울뿐만이 아니라 광역시마다 그 지점을 모두 가지고 있는 커다란 규모의 병원이었다. 한 회사하고만 꾸준히 거래하기로 정평이 나 있는 그곳이 작년부터 그 관계가 틀어졌다는 소식이 들려왔다.

일찍부터 여러 회사들이 물밑 작업을 했었고, 승재도 그중 한 사람이었다. 그렇게 경쟁이 치열한 곳을 떡하니 물어왔으니, 사내 연애쯤은 충분히 눈을 감고 넘어가줄 만하리라.

어느덧 회사 근처까지 도착한 그가 좌회전 신호를 기다리며 그녀에게 물었다.

"어떻게 할까. 내려줄까?"

지나는 그가 질문한 의도를 깨달았다. 누구의 눈도 의식하지 않고 이대로 함께 회사를 들어갈 건지, 아니면 따로 갈 건지를 묻는 거였다. 그리고 그녀는 고민하지 않았다. 그가 괜찮다면 자신도 괜찮았다. 몰래 숨어서 전전긍긍하는 연애는 싫었다. 남들이 뭐라고 하든 당당한 연애가 하고 싶었다.

"그냥 가요."

"정말?"

"응."

그녀가 단호한 표정으로 고개를 끄덕였다. 승재가 회사 지하주차장으로 들어갔다. 그녀의 뜻이 그렇다면야 마다할 필요가 없었다. 아니, 오히려 그녀의 마음이 바뀌기 전에 빨리 들어가야만 했다. 자신은 소문을 내지 못해 안달난 사람이니까.

그가 차에서 내리자마자 그녀의 손을 잡았다.

"이 손, 사무실 올라갈 때까지 안 놓을 거야."

지나는 대답 대신 그의 곁에 딱 붙었다. 서로 눈이 마주치자 이유 없이 웃음이 흘러나왔다. 이내 나란히 붙은 그림자가 사이좋게 주차장을 빠져나갔다. 진정한 연애가 시작되는 새해 첫 출근날이었다.

에필로그

프로포즈의 계절

꽃 피는 5월이었다. 또 한 번의 회사 마감이 끝나고 영업부 경리팀과 회계과의 여직원들은 점심을 함께하기 위해 파스타집에 모였다.

오늘은 다른 때보다 주문을 과하게 했다. 각자 먹을 파스타와 샐러드 두 접시에 고르곤졸라 두 판까지 추가했기 때문이다.

살랑살랑 부는 봄바람은 사람의 마음을 싱숭생숭하게 만들었다. 그리고 여자들은 그런 기분을 쇼핑이나, 헤어, 때로는 먹는 걸로 채우기도 했다. 그중 제일 좋은 건 물론 연애겠지만.

음식이 나올 때까지 그들은 늘 그렇듯 수다 삼매경에 빠져들었다. 요새 회계과에는 잡음이 좀 있었다. 바로 막내였던 혜리가 사표를 낸 것이다.

"사람 겉만 봐서는 모른다더니 어쩜."

"제 말이요. 온갖 순진한 척은 다 하더니만."

"제가 얼마 전에 아는 동생 만났거든요? 걔를 알더라고요. 같은 학교 나왔데요."

"정말?"

"네!"

"뭐래?"

"장난 아니에요. 걔 학교 다닐 때도 유명했대요. 양다리, 세 다리는 기본이고, 선배들 꼬셔서 과제물이며 리포트 다 해먹고."

"보통 여우가 아니네. 그러니까 총무과 정 과장도 넘어갔지."

"어우, 그건 진짜! 정 과장은 애까지 있는 유부남인데."

"그런 애들은 남자 없이 못 살아. 그래도 나중에는 돈 많은 쑥맥 하나 물어서 시집은 잘 갈걸?"

"정 과장은 사표 안 내요?"

"글쎄? 조만간 내지 않을까? 쪽팔려서 회사를 어떻게 다녀."

그들은 얼마 전 정 과장의 와이프가 회사에 찾아와서 혜리의 머리채를 잡았던 일을 떠올리며 치를 떨었다.

엄청난 사건이니만큼 일이 터진 지 열흘이 지난 지금도 아주 좋은 가십거리로 잘근잘근 씹히고 있었다.

먼저 나온 샐러드를 먹으며 그들의 화제는 항상 입에 오르내리던 인기남 장동민으로 넘어갔다.

"근데 장 팀장은 어떻게 되는 거야? 그거 징계 받아야 되는 거 아냐? 최 주임, 김 주임은 몰라?"

서 과장이 잠자코 있는 지나와 소영을 보고 물었다.

"글쎄요? 저희도 잘……."

소영이 말을 아끼자 이번엔 서 과장이 지나를 쳐다봤다.

"최 주임은? 아는 거 없어?"

"네, 없어요."

그렇게 좋은 관계도 아니었지만 옥상에서 있었던 감정 싸움 이후로 서 과장과는 사이가 더 서먹해지고 말았다. 하지만 어차피 안 볼 얼굴도 아닌지라 서로가 그날 일을 흐지부지 넘긴 상태였다.

서 과장이 쌜죽한 표정을 지었다.

"왜 몰라. 백 본부장이 최 주임 남자 친구잖아. 그런 말 안 해?"

"밖에서는 회사 얘기 일절 안 해요."

정말로 그랬다. 일부러라도 얘기하지 않는 편이었다. 하루의 대부분을 회사에서 보내는데, 밖에서까지 끄집어낼 필요가 없다고 생각했기 때문이었다.

지나와 서 과장 사이에 도는 미묘한 분위기를 풀기 위해 소영이 얼른 대답했다.

"아직 결정이 안 난 모양이에요. 문제처들이 아마 더 있을 거예요."

"어머! 정말?"

이야깃거리를 좋아하는 서 과장의 얼굴에 혈색이 돌았다.

"매출 올리려고 사재기 엄청 했다며. 시키지도 않은 품목 병원에다 막 밀어 넣고. 요즘 그거 때문에 영업부 전화통에 불난다던데."

"맞아요. 백 본부장님도 그 일 처리하시느라 종일 외근 나가시고."

"그거 이번에 백 본부장이 거래처 실사 나갔다가 찾아낸 거라며?"

"네. 아니었으면 피해가 더 불었을걸요? 지금이라도 터진 게 다행이죠."

근래 회계과가 치정사건으로 떠들썩했다면, 영업부는 장동민 팀장의 밀어넣기식 영업이 들통 나는 바람에 시끄러웠다.

"하여튼 사람이 말이야. 겉모습만 번지르르해가지고."

"그게 바로 속 빈 강정이죠. 그런 남자를 조심해야 된다니까요?"

얼마 전까지만 해도 사내 여직원들의 호감도 1위였던 동민은 순식간에 사고뭉치로 전락하며 사방팔방에서 까이고 있었다.

"잘생기면 뭐 하겠어요. 얼굴 뜯어먹고 살 것도 아닌데. 남자는 뭐니뭐니 해도 능력이죠. 탄탄한 경제력!"

그 말에 모두의 시선이 지나에게로 모였다. 이제 삼화제약에서 '능력남' 하면 모두가 '백승재'를 떠올리기 때문이었다.

그리고 그에 대한 얘기가 나오면 자연스레 시선은 그의 애인인 지나에게로 쏠렸다. 임 주임이 파스타를 먹으며 지나에게 물었다.

"근데 그 소문이 사실이야, 최 주임?"

"무슨 소문이요?"

"백 본부장이 자기랑 사내연애 하려고 H병원 계약 따낸 거 말이야. 그걸로 회장하고 사장한테 딜했다던데."

"큽."

순간 콜라를 마시다 사레가 걸렸다. 지나가 짧은 기침을 토하며 멋쩍게 웃었다. 그 일이 뒤늦게 소문이 난 모양이었다. 벌써 몇 개월 전 일인데.

대답 없는 지나를 놔두고 그들은 알아서 쿵덕거렸다.

"진짠가 보네? 대박."

"그러고 보면 백 본부장이 근성이 강해. 남자는 그게 있어야 되거든."

"암, 그래야 성공이 보장되죠."

사실 다들 좀 부러워하는 눈치였다. 어느 남자가 좋아하는 여자와의 공개된 사내연애를 위해 그렇게까지 공을 들인단 말인가. 말이 그렇지 쉽지 않은 일이었다.

하지만 늘 그렇듯 여자들의 부러움 속엔 시기와 질투가 항상 공존하고 있었다.

아니나 다를까. 서 과장이 물었다.

"최 주임, 백 본부장하고 결혼할 거야?"

"모르겠어요. 아직 생각해본 적이 없어서."

사실 그가 결혼을 생각하고 있다는 건 알고 있었다. 하지만 직접적으로 그에 대해 이야기를 나눈 적은 없었다.

태평한 지나의 대답에 서 과장이 오버하며 펄쩍 뛰었다.

"생각해본 적이 없다니! 그게 무슨 소리야! 최 주임 같은 경우에는 무조건 해야지. 일부러 윗분들께 승낙까지 받고 회사 구석구석까지 소문이 다 났는데. 결혼 안 하면 너무 난감하지 않겠어? 헤어지면 회사 어떻게 다니니?"

마치 그렇게 되길 바라는 눈치였다. 히스테리 서 과장의 저런 심술보가 어디 한두 번인가. 지나는 태연하게 듣고 넘겼다. 하지만 서 과장의 밉상은 연타로 이어졌다.

"어쨌든 우리 회사에서 제일 잘나가는 남자를 애인으로 둬서 좋겠어. 우리 회사뿐이야? 눈독 들이는 회사들 많잖아. 그런 거 보면 남자는 뭐니뭐니 해도 '얼굴'보단 '능력'이야. 외모 잘생겨봤자 늙으면 다 똑같지, 뭐. 안 그래? 호호호!"

그의 외모를 돌려서 비꼬는 거였다. 말처럼 그는 여전히 사내 패션테러리스트였다. 하지만 그의 반전 모습을 알고 있는 지나로서는 서 과장의 말이 조금도 기분 나쁘지 않았다.

오히려 고소하기까지 하다. 회사 밖에서 마주치면 어떨까? 아마 기함하겠지? 자신이 그랬듯이 제 눈을 의심할 거다. 틀림없이.

그런데 과연 그런 모습을 보여줄 날이 오긴 올는지 의문이었다. 그는 여전히 회사 안과 밖이 철저히 구분되어 있는 사람이었고, 지나 또한 그것에 큰 불만은 없었다.

때론 다른 부서 여직원들이 조언이랍시고 그녀에게 몇 마디 충고를 해줄 때도 있었다. 깐깐하고 정리벽이 있는 남자하고 결혼해선 안 된다고. 하지만 그것 역시도 그를 모르는 이들의 오해일 뿐이었다. 밖에서의 그는 소탈하다 못해 무신경할 때도 상당히 많았다.

그런 매력적인 모습들을 보여줄 수가 없으니 안타까울 뿐이다.

하긴. 모르는 게 나을까? 괜히 알려지면 여기저기에서 꼬리치는 여직원들이 분명 있을 테니까.

지나는 혜리를 떠올리며 도리질 쳤다.

아쉽지만 나만 아는 걸로.

평소보다 길었던 점심시간을 마치고 그들은 카페에 들러 커피한 잔씩을 샀다. 횡단보도 앞에서 신호가 바뀌길 기다리는데 따뜻한 봄바람이 불었다.

맑은 날씨에 햇살까지 기가 막힌 날이었다. 회계과 여직원들의 푸념이 시작됐다.

"날씨 끝내준다. 놀러 가고 싶어."

"진짜. 회사 들어가려니까 너무 싫다."

"시간이 후딱후딱 가. 마감 열두 번만 하면 일 년이 다 가버리잖아."

앞에 서 있던 지나와 소영이 뒤를 힐끔 돌아보자, 그들은 아련한 얼굴로 하늘을 보고 있었다.

"아주 미친 듯이 봄 타나 보다."

소영이 작게 속삭이며 키득거렸다. 사실 지나뿐만이 아니라 소영도 요새 그때 그 부킹남과 정식으로 교제를 하고 있는 중이었다.

어쨌든 사랑에 빠져 있는 그들로선 봄날의 센치함 같은 건 조금도 없었다. 오히려 데이트하고 여행 가기에 제일 좋은 계절이 바로 봄이 아니던가.

다 같이 엘리베이터를 타고 같은 층에 내려서 복도를 걷고 있는데, 도매과 노 과장이 지나를 보고 활짝 웃었다.

"여어, 최 주임! 축하해!"

"네?"

지나가 두 눈을 동그랗게 떴다. 하지만 그는 이미 그녀를 지나쳐 저만치 사라지고 있었다. 지나에게 팔짱을 끼고 걷던 소영과 뒤따라오던 회계과 여직원들도 의아한 얼굴로 물었다.

"너 뭐 좋은 일 있어?"

"최 주임, 뭘 축하한다는 거야?"

지나가 또르르 눈을 굴렸다.

"글쎄요?"

"승진하는 거 축하한다는 건가?"

올해 지나와 소영은 대리 직급을 받게 되었다. 그리고 그건 6월말, 상반기 마감 때부터 정식으로 바뀔 예정이었다. 그러니 지금 축하인사를 받는다는 건 너무 이르다.

게다가 같이 직급이 올라가는 소영에겐 왜 아무 말이 없단 말인가. 그것과 관련된 건 분명 아닌 듯했다.

다들 갸우뚱하며 걸어가는데 이번엔 IT부서 신 주임이 지나를 보고 알은체를 했다.

"최 주임님! 축하드려요!"

지나치는 신 주임을 지나가 붙잡았다.

"저기, 신 주임님! 뭘 축하한다는 말씀이세요?"

"어머, 뭐야. 본인은 모르는 거예요?"

신 주임이 황당하고도 재밌다는 듯이 웃었다. 그리고 들고 있는 봉투를 지나에게 내밀었다.

"봐요."

신 주임의 말에 지나가 봉투 속에서 내용물을 꺼냈다. 청첩장이었다. 그걸 열어본 지나의 눈이 왕방울만 해졌다.

〈신랑 : 백승재 신부 : 최지나〉

"웬일이니!"

비명을 지른 건 지나가 아니라 옆에서 그걸 함께 본 회계과 여직원들이었다. 소영이 어리벙벙한 표정으로 서 있는 지나의 옆구리를 찔렀다.

"이거 뭐야? 너, 날 잡았어?"

"응? 아니. 아닌데……."

신 주임이 다시 청첩장을 가져가더니 생글생글 웃으며 말했다.

"날짜는 정해지면 말해줘요!"

"네? 그게 무슨……."

신 주임이 손을 흔들며 사라졌다. 당최 뭐가 어떻게 된 건지 알 수가 없었다. 당장 그를 만나보는 수밖에.

그는 아침 일찍 회사에 들르지 않고 바로 거래처로 직행했다. 그 바람에 늘 함께하던 출근길이 오늘은 혼자였다. 하지만 사람들이 저걸 받았다는 건 그가 지금 회사에 있다는 소리.

지나가 성큼성큼 걸어서 사무실로 향했다. 회계과 여직원들도 일의 전말이 궁금한지 부서로 가지 않고 그녀 뒤를 따랐다.

"본부장님!"

사무실로 들어서던 지나가 멈칫했다. 그가 서 있었다. 안경을 벗고 세련된 헤어스타일에 잘빠진 슈트를 입고.

놀란 지나가 그 자리에서 굳어버렸다. 그건 소영을 더불어 회계과 여직원들도 마찬가지였다. 뭘 잘못 본 것처럼 그들은 연신 눈을 깜빡거렸다.

승재가 무언가를 들고 천천히 다가왔다.

"점심 먹고 오는 길이에요?"

다정한 말투가 폭탄처럼 날아들었다. 회사 안에선 그녀에게도 예외 없이 딱딱한 말투를 고수하던 그였는데. 모두가 입을 쩍 벌린 채 승재를 바라봤다.

승재가 넋이 나간 그들에게 들고 있던 봉투를 하나씩 나눠주었다. 아까 본 청첩장이었다.

그제야 지나는 정신을 차리고 물었다.

"저기, 그러니까, 이게 지금 뭐예요?"

"지나 씨가 보는 대로."

그가 청첩장을 펼쳐서 그녀 앞에 내밀었다.

"결혼합시다, 최지나 씨."

그가 그녀의 손에 청첩장을 쥐여주며 두 손을 꼬옥 맞잡았다.

"날짜는 당신이 정해. 언제가 되어도 좋아. 나랑 결혼만 해준다면."

끄아아악. 뒤에서 괴상한 비명 소리가 들렸다. 이 오그라드는 상황을 차마 눈 뜨고는 볼 수가 없어 내지르는 탄성이었다.

그러거나 말거나. 승재는 사랑스러운 눈길로 지나를 응시했다. 청첩장엔 날짜와 장소가 공백이었다.

지나가 천천히 눈을 들어 그를 보았다. 그는 아주 진지한 표정이었다. 대답을 기다리는 그의 눈빛엔 그녀를 향한 확고한 믿음이 있었다.

그녀의 눈가가 촉촉해졌다. 이 남자가 자신을 얼마나 사랑하는지 뼛속까지 느껴졌다. 지나의 입가로 희미한 미소가 번졌다.

"고마워요, 승재 씨. 고마워요."

말이 끝나기가 무섭게 승재가 그녀의 얼굴을 붙잡고 키스했다.

점심시간이 끝나기 5분 전. 삼화제약 영업부는 양계장이 되어버렸고 그들을 지켜보던 사람들은 닭이 되고 말았다.

그리고 그날, 딱 하루 동안만 빛을 발했던 승재의 멋진 모습은 두고두고 여직원들 입에 오르내렸다. 덕분에 지나는 하루 종일 여직원들의 부러움을 사야만 했다.

함께 퇴근하는 차 안은 공기마저 훈훈했다. 지나가 운전 중인 승재를 바라봤다. 그는 기분이 무척이나 좋아 보였다. 그 모습이 아이처럼 귀여웠다.

"그렇게 좋아요?"

"응. 목표 달성했거든."

"목표 달성이요?"

그녀를 곁눈질한 그가 입꼬리를 올렸다.

"첫 번째 목표는 지나 씨한테 프러포즈하는 거였고, 두 번째 목표는 지나 씨를 예비 유부녀로 만들어서 껄떡대는 놈들 없게 하는 거."

그 말을 들은 지나가 입술을 삐죽였다.

"치, 누가 나한테 껄떡대요. 사내에 소문 다 났는데."

"이번에 새로 들어온 신입사원들. 젊고 잘생긴 남자직원들이 꽤 들어왔더라고. 어린 패기에 지나 씨한테 덤빌 수도 있잖아. 미리부터 철통 방어해야지."

"못 말려, 정말."

"아무튼 날짜 잘 생각해봐요. 난 1년 뒤든 2년 뒤든 상관없어. 지나 씨가 연애하고 싶은 만큼 연애해."

"정말이요?"

"응. 물론 빠르면 좋겠지만 나랑 결혼해준다는 확신만 있으면 괜찮아. 대신 날짜 정하면 절대로 못 물러. 바로 아버님 어머님께 인사드리러 갈 테니까."

심각할 정도로 단호한 표정에 지나가 웃음을 터트렸다.

"알았어요. 찬찬히 잘 생각해볼게."

듣기 좋은 라디오 소리가 잔잔하게 두 사람을 감쌌다. 깍지 낀 손을 그들은 꼼질거리며 매만졌다.

"영화 보러 갈까?"

"안 돼요."

"왜?"

"오늘 어머님이랑 구슬 많이 꿰는 사람이 맛있는 거 사주기로 내기했단 말이에요."

"그 내기 나도 끼자."

"껴요, 그럼. 승재 씨가 무조건 밥 살걸?"

지나의 확신에 찬 어조에 승재가 미간을 찌푸렸다.

"왜 그렇게 생각해?"

"승재 씨 의외로 섬세하지 못하잖아요. 회사에서나 꼼꼼 대마왕이지."

"왜 이래, 이거. 나도 승부욕 하나는 남부럽지 않은데."

"승부욕하고 아무 상관 없는 작업이네요."

"좋아, 두고 봐. 지나 씨하고 어머니한테 비싼 거 얻어먹을 테니까."

"그래요. 어디 한번 해봐요."

가소롭다는 듯이 눈을 가늘게 뜨는 지나를 보며 승재가 소리 내어 웃었다. 조금씩 어둑해지는 도로 위로 그들이 탄 차가 서서히 멀어져 갔다.

-마침-

작가 후기

안녕하세요. 박혜아입니다. 어느덧 여섯 번째 책으로 인사를 드리게 되었습니다.^^

매번 느끼는 거지만 글을 마무리하고 작가 후기를 쓸 때면 사실 뭘 어떻게 써야 할지 막막해집니다. 안 쓰기엔 너무 아쉽고, 쓰자니 머리가 멍해지고.

그래서 늘 쓰고 지우길 반복하다 어렵게 칸을 채우곤 했는데 오늘은 그러지 않으렵니다.

제가 글을 쓰면서 바라는 건 오직 하나입니다. 그저 재미있게 읽히는 것.

저는 제 글이 첫째도 재미, 둘째도 재미, 셋째까지도 재미였으면 좋겠어요.^^

글을 읽을 때만큼은 복잡한 일이 생각나지 않는, 받았던 스트레스가 깜빡 사라지는, 그런 글이길 바라봅니다. 그것이 제가 글을 쓰는 낙이요, 보람입니다.

우린 서로를 잘 모릅니다. 하지만 이 글을 통해 실낱같은 인연이 닿은 거잖아요. 글을 쓴 사람과, 그 글을 읽어주시는 소중한 분으로서. 그러니까 이 글을 보신 분들 모두가 건강하고 행복하길 진심으로 바랍니다.

제 글을 사랑해주시는 우리 독자님들, 정말 감사드립니다. 또 곁을 지켜주는 나의 소중한 사람들과, 박혜아와 어깨춤을 블로그 식구들 정말 고맙습니다.

마지막으로 작업할 때마다 든든한 파트너가 되어주시는 와이엠북스 김은지 팀장님! 이번 작업도 즐거웠습니다!

저와 제 글을 기다려주시고 응원해주시고 아껴주시고 사랑해주시는 모든 분들께 운과 복을 드립니다! 주신 마음 늘 잊지 않고 더 재미있는 글로 보답하겠습니다^^ 감사합니다!

-박혜아(여여如如) 드림.